# 炒飯狙擊手

THE SNIPER

CHANG KUO-LI

張國立 著

# 美食、懸案和走向世界的台灣推理小說

譚光磊（國際版權經紀人）

◎本文涉及全書關鍵情節，請斟酌閱讀

二〇一六年的某天，我受邀參加一個神祕飯局，地點是永和的一家上海餐館。除了召集者張國立老師（大家都喊他「社長」，因為他以前是《時報周刊》的社長），出席的還有小說家臥斧、譚劍，以及編輯好友冬陽。

酒酣耳熱之際，社長說明來意：他想發起一個台灣推理走向國際的寫作計畫。推理是風行全球的類型，外國讀者接受度高，若再加入台灣元素，就能與眾不同。那時我已經把陳浩基的《13·67》和紀蔚然的《私家偵探》推向國際，確實看到了類型小說的外譯潛力，與社長的想法不謀而合。

要用什麼台灣元素？答案當然是美食。

於是社長下了戰帖：大家以一年為期，推理小說為載體，加入在地美食元素（譚劍是香港人，當然寫的就是港式食物），各自創作一本長篇小說，由冬陽負責編輯，我來操盤國際版權。

時間過得很快，轉眼三年過去，社長和臥斧相繼完成《炒飯狙擊手》和《螞蟻上樹》，皆由冬陽當時任職的馬可孛羅出版。譚劍則要再等好些年，才會交出《姓司武的都得死》這本精彩長篇（雖然那並非他原本計畫寫的「美食推理」）。

《炒飯狙擊手》故事共分兩條線，一是隱居義大利鄉間的小艾，受過國軍精銳的狙擊手訓練，當過外籍傭兵，現在身分是中餐館廚師；二是台北的警官老伍，剩下沒幾天就要退休，卻奉命調查一起離奇「自殺」命案。小說一開始，小艾就接到命令，前往羅馬執行暗殺任務，不料得手之後，自己反而成為被追殺的對象，而且對方不是別人，正是自己昔日的國軍同袍。為了查明真相，小艾決定回到台灣，因緣際會遇上老伍，兩人遂聯手合作，直搗陰謀核心。

這是經典的國際驚悚小說架構，但因為主角是台灣人，場景是我們熟悉的台北、金山、釣蝦場、寶藏巖，源頭更是撲朔迷離、至今未有定論的「尹清楓命案」，故事又涉及國際軍購黑幕和幫派祕史，整本小說突然親切了起來。這種「熟悉中帶著陌生」的組合，正是我們想要的效果。

二〇一九年四月，我和同事飛往倫敦參加書展，先替《炒飯狙擊手》預熱。我寫了英文簡介，把小艾比做《神鬼認證》的傑森．包恩、老伍則令人聯想到《終極警探》的約翰．麥克連。我們在書展上向各國編輯介紹這部作品，同時也找了厲害的英國譯者羅迪（Roddy Flagg），把全書十萬字翻成英文，等下半年的法蘭克福書展再正式端出這盤好菜。

九月底，我把英譯稿寄給英美和德國代理，還有一位交情很好的書探。之前就是因為那位書探的大力推薦，讓我得以把趙南柱《82年生的金智英》賣遍全球。書探這行比眼光也比速度，看誰有辦法先拿到稿子、先推薦給合適的客戶，幫助他們迅速簽下版權，避免昂貴的競標，誰就是高手。我的想法就是希望這位書探將《炒飯狙擊手》推薦給她的客戶，只要有人率先出手，就能啟動國際版權的「滾雪球」攻勢。

書探兩個星期就讀完稿子，非常喜歡，覺得《炒飯狙擊手》不但劇情精彩、動作場面火爆，也有獨特的幽默感。小說部分設定在歐洲，也有助於西方讀者進入。

四天後，書探的荷蘭客戶——也就是丹．布朗和李．查德的出版社 Luitingh-Sijthoff——迅速看完書稿，除了喜歡，編輯最關切的問題是：會不會有續集？Sijthoff 是荷蘭頂尖的推理出版社，旗下許多天王級作者都維持「一年一書」的穩定產量，因此少有「空檔」能給新作家，一旦決定要簽，當然希望未來能成為產品線。

這是我們過去從未碰過的狀況。台灣作者多半寫一本出一本，連在國內都未必有如此「超前部署」的規劃，遑論賣到國外去。幸好社長原本就是快手，腦中也早有續集的想法，所以馬上寫了《第三顆子彈》的大綱。你沒猜錯，故事正是以二〇〇四年陳水扁總統「兩顆子彈」事件為藍本。我立刻把大綱翻成英文，連夜發給荷蘭編輯。

三天後，Luitingh-Sijthoff 正式發來報價，一次就簽兩本，包括尚未出版、甚至尚未動筆的續集。這是我們過去總有耳聞，但從未親身經歷過的歐美操作。更重要的是，我們在法蘭克福書展前完成第一筆海外授權，其他書探得知消息，也紛紛把《炒飯狙擊手》放上他們的熱門推薦書單。

果不其然，在書探和代理的奔相走告知下，一位熟識的德國出版人在書展現場就提出五位數歐元報價，想要直接拿下。可是因為還有其他出版社感興趣，我們和德國代理討論之後，決定等競標，最後 Droemer-Knaur 出版社以更好的條件拔得頭籌，他們也是德國頂尖的犯罪推理出版社。

更令人振奮的是，法國最重量級的文學出版社 Gallimard 在書展後跟進，同樣一舉簽下兩本書，編輯瑪莉－卡洛琳・奧貝特（Marie-Caroline Aubert）負責該社的犯罪推理書系，選書幅度寬廣，文學品味極佳，只要「有死人」都可以算進去，過去出版作品包括《惡女心計》、以色列作家卓爾・米夏尼《三個女人和她們的男人》、西班牙犯罪天后朵羅芮絲・雷東多的《隱形守護者》等等。

在荷蘭、德國、法國三個重要歐洲市場之後，我們又相繼賣出土耳其、俄國、日本版權，英文版權則由加拿大知名的獨立出版社 House of Anansi 簽下。不僅如此，連好萊塢的製作公司都來敲門，一家由韓裔電影人創辦的公司買下版權，正在積極尋找台灣的合作夥伴。

社長快手快腳，迅速完成續集《第三顆子彈》，德文和法文譯本也相繼出版，然而中文版因為他和鏡文學的合約限制，加上編輯冬陽離職，未能往下推進，也造成《炒飯狙擊手》續集「國外先出版」，而且「台灣看不到」的奇妙狀況。

三年疫情過後，全球出版業重新洗牌，大家的工作方式和閱讀習慣都有了很大的改變，但是社長旺盛的創作力和說故事魅力沒變，他也沒有停下腳步，按照計畫完成了狙擊手第三集《消失的大漠中隊》（暫名），就連第四集都已經有了腹案，這回要寫的是國際最關注的兩岸議題！

等到鏡文學合約鬆綁，在晴好出版的熱情邀約下，我們終於為《炒飯狙擊手》找到新的合作夥伴，為這部具有里程碑意義的推理小說量身定做出版計畫，中文、海外、影視多管齊下。我們都滿心期待，想知道這部國際級的作品能走到多遠。

小艾與老伍的冒險故事才要開始，現在上車正是時候。

感謝　海邊老頑童侯二戈給我靈感與專業技術的指導

Table of Contents

## 第二部



## 第三部

「狙擊手分成三類，**戰場狙擊手**配置於排、連，在戰鬥中攻擊對方行進間的單兵、戰車車長或車輛，造成嚇阻效果，遲滯敵方行動。**戰術狙擊手**配屬於旅或師級單位，專門對付敵人的狙擊手、軍官和其他重要目標。還有一種，」

他停下，將快燒到嘴上鬍子的雪茄扔進咖啡杯內：

「平常不輕易出手，埋伏於敵後，勤練戰技，必要時一槍取特定敵人的性命。我稱他們是**戰略狙擊手**……」

# 第一部

# 1 義大利・羅馬

五點十二分在義大利西北角的拉斯佩齊亞上車，拉起T恤後的帽子遮住半張臉閉眼打瞌睡。搖晃中，六點二十二分抵達比薩中央車站。沒有轉區間車去奇蹟廣場看斜塔，想像十六世紀末伽利略從塔頂鐘樓扔下兩顆重量不同的鉛球發現自由落體定律，或者拍張手扶斜塔的照片證明視差創造出的想像力。

他在下車前進廁所脫掉鮮黃色的帽T扔進垃圾桶，穿上紅色無領運動夾克，迅速轉月臺跳進六點二十九分發車的三一〇〇次車，找到座位繼續打盹。

清早的首班車不容易誤點，他在七點二十九分抵達佛羅倫斯的福音聖母車站，睜開眼發現乘客增多，幾乎出站後都折往東南尋找布魯內列斯基為百花教堂建造的大圓頂，他們將氣喘吁吁攀爬四百六十三階狹窄樓梯，滿足的面對腳下凜冽強風中的古城。

按照原來計畫，他僅需要換月臺接八點〇八分的九五〇三次車往羅馬，忽然改變主意，進車站的廁所，再脫下紅夾克，換黑色短大衣。本該將紅夾克塞進馬桶上方的空隙——想起蹲在廁所外的老人。

或許對方不老，只是頭髮少點，整個身子窩在廁所左邊的牆角，臉藏於兩條拄於膝蓋頭的臂膀中間。他小心將紅夾克披在對方肩上。

出火車站往巴士總站，八點〇二分的車到佩魯佳，其間會兜進幾個小城，不過他的時間還算充裕。唯一的錯誤，這是條觀光路線，他該留下那件帽T，終究短大衣顯得太正式。

無暇想太多，從手提箱內扯出背包，順手將空箱子留在報攤前。

巴士準時出發，途中在托斯卡尼的阿雷佐停車上下客時，他買了咖啡與巧克力可頌。義大利人熱愛甜食的程度，屬於螞蟻一族。

十點五十四分到達佩魯佳。沒空懷念當地著名的燴兔肉，加快腳步進火車站，趕上十一點〇五分發車的二四八三次火車。這回沒換衣服，倒是加了頂洋基隊的棒球帽。他有將近三個小時的時間可以在車上補充睡眠。

車上人不多，四名蘇格蘭口音結夥的背包客、三名迫不及待打開筆電的商務客、一名可能來自台灣或香港的單身女自助客。他選最後一排的座位沉沉入睡。

不僅因為一整晚未睡，接下來他可能也沒有機會再睡。

延遲五分鐘，二四八三次車於兩點〇一分駛進羅馬的特米尼車站。踏出車門，他已然陷入擁擠的焦慮人潮。

沒有隨大多數旅客往共和廣場的方向，出站後轉而往南，走到摩卡咖啡旁的寄物櫃，摸出鑰匙打開其中一個櫃子，很好，果然有兩個束口塑膠袋。拿了袋子過馬路鑽進對面巷子，毫不考慮側身擠進阿爾及利亞人開的小店添件深咖啡色兩肘打了皮補丁的獵裝，拖畫了小熊圖樣的行李箱出來。

後車站到處是遊民與難民，他比對地址，沒幾步路，站在一棟有如撲了層汽車排放廢氣色澤的灰黃大樓前，按五樓門鈴，玻璃門直接彈開。

大樓內三家旅館，Hotel 香港、Hotel 上海，他停在五樓的 Hotel 東京。挺著大肚皮的中年人什麼也沒問，收了三十歐元，交來一把鑰匙。

房間單調，床、椅子、一臺小得恐怕貼著螢幕才看得清的小電視。

準兩點四十分電話鈴聲響起，拿起小桌面上幾近骨董的電話機聽筒，傳來令他忐忑不安的女子聲音，是她嗎？

「Hotel Relais Fontana Di Trevi.」

「鐵頭教官呢？」

對方不帶感情壓低嗓門回答：

「房間已訂好，使用二號護照。」

來不及追問，電話斷了。

打開剛買的小熊行李箱，裡面是另一個長型運動用袋子和衣褲，他脫下獵裝與牛仔褲扔至箱內，推進床底，換上黑長褲與黑夾克，戴黑毛線帽與耳機，側背袋子離開房間。

櫃檯沒人，原來的大肚皮中年男子在後面的屋內看足球轉播。他逕自開門由堆滿雜物的樓梯間下樓。

路邊停著幾輛自行車，伸出袖內的袖珍爆破鉗剪斷其中一輛綁在路旁鐵柵的鐵鍊，推車輕快的向前滑行，抬起右腿跨上椅墊。

一路穿小巷子往西，到巴貝里尼地鐵站旁扔下車子，快步跟上打著小旗子的日本旅行團，直到擠入萬頭攢動的許願池，他脫離十多名銀髮族的日本人，緩步走進許願池南邊的旅館。

向露出歡迎表情的帥哥遞上護照，對方看了看，送來卡片式的鑰匙，他沒開口說任何一句話。

「One night only?」

微笑點頭。

「From Korea? My girl friend can speak a little bit Korean.」

微笑再點頭。

他留給 Hotel 東京中年男人模糊的亞洲人印象，留給方才的櫃檯帥哥靦腆且不會說英語的韓國人印象。

平穩走進電梯，安靜抵達三一三號房。

一百五十歐元租這間既擋不住外面觀光客聲浪，也談不上裝潢的房間。

拆開從寄物櫃取出的塑膠袋，兩手往不同方向一掰，第一個袋內掉出大牛皮信封。

這麼大的牛皮信封只裝兩張照片，一張是中年東方男子的大半個側面圖，另一張則看似咖啡館，在露天的某張圓桌打了個「X」。

如法拆開第二個塑膠袋，一支完全不智慧的老式手機，諾基亞七六一〇型銀殼鉛筆盒款。他把手機塞進口袋。

翻愛迪達運動袋，取出兩件內衣包裹的瞄準鏡，從窗口往許願池周圍慢慢掃瞄一遍。即使這個冰冷的季節，依然人太多，移動的身影不時阻斷瞄準的視線。

非得在全世界最熱門的觀光景點執行任務嗎？

每天扔入池子的硬幣約三千歐元，扔上網路與海神合照的相同背景照片則大約五萬至七萬張。

他戴回墨鏡，換高領毛衣，相機掛胸前。

鐵頭教官說過，既然無法改變環境，何不加入它。

加入觀光人潮，他悠閒的逛進池子旁的紀念品店與咖啡館。要杯瑪其亞朵，學義大利人舀兩小匙糖，咬起理應是西西里名產的奶油煎餅捲。

翻起多那托．卡瑞西的小說，中間夾著照片，沒錯，店外靠窗咖啡座的圓桌位置和照片上標「X」的一致。

從他的房間的確可以對準咖啡館外的這張桌子，距離大約一百二十五公尺，周邊房子圍住許願池，風速的影響有限，射擊障礙不多，唯一麻煩的依然是人。

每個問題被設計出的同時，也有解決的答案。一般人受到驚嚇時的反應時間平均為四秒，為求保險，算三秒，他得在解決擋住瞄準線的路人甲之後的三秒鐘內，從路人甲倒地過程的空隙間開第二槍，解決目標物。

除了得多費一顆子彈，算起來也不是什麼了不起的大問題。他拿手機拍了張赤裸大半個身子的海神，希望留給咖啡館老闆的印象是諸多東方臉孔形成的黑白雙色數位迷彩。

奶油煎餅捲有個問題，一咬即碎，若干餅屑落在書頁上留下油漬。他看到孤兒院男童比利的死，比利曾親眼見到上吊而亡的父母屍體，他不慌不忙解開繩索放下遺體。他是十六名院童中最快樂的那個，嘴角始終掛著微笑，可是比利死了，死亡原因是腦膜炎，但警方重新開棺驗屍，他的骨頭一根根被打斷，虐殺。

比利死前仍帶著微笑嗎？

捨不得扔下小說，塞進口袋，也許回程的火車上能看完，他必須知道誰殺了男孩比利，像痰鯁在喉嚨。

看完之前不再吃奶油煎餅捲。

# 2 台灣・台北

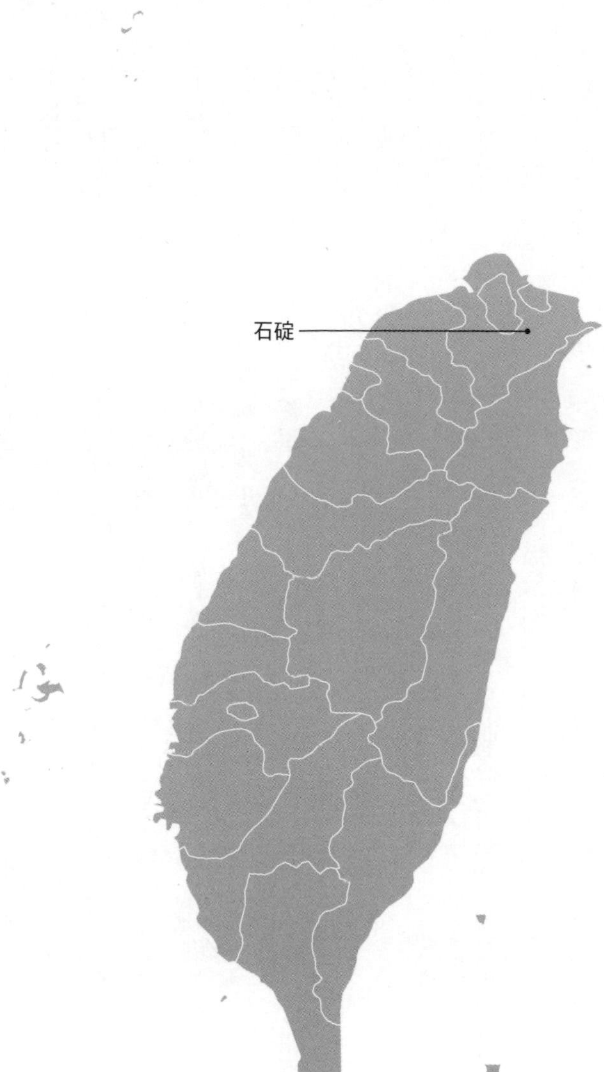

擱下筷子付了帳，老伍懶得回局裡，招計程車走北二高過深坑直奔石碇分駐所，陳里長等著。

有七十歲了吧，缺了不少牙。陳里長講十多分鐘話，噴得老伍一臉口水。

大致弄清，他里裡八十七歲的王魯生好久不見人，幾次拜訪，王家兩個兒子說老爸進醫院，可是哪家醫院呢？總推說家裡的事不便對外人講。里長伯跑了趟榮總，查遍住院名單，再問過三軍總醫院，沒王魯生的名字，覺得不對勁才報警。

可能王老先生得了失智症，出門後找不著回家的路？或是撞了車、身體不舒服，寂寞的躺在某個陌生的小巷？

他兩個兒子不報失蹤人口，勞累熱心的里長伯出面。

去看看再說。

請分駐所派警車，由兩名專校畢業的一線三星制服菜鳥陪同，直撲烏塗窟。

從省道走成縣道，再成鄉道，沒幾公里路，連產業道路也消失。

山邊是棟半違章建築的鐵皮屋，原有的磚牆房子破敗得像沒分到預算的一級古蹟，瓦片零亂，牆角縫隙長棵未來可能穿牆破頂的小樹。漏雨透風，屋內搭帳篷也住不了人。住戶八成敲計算機考慮過與其整修，不如倚牆立幾根鐵柱支起鐵皮另搭違建，有意無意順便侵占國有山林地。

警車停在泥濘小路盡頭，三頭黑狗狂吠奔來。小警察顯出害怕的猶豫，老伍領頭下車，任由黑狗在他腳旁兜著叫，拿出後座半個不知誰沒吃完的池上便當往角落的狗食盆內倒，趁黑狗搶食，用狗鍊一一繫上。

「王家兩個兒子在？」

「前兩天見過。」里長伯緊張的回話。

「叫什麼名字？」

「附近人叫大兒子大頭仔，小兒子細漢。」

老伍點點頭，他走到木條釘的鐵皮門前吸吸鼻子，濃郁的強力膠味道。他解開槍套的釦子，抹抹沾了細雨的銀白平頭，捲起風衣袖子大腳踹開鐵皮門：

「操你卵蛋的大頭仔、細漢，給我出來。」

屋內傳出物品碰撞的聲音，但沒回應的人聲。老伍大步進去，一分鐘後兩手各拎一名五十歲左右的枯瘦漢子摜在警車前。

「銬了，毒品在屋內，周圍搜尋他們老爸的人影。」

三面樹林一面山壁，最近的住戶在山腳下。

沒找到老人，屋內清出殘留海洛因的塑膠袋與針頭，一級毒品，三年以下有期徒刑，前科與兩次勒戒紀錄，加重其刑。桌上大罐強力膠，剩下三分之一不到，黏成一團發黃的塑膠袋扔得一地。

沒錢買海洛因，窮到吸膠，毒蟲的悲哀。

懶得理會毒品，王魯生人呢？

做大哥的大頭仔一臉茫然，眼屎恐怕是陳年貨，蹲坐在警車的輪胎旁張嘴滴口水。老二細漢好點，能站直身子，一腳沒鞋沒襪盡是泥，另一腳雖穿藍白拖，照樣是泥。

「細漢，這回不是強制勒戒能打發，進了牢，出來可以慶祝六十大壽嘍。說說話，你爸在哪兒？」

細漢低下頭，看他腳上的泥。

「你爸，」老伍看看手機的資料，「王魯生，八十七歲，陸軍上士退伍。記不記得？」

細漢仍不回應。

「再問一次，」老伍瞪大兩眼，敲鑼似提高音量，「你們兩個王八蛋把王魯生埋在哪裡？」

上前提起細漢的衣領：

「王魯生死了多少年？你們繼續領他的退伍金、老人年金，領了多少年？」

聽完里長伯的敘述，老伍猜想得出怎麼回事。

沒什麼好奇怪，兩個兒子從十七、八歲起吸膠、嗑藥、偷竊，大罪不犯，小罪不斷，從沒幹過正常職業，全家生計靠老爸領的月退俸和老人年金。

連著幾年沒人見過王魯生，老伍估計老人死了，為了繼續領錢，兒子私下埋掉老爸，未向市政府報死亡人口。

刑事局、新店分局支援的人手陸續趕到，老伍將毒癮發作、一把眼淚一把鼻涕的細漢推進山裡的竹林：

「他活著幾十年沒少侍候你們兩個混帳兒子，死了，你們荒山野地兩三鏟子埋掉？對得起老爸？禽獸不如的狗東西，說，埋在哪裡？」

細漢癱在泥水裡，倒是大頭仔在警察扶持下走進竹林深處，滿臉淚水指向五顆石子堆起的空地：

「我，我，我們清明都有來掃墓。」送喪的哭腔。

「掃你媽的頭。」心情不好的條子腔。

按捺不住，一巴掌打得大頭仔也栽進泥漿。

所有人戴口罩，兩鏟下去，臭味已漫得整個林子。

石碇潮溼，屍體混在泥塊中，沒棺材沒蓆子，裸埋，這是瞎眼養逆子的下場。

王魯生兩三年前即病死，大頭仔和細漢說不清究竟是兩年或三年，他們甚至不清楚王魯生怎麼死的。

有天細漢回到家，見老爸躺在床上沒呼吸。

王魯生死後躺在回收的床墊上多久？

仍說不清楚，大頭仔說他去宜蘭建築工地打工，細漢跟漁船，起碼幾個月沒回來。

王魯生臭死在石碇無人山區，細漢返家不叫救護車，竟然和屍體睡十多天，等大頭仔回來商量好私下埋掉，拿老爸的印章和存摺照樣領月退俸。

若不是里長伯管這宗閒事，王魯生可能於戶口名簿內活到九十多一百，有機會成仙。

檢察官掩鼻逃出竹林，簽發收押大頭仔和細漢兄弟的文件後即離去。刑事局的車子不肯載臭氣熏天的王氏兄弟，新店分局聰明，當場拉出水管替他們沖澡。

這種天氣拿冰涼山泉水沖洗人犯算非法刑求、違反人權？

沒老伍的事了，閒著往鐵皮屋內外走幾遍，屋外瓦斯桶鏽的，屋內的電斷了，冰箱成雜物櫃，空的。除爬滿蟑螂的陳年泡麵碗，沒找到任何像是人吃的食物。大頭仔兄弟怎麼活得下來？

找到一疊繳費通知單，電費一年三個月沒繳，半年前寄來停電通知。

屋外廢棄的汽油桶燒木柴，上面架個鍋子，煮的不知什麼東西，長了層發青的黴菌。兩兄弟幾成廢人，吸膠吸得骨瘦如柴，指望他們煮飯嗎？

往山裡走，路窄得必須彎腰撥草勉強通過，原來裡面另有棟三夾板釘的小屋，看上去像廁所，否則怎會臭氣沖天。他沒打開歪斜的木門，因為門縫下露出女人的腳與腳上的矮跟涼鞋。他撥手機，收不到訊號，回頭走到鐵皮屋，對新店分局的員警吼：

「裡面，一具女屍。」

用警車的電腦直接上網查詢，細漢離婚兩次，對象是同一個女人，在烏來山區的溫泉旅館當清潔婦，不知怎地回來和細漢逗陣。

新店分局與刑事局的車子來不及開離山區，全掉頭轉回。

女人被打死的，全身浮腫潰爛。丟在草叢裡的鋁製球棒凹凸不平，沾滿血漬。採到細漢的指紋、掌紋，幾乎聞得出細漢多日不洗澡不換內衣褲的老人騷味。

撥幾通電話，細漢與前妻有個兒子，一年前因電信詐欺被大陸警方逮捕，判十年有期徒刑，目前蹲廣東大牢吃大陸人民的稅金。

王魯生未成年即於山東入伍當兵，轉戰大江南北，打過日本人，隨國軍在徐州打過共產黨，經歷古寧頭、金門炮戰，得過乙種二等干城獎章、忠勇勳章，好不容易調至台灣本島安家立戶，怎料到一家三代如此下場。

細漢光身搗住小老二直跳腳，老伍拿過水管，開足水量朝他乾扁的屁股沖。

「你們這對兄弟連狗都不如。」

蛋頭救了瀕臨感冒邊緣的細漢，手機內傳來他陰陽怪氣的笑聲：

「老伍，要不要順便去基隆吃夜市的營養三明治？」

「猜猜我還幾天退休？」

「十二天，寫在辦公室白板角落，我每天好心幫你減一天。」

「基隆？故意讓快退休的老人不得安寧？」

「年底，忙得不可開交，加上新來的局長，你又不是不曉得他的急性子。放心，單純的自殺案，你現場走走，看看屍體看看凶槍，回來打個報告，其他的交給法醫。」

「原來你是天良未泯，千挑萬選找個涼快得感冒打噴嚏的工作交給我？」

再一陣母雞給掐住氣管的笑聲。

「替我帶兩份三明治，不加美乃滋，加番茄醬。今晚八成又回不了家吃晚飯。」

老伍揮手攔住另一輛新店分局的警車：

「隨我去基隆。」

開車的制服警員怯生生的問：

「報告長官，去基隆？」

「是啊，」老伍彎身進後座，「聽說反黑科的蛋頭科長請你們吃營養三明治，高不高興？」

沒聽到拍手鼓掌聲，車子駛進細雨中。這天氣溫跌到攝氏八度，入冬最低溫，加上似乎永遠不停的雨。

# 3 台灣・基隆

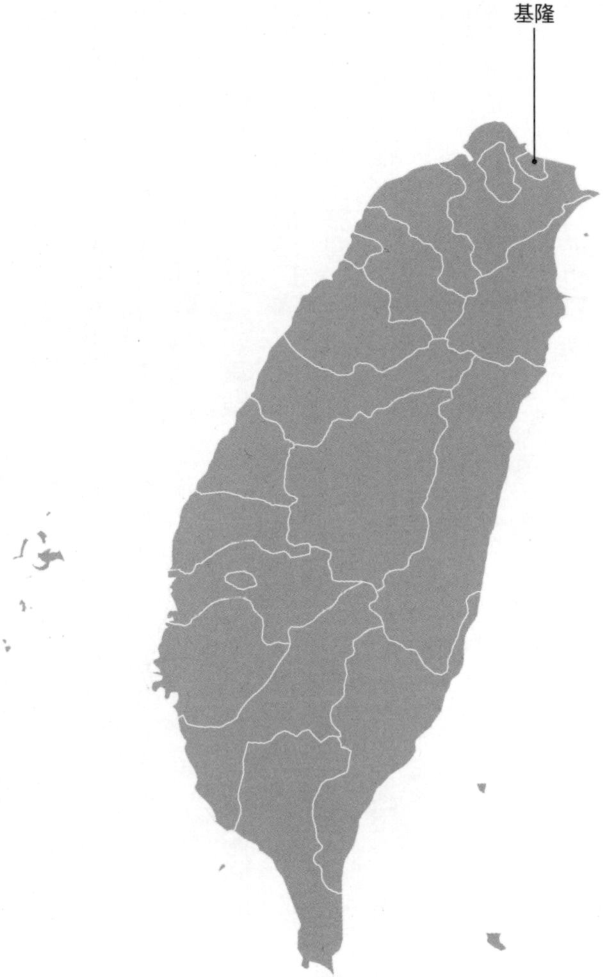

雨下得更大，基隆是雨港，一年三百六十五天，兩百天不見太陽。

老伍灌下一大杯 7-ELEVEN 的咖啡提神，車子抵達基隆港南側的長榮桂冠酒店，搭電梯往上升，可以看見停泊在堤防外海軍碼頭兩艘懶洋洋的成功級巡防艦。

九一七號房警員忙進忙出，老伍剛出電梯，走廊間甜甜帶著黏膩的噁心氣味嗆得他向一旁制服警員討枚N95口罩。

海軍基隆艦的一等士官長郭為忠上午舉槍自殺，基隆警局接到酒店的報警電話立即趕至現場，同時通知刑事局。

死者郭為忠身著整齊灰藍色海軍工作服，端坐於面海的窗前，舉槍射進右腦的太陽穴，子彈從左邊穿出，夾著數不清的血滴、腦漿、碎骨，噴灑在鋪得一絲皺紋也找不到的雪白床單上。

凶器是台灣聯勤兵工廠仿貝瑞塔92F製造的T75半自動手槍，口徑九公釐，有效射程五十公尺，十五發的彈匣。網路上對這種槍的評價是設計老舊，準度欠佳，但右手持槍射自己的右腦，不精準也難。

基隆市警局的人馬已將整層樓封鎖，半小時前通知海軍，七名穿制服的水手整齊排在門外，現場仍是警方的，海軍只能在封鎖線外觀察。

老伍看看資料，郭為忠三十八歲，海軍資深一等航海士官長，已婚，兩個兒子，家住台北市，警方人員在海軍配合下，由軍方派專車送郭太太來基隆認屍。

聽到發自丹田喊「立正」的聲音，老伍回頭，進來三名軍官，領頭的掛上校軍階，他摀住鼻子在室內轉了一圈。

「警方誰管事？」

老伍不太高興，命案現場，誰放他們進來？

「我姓伍，刑事局反黑科。」

上校面無表情：

「找個地方說話。」

兩人出了九一七號房，走到電梯旁的窗口，老伍的身高一七八，在警局算高的，上校還高出他一個頭，四方身材，看起來年輕時練過體格。

「沒想到發生這件悲劇，三軍總醫院的救護車馬上到，屍體送台北。」

送三軍總醫院？老伍摘下口罩：

「現場還沒勘驗完，等法醫。」

「不是自殺嗎？」

老伍原想說，自殺個屁。他沒說，他說：

「可能不是自殺。」

「不是自殺還能怎麼殺？」

老伍原想說，謀殺。他沒說，他說：

「有些疑點必須釐清。」

上校臭張臉：

「什麼疑點？」

耐住性子，老伍不慌不忙解釋：

「死者膝蓋前小茶几上的馬克杯杯耳朝左，兩盒外帶的滷菜，兩雙筷子。一手啤酒，已開了一罐，喝掉大半。」

「所以呢？」

「他死前約了人見面，而且——」

「繼續。」上校的眼珠子睜得更大。

「杯子的位置，杯耳朝左，郭為忠是左撇子。」

「很好，左撇子。然後呢？」

人的脾氣是有限度的。

「他一個人，喝了點啤酒，吃兩口滷菜，朋友沒來，或朋友來了卻不肯吃菜喝酒，郭為忠一時間情緒激昂，決定改用右手開槍射自己右邊的太陽穴，試試右手射擊能不能和左手一樣準。」

「這位警官貴姓？」

「講第二次，姓伍，伍千萬元的伍，大寫。」

「請嚴肅點。」

不理會上校的挑釁，老伍接著說：

「筷子的位置，死者用的這雙已拆封，擺在左手邊的碟緣，筷頭有油，另一雙擺在他對面，沒拆封，顯示他等朋友。」

上校皺皺眉：

「等朋友？」

「垃圾桶內找出南京板鴨的便當紙盒，上面印的地址是台北市信義路。死者從台北買了下酒菜，搭巴士或火車來到基隆，在酒店附近的便利商店買啤酒，擺好小茶几和馬克杯、筷子，當然等客人。郭為忠的家在台北，為什麼不在台北請這位客人吃飯，偏要費事跑到基隆港邊訂酒店，開房間？如果約的是女朋友，背著老婆偷點小情小愛，需要穿軍服？我看圍條毛巾就足夠。」

「伍警官的意思是他殺？」

「準確的說法，疑似他殺。」

電梯門再打開，是身罩白袍的法醫老楊，他領兩名助手，朝老伍點點頭，逕往九一七號房走去。

「你們打算驗屍？他是軍人，生死都由軍方處理。」

「請跟上級反應，我是小刑警，按規矩辦事，至於解不解剖屍體，由法醫決定。」

上校連再見也沒說，向另兩名軍官招手進電梯離去。老伍跟進去，上校挑高左眉看他一眼，老伍趕緊說明：

「下樓抽根菸。」

上校依然沒把眉頭放下，看來他討厭菸。

站在酒店外，老伍點起菸目送草綠色的軍用豐田車。

手機又響，蛋頭這回沒笑：

「國防部來電話，說死的是海軍士官長，舉槍自殺，不過你堅持他殺——」

「有他殺嫌疑。」

「好，有他殺嫌疑。局長要你在下班前向他報告。」

「不等老楊他們完成現場鑑定？」

「你先回來。」

「那我沒空買營養三明治了。」

「嘿嘿，找家隨便什麼店，買不太營養三明治、根本不營養三明治，行嗎？」

平常刑事局案件要等現場刑警與鑑識科完成報告往上呈，長官才決定開不開會，誰都知道長官忙，長官應酬多。今天不一樣，難道死個軍人和死個老百姓待遇不同？國防部幾顆星的長官打了局長什麼樣的官腔？

討厭這種感覺，像兒子扔了筷子下桌，碗內留下大半碗飯；像兒子衝出門上學，門口留下一正一反相距三公尺的拖鞋；像老婆爬完山回家，把熬夜剛上床補眠的他罵起來：太陽晒到你屁股嘍，懶鬼。

像局長開會途中講手機、像剛鑽出塞到爆的車陣進入機場卻找不到護照。

像他現在，離開酒店，發現沒油了。

像沒油的警用勤務車，排在長龍尾端等加油。

像夾在兩輛垃圾車中間等加油，垃圾車臭烘烘的後倉沒拉上門。

像加油站掛出偌大紙牌，九五汽油每公升上漲五角。

像，還有十二天退休，卻遇上這麼宗看似十二天內辦不出結果的命案。

像，才罵「他」，局長便進來，得活生生吞下後面的「媽的」兩個硬邦邦、四方方，絕對不消化漢字。

# 4 義大利・羅馬

準六點半起床，打趟拳，一百個伏地挺身，他下樓到咖啡館，一份夾生菜火腿的帕尼尼，一杯拿鐵咖啡，兩眼對許願池周邊環境做最後巡禮。天氣陰沉，氣象報告早說今年夏天特熱特長，所以冬天超低溫。

希望下雪，空氣裡的氣流比觀光客形成的波動要穩定許多，說不定雪嚇退觀光客，環境更單純。

羅馬從不下雪，是首歌的歌名嗎？閒著滑手機查查，不是羅馬不下雪，是南加州不下雨。

再檢視一遍，撤退路線確定安全，少了觀光客雖少了掩護，卻也少了威脅。人人一臺相機和手機，十分鐘內創造上萬張影像紀錄，應該出個聰明人發明某種程式，輸入諸如單身、長型行李袋、刻意隱藏面孔、急行、躲在人群後面、東方人、男性等條件，說不定三秒內歸納出他的正面、側面、背面。

Camouflage。鐵頭教官、外籍步兵團，每個長官皆強調偽裝，狙擊手至戰場首要工作是與環境融為一體，絕不准突顯個人風格。在羅馬的許願池，他看看窗上映出幾天沒刮鬍子的臉孔，最突顯的個人風格：東方男人。

早飯後他回到房間，徹頭徹尾改造成西方人，比照從網路上截取下來的圖形，不知姓名的美國男人，叫他湯姆吧。

湯姆在咖啡館內學義大利人，喝加牛奶表示安撫清早腸胃的瑪其亞朵，吃兩個糖漿大麵包，滿足的抹抹嘴，穿回厚重夾克，走進即將落雪的池畔。

挺著略大的肚子，平常穿四十八吋腰圍的褲子，這時打飽嗝的湯姆得將皮帶退一格。氣溫接近攝氏零度，依然短褲與涼鞋，膝蓋以下的腿毛與凍得發白的皮膚代表他度假的態度。

湯姆脖子掛Sony類單眼相機，背塞得滿滿的大背包，背包下方繫睡袋，即使住旅館，不意味不需要睡袋。睡袋下面吊另一雙鞋，半長統戶外健行用途。戴頂洋基或紅人或道奇隊的帽子——手邊只有洋基隊的——洋基隊的帽簷露出捲曲的紅髮。

增加一項，小腿添個刺青，漢字的「禪」。小店內賣現成的貼紙刺青，留點醒目卻可以隨時消除的特徵也屬於偽裝的一部分。

當尖叫聲響起後不久，湯姆與其他人一樣，先發愣，再舉目尋找聲音來源，聽到有人高喊「槍手」，他和身邊的中年瑞士人、年輕的日本小姐、高舉相機的韓國男人同時發出驚叫並蹲下身子。再聽到有人喊「死了人」，他隨瑞士人往後跑，擠得日本小姐摔倒，撞掉韓國男人的相機。

湯姆拚命跑，不小心遺落一隻涼鞋——沒關係，美國人習慣穿襪子搭涼鞋，警方採集不到腳皮的DNA。

轉過幾個街角，湯姆擠進西班牙廣場臺階的地鐵站，等候兩分鐘，跳進電車，到特米尼火車站下車，進入廁所，湯姆換掉短褲、涼鞋、假髮、棒球帽，脫掉厚外套，扔了填在襯衫內的假肚皮靠枕，拿出背包內BOSS休閒外套與長褲，換上戶外健行鞋，用螢光綠的防雨套裹住背包，戴上毛線帽，瀟灑地一手插口袋、單肩掛背包，向月臺前的小店買杯咖啡，輕鬆登上開往佛羅倫斯的火車。

義大利警方調閱許願池周邊監視器拍到的畫面，鎖定美國人湯姆可疑時，槍手已經在佛羅倫斯領主廣場旁的巷子內，吃熱騰騰的牛雜三明治。

剛吃完可頌，暫時忘記牛雜三明治，他回到旅館整理步槍。

一般稱它M21春田狙擊步槍，另有改良型的MK14和M25，他仍習慣稱它M14。初入伍時使用的是仿造美國M16的聯勤T65式自動步槍，調入狙擊隊後才接觸古老的M14。

一九六九年美軍正式由M1換裝為M14，同時也在M14加裝九倍瞄準鏡，改成M21狙擊槍，畢竟是半自動步槍，射距與準度評價三顆半星，一九八八年被後拉式槍機的M24取代，四顆半星。

外公以前當兵時用M14，讚不絕口，和早年用的M1相比，這種槍容易清理，輕又準。時代流轉，若和越戰時的M16相比，M14既笨且粗，遜斃，更遠不如攜帶方便的

SRS、看起來有未來感的巴雷特M107重型狙擊槍。

鐵頭教官在開訓第一天站在講臺沉默好久，自顧自將零件組合成M14，輕輕撫摸槍機與槍托間的木頭腰身：

「從此以後，你們最親近的人不是女朋友，不是老婆，不是你褲襠裡的小雞雞，是這支大傢伙。它長得土，比你姑媽還土，裝十枚子彈的彈匣，空槍重量四點五公斤，太輕了，怕射擊時被風吹歪槍口對吧，好，我們讓它長胖點。」

鐵頭將方形十發裝彈匣塞進槍腹，鎖上ART可變距戰術狙擊鏡。

「現在它的重量五點六公斤，怎麼樣，感受到它的騰騰殺氣沒？」

沒人敢反對鐵頭講的任何一句話。

「我們這個小基地向陸戰隊借的，委屈各位。訓練期間的課表沒有亂七八糟的政治課程，早上六點起床，比新兵訓練中心的五點半優待多了吧。清理內務、撇完隔夜金光閃閃的童子尿，六點十五分捧你們寶貝大雞雞集合，端槍跑五千公尺。跑不完的中午重跑，再跑不完，傍晚重跑，你們他媽的不睡覺大半夜也給我跑完。」

隊伍內起了小小騷動，跑五千公尺沒什麼了不起，可是端這把老槍跑？兩條手臂不廢掉？

「不必懷疑，每天端著它跑，風雨無阻，像抱你小女朋友上床，親親愛愛。跑完後擦槍，槍管內不准見到一點點疙瘩，槍身摸起來像你馬子，滑嫩多汁。聽懂嗎？」

所有人齊聲：

「懂。」

「懂？懂個屁，等你們待會兒跑完再說懂不懂。」

鐵頭輕輕撫摸他的M14：

「跑完吃早餐。為激勵士氣，先公布早餐內容，白乎乎你馬子奶子似的饅頭、比你馬子口水濃稠的豆漿、果醬、牛油、肉鬆、醬菜、水煮蛋。有誰想吃漢堡？好，我叫伙房做中式漢堡，饅頭夾炸得香噴噴的大雞排。」

鐵頭教官慎重其事將M14一一交到學員手中：

「韓戰、越戰的槍，一共生產一百三十八萬支，和造了上億支的AK比，M14物以稀為貴。你們拿的是M14改良的M21狙擊槍，數量更少，請珍惜。現在兩手端槍，左手在前槍背帶釦後方，右手抓穩槍腰，聽我口令，跑步——走。」

從此捧M21跑五千公尺，沒一天中斷，連休假日也得跑完才能出營門。跑了三個月零一天，槍成為身體的一部分，無論以何種姿勢射擊，手臂如鐵製的腳架，牢牢撐住步槍。

隨著每次實彈打靶，他慢慢喜歡臉頰貼著木質槍托的感覺。日後他用過好幾種狙擊槍，威力遠超過M21，可是少了說不出來的親切感。

他坐在許願池旁的旅館屋內，分解M21為幾十個小零件，以油布溫柔的擦拭。如當年鐵頭教官，一遍一遍撫摸槍機後方彎曲的腰身。

射擊的精準度與固定點有關，掌握住三個固定點，誰都能當狙擊手。在狙擊隊，訓練的是一個加兩個二分之一的固定點，槍托抵緊肩窩，第一個點；右手握槍腰，手指扣扳機，只能握，不能用力抓，第一個二分之一點。至於另一個二分之一點，指的是捧住槍管前端的左手掌。

「輕輕的捧，像捧你的卵蛋，不是叫你打手槍，握太緊槍不能呼吸。」

1＋1/2＋1/2

上完油、組裝回原狀的M21狙擊步槍有效射程八百公尺，曾有隊友試過射擊一千公尺的目標，效果不差，但鐵頭教官嚴格禁止：

「你防砲部隊，打飛機？打飛機有飛彈，不勞您老人家辛苦拖把爛步槍朝天空放！二百到四百公尺，聽著，射距不在遠，我他媽要求的是彈無虛發。」

雨點打著面前的泥土，幾滴泥漿彈射在臉孔。三百公尺前是活動半身迷彩靶。

「每一發子彈取一條性命，生命貼在瞄準鏡內看到的靶上，摳下扳機是因為任務，淨空大腦，集中注意力。」

鐵頭教官站在一排發出沉重呼吸聲的狙擊槍前。

「你們的存在是因為命令，誰傳達的命令？」

十個人齊聲回應：

「教官！」

「做為軍人，你們沒有人生，沒有感情，只有命令。」

鐵頭走到一百公尺處，大雨打在草綠制服、黑色長靴，他兩手背在腰後面對靶臺高喊：「開始射擊。」

鐵頭走在迷彩靶與射手之間，他可能擋住射擊線，可能遮住才鎖定的迷彩靶。

槍聲陸續響起，有時鐵頭停下腳步若有所思，有時加快腳步，子彈呼嘯於兩座山丘間狹窄的靶場，它們是這一刻最焦躁的飛行物體。

過去狙殺特定目標，用十發裝彈匣，第十一發子彈先填入彈槽。射擊目標只用一發子彈，其他十發用在狙殺目標後的自衛。

這次任務不需要自衛，他打算用五發子彈，第一發清除障礙，第二發射擊目標，其他三發備用。

從床單上的幾十發子彈內挑選出五發，憑經驗，有些時候某幾發子彈散發特別的光彩，讓人不能不挑它。

手中的M21來自伊拉克，庫德族留下的，勉強算戰利品。消音器由寶力打造，寶力說沒有消音器的狙擊步槍跟不戴保險套就上床差不多，絕對出事。離開外籍步兵團後，大家以為寶力會進軍火工廠或至少修汽車，手巧的他意外皈依天主，穿麻布長袍當起修士，不再為人改裝槍枝。

試著拉動槍機，聲音輕脆。坐在床上，兩腿分開擺出坐姿，這時他只剩下一與二分之一個固定的支撐點，肩窩、右手裡的槍腰。左手取瞄準鏡滑入戰術導軌，槍口移向窗外，準星中央鎖定水池後方海神雕像的額頭。

想像子彈離開槍口，弧形飛越舉著自拍棒的觀光客、池底填滿零錢的池水，穿進海神兩眉之間，腦漿從後腦炸開，潑墨式灑在後面希臘式的圓柱、羅馬式的柱頭、巴洛克式的穹頂。

測試完畢收起槍，半年多來他第一次拿槍，感覺依舊。

十點〇五分，戴紅色假髮、洋基球帽、塞條牛仔褲進內衣讓肚子有點懷孕模樣，穿短褲涼鞋的湯姆端起M21狙擊槍，第一發子彈塞進槍膛，其他四發子彈填入彈匣後卡進槍機下方，輕脆的「卡」一聲。

如氣象預報的，氣候異常，羅馬意外的落下冰雹，劈哩啪啦打在窗臺外緣，不過許願池周圍依然擠滿觀光客，預料中的自拍棒、各色帽子，可是怎麼漏算東方女人撐起的傘？大半個池子被此起彼落的傘遮住。

為什麼她們無論晴天、雨天、每一天，走到哪裡都撐傘！

不能不轉移陣地，太多傘。他悄悄順著樓梯到屋頂，躲在煙囪旁，伸出M21的槍管。風勢遠比想像的強勁，冰雹更影響視野。

不能拚運氣，他抽下褲帶，一頭卡住槍管前方下面的橢圓形槍背帶的鐵釦，另一頭綁在左大臂，左手穿過拉緊的皮帶伸到槍管下，V字形的手掌輕輕接住槍身的部分重量，右手再將槍托塞進右肩窩。現在他有1＋1/2＋1/2個固定點，尤其左手繃得打了釘子似的牢固。

瞄準前他摸出相片，沒錯，咖啡館戶外圓几坐著三個人，左邊上年紀的白髮東方人，中央穿翻毛皮大衣的歐洲人，最右邊黑髮梳得光亮的東方男人。

醒目的耳朵，狙擊手不見得記住目標物的長相，但一定記得目標物頭部的特點。

鐵頭教官說的：耳朵，每個人的耳朵長得都不一樣。

「不是每個人的指紋不一樣嗎？為什麼是耳朵？」

在鐵頭面前，只能喊「是」，不能有質疑。他提出過質疑。

「你他媽開槍前有空去檢查目標物的指紋合不合？」

推開保險，憋住呼吸，當紅色雨傘才離開，他毫不猶豫，對準頭髮啵亮的東方男人，瞄準鏡中央出現男人的耳朵，耳垂往上削，像少了底下那一點的「？」。

如果對方是女人或者留長髮的男人呢？

「笨蛋，算你倒霉。」

為此他在操場蛙跳一百公尺。

少了那一點的問號愈來愈大，在瞄準鏡內比大象還大，他朝左耳後方髮際處扣下扳機。槍口冒出混於迷濛冰雹中幾乎看不出的白煙，他卻看得見子彈像跳水比賽的選手，旋轉身體向前飛去，略為弧形的穿進目標物的後腦袋。小撮血從彈孔處迸出，一滴飛到身後服務生白色的圍裙，一滴落在才積了薄薄水花的地面。

從一數到三。

一，中間的歐洲人瞪大眼；二，歐洲人張開嘴；三，歐洲人往右邊倒。他不在意不是目標物的歐洲人想鑽進桌底還是躲到白髮老人腳旁。收回槍，俐落分解，塞進背包，扶正洋基球帽，輕快踩著涼鞋下樓。

呀，才出旅館，冷風調戲他每根腿毛，美國佬湯姆為何非穿短褲。

戴洋基球帽的美國人湯姆推開旅館大門即右轉閃進巷子往北方走，根本沒人在意他的短褲與涼鞋，所有路人都往許願池的方向張望。

傳來警車的警笛聲，湯姆不小心碰撞到某位提Prada包的韓國女人，向扶起韓國女人的講法文男人點頭致意。他熟悉羅馬這個區域的每條巷子，兜幾條小巷子，十多分鐘已到西班牙廣場臺階。

坐滿來自各國的觀光客無可不可看著廣場中央巴洛克式的噴泉，記得噴泉的名字叫做「醜陋的船」，的確夠醜的。也擺出無可不可的姿態挑個空位坐下，摘下洋基帽，搔搔紅髮，抽根紅殼萬寶路，看似滿足的兩手插褲袋悠閒的下臺階進地鐵站。

假日的羅馬地鐵永遠擠滿人，他縮在車廂一角到特米尼車站下車，先進廁所，五分鐘後紅髮美國人湯姆消失，英挺的東方人將一袋東西塞進垃圾桶，走到賣咖啡的櫃檯前點杯 espresso，一口喝乾，轉身進月臺，即將要開的班車目的地是南方的拿坡里，區域火車，得開兩個半小時。他看看四周，跳上火車。

撥通手機，諾基亞仍訊號滿格、聲音清晰：

「飯炒好，一顆蛋，正洗鍋子。」

「扔掉手機，我會和你聯絡。」

仍舊沒機會問電話訊號那頭的女孩任何問題。

有件事忘記做。進廁所撕下小腿上的刺青，將「禪」貼在牆上。如果義大利警方真對紅髮美國男子湯姆有興趣，說不定這間廁所很有幫助。

當湯姆撞到拿 Prada 包的韓國女人，隔壁一家飯店的二樓有扇窗是打開的，窗內伸出 AE 狙擊槍的細長槍口。

ＡＥ的穩定性高，槍管下的腳架往窗後梳妝檯上一架，高度恰恰好。五百五十公尺範圍內ＡＥ的誤差僅零點五一公分，裝消音器後，幾乎不發出明顯的音爆。

透過施密特與邦德瞄準鏡，掃過對面每一扇窗戶、每一把傘，最後停在咖啡館外的三個人。點四四的麥格農彈填入槍膛，這種子彈能把目標物炸得血肉模糊，形成血腥的恐嚇效果。

瞄準鏡對準目標，先見到削瘦白髮的東方男人，笑起來時一邊的嘴角往上吊，若加根牙籤，像周潤發的叔叔。轉往一旁，包在毛領內白淨寬大的外國人臉龐。再轉往右，只見梳得每根黑髮３Ｄ立體的後腦杓。槍口不再移動，拇指打開保險，不過來不及扣扳機，瞄準鏡內的黑髮腦袋竟硬生生栽在桌面。

看著血花迸射，看著圓桌上晃動的杯碟，瞄準鏡轉向被各色雨傘遮住的小廣場，手機響起：

「狀況？」

「黃雀得手。」

「馬上走人。」

「是，問候家裡人。」

掛斷手機，ＡＥ縮回屋內。

# 5 台灣・新北市金山區

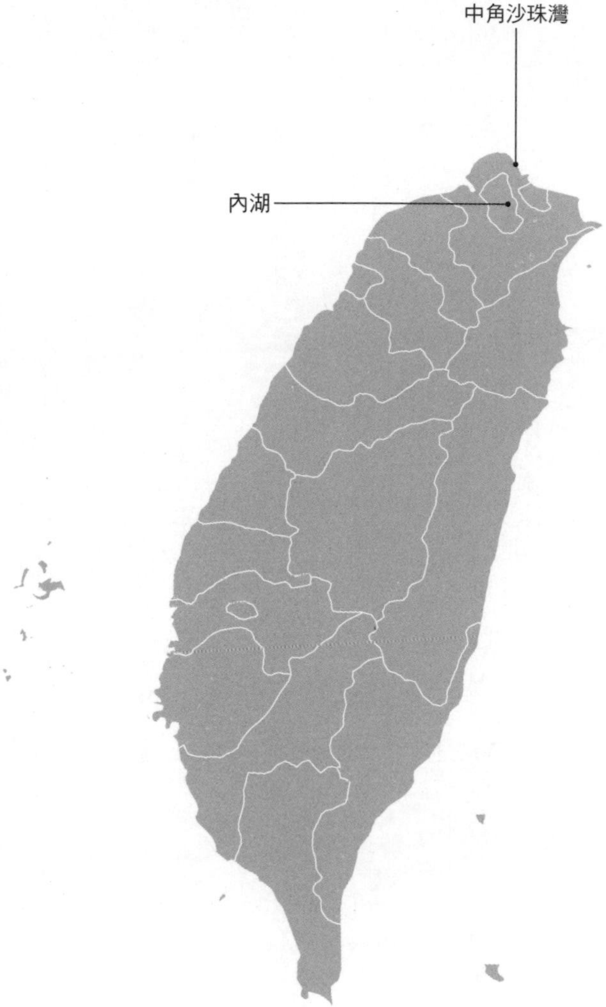

為什麼命案總發生在最好睡的時候？

東北角的東北風掠過金山獅頭山時，鬼哭神嚎一般。海面著名的燭臺雙嶼，據說就是鋒利如斧頭的鬼風硬生生將整塊礁岩切成兩半。

此時一陣狂風掃過岸邊聖安宮，把廟門口吐長舌頭黑白無常手中的鐵鍊刮得叮噹作響，他們是這個季節、這個時辰最忙碌的神祇，奔波於陰陽交際之處拘捕徬徨無依的孤魂遊鬼。

面對從海浪中浮起的亡魂，發現這具凍成冰棒屍體的身分時，老伍用力壓住翻至喉嚨的胃酸。

十二月三十日深夜十一點二十七分，老伍率四名執勤幹員分乘兩輛勤務車趕抵新北市石門區與金山區交界的中角沙珠灣，見到被礁石刮得千瘡百孔的裸屍。

四具探照燈架在沙灘的小貨卡上，雪白的浪花映著警車頂旋轉的紅藍警示燈光芒。老伍拉緊風衣的衣領擋住北海岸冷冽的風雨點上菸。

一槍斃命。

黑道行刑的手法。

不用鑑識人員開口，屍體明顯告訴老伍，額頭正中央的黑洞是致命所在。這是反黑科被召喚來的原因。

在淒風苦雨的海邊朝探照燈的光柱裡吐煙，好像這樣能感覺溫暖。

每年十一月下旬起，冷冽的東北季風從蒙古高原南下，毫不留情灌入台灣北海岸的河口與港灣。這種冷和北方冰雪的凍不同，是夾帶潮溼水氣往骨頭裡鑽的顫抖。

鑑識組的藍炮從麻將桌趕來，早一個鐘頭到，他搓著手仰起脖子：

「老伍，要不要下來試試水溫，泡個澡挺有益健康。」

老伍打算開口罵人，被周圍警員送上的高粱酒擋住話。

藍炮灌下一大口酒：

「死者的嘴裡沒有海草、泥沙，加上額頭那一槍，八成被槍殺後落水。看屍體浮腫的程度，恐怕不到一天。衣服是死前或死後被剝光的，凶手不想留下辨識身分的證物，像料理鰻魚的師傅，釘子往魚眼一戳，魚皮、魚刺、魚頭、魚尾，剔得乾淨俐落，雪白雪白的一副乾淨屍體。」

岸邊開設衝浪教室的林永良撿木頭編柵欄，發現屍體後報警。

望著堆滿沙灘的漂流木、寶特瓶、塑膠袋、保麗龍碎片，老伍吐口氣，依規定必須搜查屍體周邊地區尋找任何可能的線索，可是面對沙珠灣的垃圾，該從何下手？

沒有任何關於死者的證明文件，除了三根假牙、能見到頭皮的稀疏頭髮、小腹兩道疝氣手術留下的疤痕。

老伍身材高大，官校時是柔道和摔角高手，被他過肩摔的人不計其數，差點入選奧運代表隊，不幸扭了腰，從此死心塌地當警察。一向對身體充滿自信，此刻他卻覺得渾身疲憊，不能不接過藍炮傳來的酒瓶喝口高粱驅寒，執勤時不得喝酒的規定在某些時候得忽視。

年前的大陸冷氣團南下，九級風呼呼呼直刮台灣北海岸，凍得可憐的老屌縮進肚子找大腸取暖。

「還有幾天退休？」

看看表，

「十一天。」

「好命呀，老伍，修成正果，從此唸經打坐，再一個三十年羽化成仙。」

鑑識科的人愛打嘴炮，尤其藍炮。

十一天內必須破案，替人生畫個完整的句點，偏手上一下子出現兩宗命案。老伍右手搓左手，就地跺跺快凍僵的腳。

此刻無論如何得先查出死者身分。

將屍體捺下的指紋傳回局裡，同時詢問犯罪偵防指揮中心，請求調閱最近全台的失蹤人口資料。令老伍納悶的，屍體看來沒有刺青，沒有其他刀傷槍傷留下的痕跡，不像黑道人物，難道單純的欠地下錢莊幾十萬，本息一毛不還，一槍下去殺雞儆猴？

沒煩惱太久，清晨七點半回到市區，剛坐進內湖的來來豆漿店，手機響起，值勤警官傳達局長的指示，老伍沒吭聲，聽完收起手機。

他點了鹹豆漿、牛肉捲餅、蘿蔔糕，轉過身，又點了另一碗鹹豆漿與燒餅油條。

一旁四名幹員吃自己的，對老伍大清早的胃口未表示任何意見。

剛吞下最後一口豆漿，草綠色豐田軍用車停在店前，三名穿軍服的軍官弓身縮脖子躲開雨絲閃入小店，兩個陸軍上尉與一個海軍上校。

老伍抬頭看一眼，悶頭啃他的燒餅。

上校不在意老伍怎麼不鋪紅地毯歡迎，一屁股坐在對面，從手套內抽出厚實的手掌橫過桌面拍老伍的肩頭：

「伍警官？又見面了，我國防部熊秉誠。」

老伍拿牙籤剔牙：

「說說細節。」

「細節？」

「熊上校，我是說來點死者的姓名、身分、生辰八字外帶星座，他是軍人，你是軍人，這種資料總有吧，免得我找我的長官找你的長官，你長官找你，你找我，公文來去，浪費紙張不環保。」

熊秉誠拉起嘴角：

「伍警官有意思。」他遲疑一下：「反正消息壓不住，瞞也頂多瞞你一天。好吧，貴局查出死者的指紋，邱清池，陸軍武獲室上校，立刻打電話通報國防部，值星官二十七分〇八秒前叫醒我。」

「然後你們頂風冒雨來陪我喝豆漿。」

「而且沒睡醒，那位面色蒼白的上尉甚至來不及刷牙。」

「難怪他不喝豆漿、不吃蛋餅，不衛生。」

「伍警官心情不太好，睡眠不足？」

「等等，什麼叫武獲室？」

熊秉誠瞪著大眼，牢牢盯住老伍，眨也不眨，直到兩名上尉替他捧來豆漿，才移開眼神大口喝起豆漿。

「看來刑事局預算刪得沒錢訂閱報紙？武獲室全名叫武器獲得採購室，邱清池剛升上校，陸軍司令部武獲室的執行長。」

「喔，這個武獲室，和買美國M1A2T戰車有關？」

熊秉誠沒抬頭：

「軍事機密。」

「奇怪，我有種強烈預感，聽武獲室這個名字，所有事情全是機密。」

熊秉誠喝乾豆漿，起身戴上手套比個手槍的手勢：

「伍警官果然是聰明人。奉命來喝豆漿只一件事，死者大體請貴局盡快處理完，移交三軍總醫院，我們軍方有軍方的處理方式。」

大案子，老伍直覺這可能是他三十五年警察生涯裡最大的案子，為什麼他僅有十一天時間！

「要是再有一個月。哎，煮熟的鴨子。」

熊秉誠的臉孔幾乎貼到老伍鼻前：

「理論上煮熟的鴨子不會飛。」

「偏牠飛了，才令人他媽的嘔！」

熊秉誠笑得露出銀粉補過的臼齒。

# 6 台灣・台北

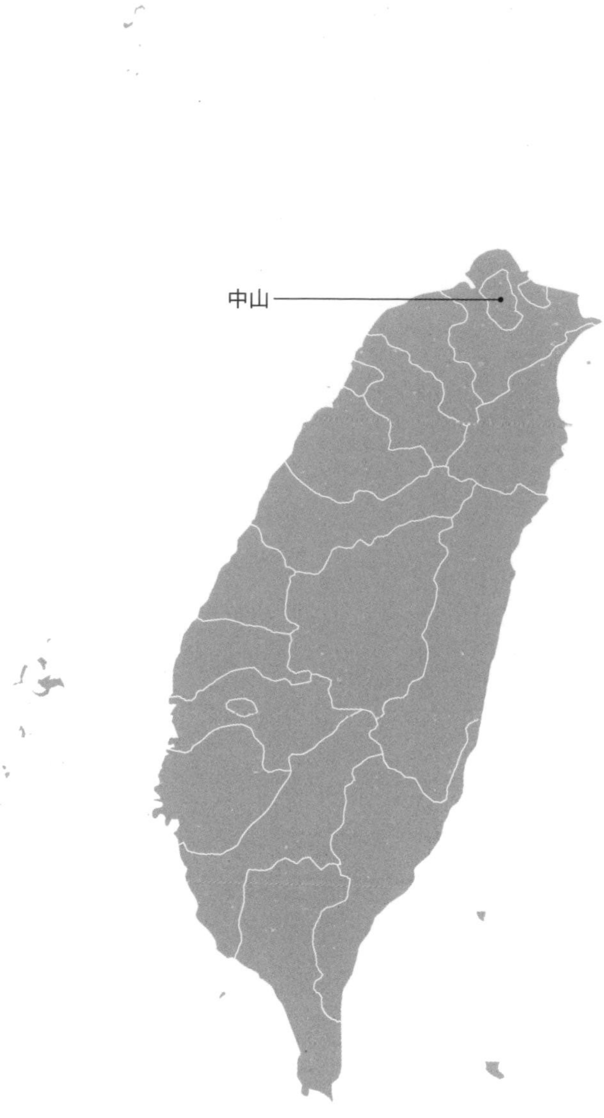

確定邱清池一槍斃命，冬季吹東北季風，落水處必在中角沙珠灣以北的海岸。衛星定位不久傳回消息，一輛掛軍牌的汽車停在離中角北方不遠的跳石，不幸附近沒有監視器。

老伍勘察完現場，是邱清池開的車子沒錯，但經過連夜大雨沖刷，附近沒留下任何痕跡，甚至找不到另一輛汽車的胎痕，而局長的指示明確：盡速破案。

邱清池與郭為忠必有關聯，問題是一個陸軍，一個海軍；一個上校，一個士官長，他們認識嗎？

搭淡水線到中山站，選擇站後粉男辣妹最愛的鬆餅店二樓窗旁位置，公園對面老公寓的四樓是郭為忠的家，看不出什麼名堂。

正打算起身，四樓窗戶推開，露出三十多歲短髮女人的臉孔，五官鋒利，角度分明，她左肘倚窗框，右手兩指夾住菸，面無表情，不看樓下嘰嘰呱呱的日本、香港觀光客，空洞的眼神什麼也沒看，細薄的嘴脣一個勁的吐煙。消失幾秒鐘，她拿個菸灰缸回到窗前，點上另一根菸。

灰牆、窗框、陰暗的天幕、女人的側臉。

老伍想到今天日報的八卦消息：郭為忠在長榮酒店會情婦，被得悉消息趕來的綠帽子老公殺的。

媒體真能掰，酒店的床單挺得找不到一絲皺紋，郭為忠穿整齊軍服，有這麼會情婦的嗎？

女人撳熄菸，兩眼呆滯看著陰沉的天空。

手機有簡訊，老伍扔下吃不到半口的鬆餅，搶進捷運即將關上的門，換兩趟車。

法醫老楊誰都唬弄，有回他接受電視記者採訪，伸出指頭沾沾屍水送進嘴，說光憑屍水的味道就知道死亡時間。記者當場傻住，漂亮的電視臺小妞直接反胃吐在麥克風上。事後老楊得意的對他說，用右手食指沾屍水，送進嘴的是右手中指。

還是噁！

老楊剛出解剖室，邊脫白袍邊說：

「槍上的指紋確是郭為忠的，槍卻不是他的。」

「怎麼說？」

「全新的T75半自動手槍，即使開了一槍，槍管內外，油厚得能炒菜。海軍的軍士官定期有打靶課程，郭為忠是老鳥，不可能用新槍。」

「說不定剛換裝。」

「海軍到現在為止一直用舊式45手槍，從沒換裝。」

「還有呢？」

「無論誰殺郭為忠，這人經濟實力強，弄來全新手槍用一次即扔，以為是環保筷。要不然殺手有潔癖，不喜歡重複使用。」

「其他呢？」

「沒錯，郭為忠左撇子，左臂比右臂粗，左手拇指和食指指尖有油漬，捏外帶滷菜下酒留下的。另外，」老楊用油光光的右手食指指在老伍鼻頭，「我們偉大的伍警官早在法醫有任何結論之前，已經先認定郭為忠是左撇子。」

「所以不是自殺？」

「用刑事局發言人的說法，不敢肯定是不是自殺。」

「凶手留下線索？」

「什麼都沒，如果，喂，老伍，我說如果，如果有凶手，他認識郭為忠，可能還是很熟的老朋友，進了房間，沒喝沒吃，叫郭為忠坐挺上半身，舉起槍貼郭為忠右邊太陽穴轟了一槍，再把槍按上郭為忠的指印，馬上回家補覺。」

「這算什麼線索，我用屁股也猜得出——」

「你猜個鳥，槍柄上留下郭為忠的指紋，不過凶手粗心，扳機上沒指紋。」

「有點吸引力，再來點。」

「凶手估計處女座的。」

「老楊，凶手剛才有潔癖，現在又是處女座，你改行算命啦？」

「不，他應該明知郭為忠是左撇子，偏偏轟右邊太陽穴，你猜為什麼？」

老伍歪頭想了想。

「猜不到。」

「既然不配合，掰掰。」

「我猜。他覺得郭為忠左手邊是鋪得整齊的雪白床單，血灑上去，印象派的抽象畫？」

「印象派和抽象畫差很多。凶手愛乾淨，怕轟左邊太陽穴，搞得一屋子血跡，難看。」

「媽的，老楊，你對本案的唯一貢獻就是凶手有潔癖？」

「我是這麼以為的，轟出來的腦漿、骨屑、鮮血，幾乎全落在床鋪，飯店頂多換床被子、枕頭，連重新粉刷都省了。」

「處女座這套，對破案的幫助有限。」

「好吧，再賞你個關鍵情報，郭為忠左大臂有刺青，銅板大小，模糊不清，可能刺了很久，猜猜刺的是什麼？」

「海軍的錨？」

「要是刺的是錨，我大驚小怪告訴你？」

「刺條魚？」

「練跆拳道、空手道的腦容量果然有限。刺的是『家』，你家我家你初戀情人家的『家』。」

老伍接過照片，刺青約五十元銅板大小，怎麼看都不像家。

「家？」
「你爸當年刺反共復國，你兒子失戀後刺顆破碎的心。郭為忠刺的『家』不一樣，刺的是兩千多年前的甲骨文，要不是我念過幾天書，誰也認不出那是『家』。」
「甲骨文的『家』，刻在龜甲獸骨上的甲骨文，你確定？」
「信不信由你。至於邱清池，也如貴局伍警官的神算，死於額頭的那一槍，肺部未積水，死後才被棄屍進大海。」
「沒有其他的打鬥傷痕？」
「沒。」
「看樣子是職業殺手，什麼時候台灣也有職業殺手了？」
老伍自言自語起身要走，被老楊喚住：
「熊熊想起，你不是要退休？」
「十天後，這十天，閒著也閒著，即使破不了案子，至少了解案情當消遣。」
「拿我當你消遣對象？」
「老實說，留下偵辦一半的案子，我不甘心。」
走到門口被老楊叫住：
「忘記告訴你，邱太太來認屍的時候說幾天前接過恐嚇電話。」
「恐嚇她？」

「恐嚇邱清池，聽邱清池對電話喊學長。」
「更有意思了。」
「邱清池大體有刺青嗎？」
「沒有。」

前腳踏進刑事局，手機又響。
「我剛到，馬上進辦公室。」
「快。」蛋頭吼。
「什麼事急成這樣？」
「我馬上得去機場，到羅馬，你代理我的職務，守著辦公室。」
「羅馬？休假？」
「你沒看新聞？」
「到底什麼事？」
「總統府戰略顧問周協和一個多小時前在羅馬被人擄了。」

# 7 義大利・馬納羅拉

小艾雖兜了點路，仍趕在傍晚回到在利古里亞海邊的小漁村馬納羅拉。由拉斯佩齊亞往北，陡峭曲折的山勢海岸藏了五個小漁港，由南往北算，馬納羅拉是其中第二個，除了隧道內的火車，只有海上船隻能與內陸聯絡。

他提著愛迪達運動包跳下交通船，沿礁石鑿出的窄道朝上進入山城。餐廳前的躺椅上，鼓著大肚皮的男人睡得鼾聲震耳。小艾朝椅子踹一腳：

「裘裘，月亮出來嘍。」

裘裘睜開布滿血絲的眼珠，沒搞清到底發生什麼事，小艾已輕巧的上了石塊臺階。

小城的主要道路，由下往上直到火車站的臺階，兩旁的小路，左手邊通往教堂，右手邊通往主要的住宅區。他的鋪子在往山頂教堂的狹窄石頭階梯中央，漁港正後方的半山腰。被海風、鹽分浸蝕得像抽了一百多年香菸、渾身上下盡是尼古丁與焦油漬的三層老舊樓房的一樓，室內面積頂多二十平方公尺，入門處是他自己用木板釘的長形櫃檯，後面便是廚房。

這家店沒掛招牌，窗戶玻璃上畫枚翻滾在中華炒鍋內的雞蛋，不知哪個好事者手癢，塗了幾筆，雞蛋成了黑白格子的足球。不過弄拙成巧，不少路人好奇鍋子內炒足球是什麼意思，成為小艾第一批捧場的客戶。

店內沒桌椅，他賣外帶的炒飯，而且只有炒飯。

外公教的，退伍後開了幾年公車，有時路上塞車，下班晚，趕回家拿塊餅乾先塞住小艾的嘴，再慢條斯理將鐵鍋往爐上擱，從冰箱內挑四顆蛋說，天下好吃莫過於炒飯，不僅好吃還方便，炒得好壞關鍵無他，熟能生巧而已。

歇業兩天，門上貼滿紙條，小艾一張張檢視，大多是詢問他哪天回來，有些老人家懶得忙三餐，覺得炒飯挺對他們的胃口。

「艾，你回來嘍。」

二樓陽臺，男孩兩腳勾住陽臺的鐵欄杆，頭下腳上垂在半空中。

「下來吃蛋炒飯。」

小艾開門並向男孩勾勾右手食指。

砰，男孩已然跳至地面。

「幫忙拿冰箱裡的飯。」

小艾將行李袋往閣樓一扔，進廚房打開瓦斯，他也餓了。

「我要吃加蝦子的。」

男孩叫喬瓦尼，跟爺爺、奶奶住二樓，兩位老人家都七十多歲，根本沒力氣對付九歲的男生。

「沒空買蝦，吃薩拉米。」

三分鐘內小艾已甩動手中的大鐵鍋，蛋黃與飯粒沒穿鞋，在炙熱的鍋內直跳腳。

爐灶上用晒衣夾咬住兩天前的訂單，十一張紙片，六張要蛋炒飯，五張加薩拉米香腸。小艾賣的炒飯價錢公道，一份五歐元與八歐元，童叟無欺。賺得不多，能過日子。

剁碎薩拉米與蛋、飯一起炒是他的發明，在義大利西北角的馬納羅拉漁村做生意，既找不到叉燒，又嫌義式火腿的味道不搭，突發奇想用了老義最愛的薩拉米，沒想到大受歡迎。

薩拉米的好處是油多，豬油，炒起來香；鹹，炒飯省得加鹽。

難得沒觀光客，一大一小坐在店門口捧盤子吃炒飯，喬瓦尼顯然很滿意，用問題表達他對小艾的仰慕。

「為什麼用蛋炒飯？」

「但丁說的，有天早上他坐在門口，上帝經過問，但丁呀，什麼東西最好吃？但丁說，雞蛋最好吃。一年後，但丁又坐在門口，上帝再經過問，但丁呀，雞蛋要怎麼樣才好吃？但丁說，沾鹽吃。」

「不可能，上帝不會問但丁這種蠢問題。」

「別太挑剔，故事的意思就是雞蛋好吃。」

「你的蛋是炒的，沒有沾鹽。」

「有，炒的時候灑了鹽。」

「還是不一樣，但丁吃的蛋和你的不同。」

「都是蛋！」

在小城賣炒飯是寶力的主意，他說東方觀光客增多到他以為義大利是香港，中國式的炒飯一定受歡迎。反正沒事，小艾炒呀炒，沒想到當地人愛蛋炒飯的程度遠超過他的料想，每天賣個幾十份順便甩炒鍋練臂力。

喬瓦尼被爺爺喚回去，小艾總算清靜，倒在床墊便睡著。

從夢中驚醒，下閣樓找水喝，窗外閃過細小光點，小艾走近畫在玻璃上的足球，小巷內空無一人，昏黃的路燈而已。

喝兩口水坐在廚房發呆，腦子逐漸清醒，光點？不太對勁。他戴上夜視鏡靜靜坐著。夜裡充滿各種聲音，某戶人家的水龍頭沒關緊、老人家咳嗽、另一個做噩夢起床倒水喝的人、熬夜上網敲鍵盤、椅腳磨擦地板、幾滴雨點打在玻璃窗。

確有光點掃過，細微的紅色光點。

美製AN/PEQ二型雷射瞄準器！

順手摸到炒飯鍋，拿掃帚撐住倒扣小鐵鍋的中心點，慢慢往櫃檯後豎直。

鍋子搖晃找平衡點。

取下行李袋，摸黑組裝M21，他蹲在角落，兩眼專注的看不再搖晃的鐵鍋。

沒動靜，小艾捧著槍不由自主漸漸闔起眼，一股冷風吹醒，上方的氣窗忘記關，吹得鐵鍋又搖晃，就在他伸手扶鐵鍋時，一道刺人的氣體穿過忘記關的窗戶、掠過小艾的後頸、打得鐵鍋落在地面噹噹響。

直覺蹲下身，稍移動腳步，穩住鐵鍋免得吵醒鄰居。斜背槍，兩手朝上拉住閣樓邊緣，引體向上翻身進閣樓。砰，又一枚子彈紮實鑽進牆內，這回打得石灰四揚。

小店位於巷子中央，巷子窄得不到兩公尺而已，對面同樣舊磚塊、石塊砌的三層樓房子，距離近，角度不對，子彈來自遠處，應該從制高點射來。只有一個地方的高處看得到小艾的店。

重新戴起夜視鏡，推開閣樓牆壁的小窗，悄悄竄出，順後面鐵梯往上攀。後牆與隔壁樓之間僅容無幽閉恐懼症的貓活動，外人看不到。

二樓住的喬瓦尼，他爺爺奶奶早睡。三樓屋主一過十一月便回內地，受不了寒冷的海風。斜瓦罩住三樓屋頂，一旁空出能容身的空間，小艾蹲在瓦簷下，拿起瞄準鏡往對面高處瞧。

從港口往上，右手階梯通另一群舊樓，送炒飯的關係，去過每棟樓，只有最西邊那棟四層的頂樓，斜斜可以看見下方一百多公尺外小艾的店。

舉起槍，視線不清，找不到任何目標。

突然警覺，這裡不再是他的家，是對方設計好的戰場。

回閣樓收拾行李袋，小心拉開門，砰，又一發子彈穿牆打得角落的棉被枕頭觸電似的彈跳。小艾抽冷翻滾進小巷，提起袋子往高處奔。砰砰，兩發子彈落在他腳後的石階。

必須挑個反客為主的戰場再反擊。

悶頭往前跑，翻過柵門，進入山區熟悉的亞蘇羅步道，繼續奔。這是港灣區五個小漁港的山脊稜線，從馬納羅拉到瑞歐馬吉奧雷這段僅一公里長，傍晚時看海上落日最美，遊客稱它為「愛的山徑」。冬季路濘風大，經常封閉。

直到快接近另一邊通往瑞歐馬吉奧雷的出口前，他停在小土丘後，穩住呼吸，伸出狙擊槍對準來路。晚上雖有風有雨，難得月光依舊皎潔，任何追兵逃不開他的瞄準鏡。

猛然想到，亞蘇羅步道是兩頭各擺一把槍誰也逃不出去的死地。他犯下天大的錯誤！

心頭一亂，想起鐵頭教官講的養繇基故事：

「歷史上稱楚國的養繇基『去柳葉百步而射之，百發百中』。公元前六世紀，楚王率兵征討叛亂的鬭越椒，當時鬭越椒以神射聞名，楚軍未戰先懼，楚王下令三軍，誰能勝贏鬭越椒的，升官、發財。

「誰敢挑戰鬭越椒？等了很久，部隊裡站出一個叫養繇基的小兵願意出戰。小兵對大將，不成比例，鬭越椒同意養繇基的挑戰，約定陣前互射三箭定勝負，由鬭越椒先射。兩邊幾萬人馬安靜無聲，大家肚子裡都想，怕養繇基一箭就報銷。

「鬭越椒連射三箭全被閃過，輪到養繇基射，只一箭，聽好，一箭射死鬭越椒。從此天下皆稱養繇基為養一箭。

「鬪越椒為什麼輸給名不見經傳的小兵？鬪越椒的第一箭沒中，傲；第二箭沒中，急；第三箭，慌。慌了之後，手腳不聽使喚，被養繇基逮著罩門，一箭要了他的命。」

此刻他的處境如同鬪越椒，急了必亂。

靜下心耳朵貼泥地，似乎有腳步聲。一個人。他可以守株待兔解決追兵，但萬一對方有後援，他可能陷在步道無法動彈。

小艾提槍弓身再跑，月光下他奔跑在稜線的身影可能比月亮裡嫦娥的兔子還顯眼。右肩一陣劇痛，敵人追到，小艾往前一撲，在泥水中朝前滑行，舉起槍掃瞄周圍，沒另一名槍手等他。

逃，遠離這裡再說，即使動物也明白不在自己窩內拉屎的道理。

敲開車窗，接線發動引擎，他得把敵人誘往別的地方，愈遠愈好。車子才動，另一枚子彈不聲不響穿過單薄的車門鑽進他的左腿。

顧不得傷勢，方向盤打到底，輪胎發出刺耳聲音。

一條路，往東去拉斯佩齊亞。兩腳釘住離合器與煞車板，全速在扭曲的山路急行。轉過一個彎道，後視鏡內閃出後方另一組車燈。

穿過山區，前面是岔路，兩個選擇，左轉仍去拉斯佩齊亞，大港大城；右轉往維納斯港，小港小城，還有能救他命的聖羅倫佐教堂。

到路口，小艾一手打方向盤，一手拉手煞車，右轉，不知道這個時候寶力在哪裡，在教堂？

風雨轉大，車窗沒了玻璃，小艾半個身子轉眼間已溼淋淋。

維納斯港僅一條沿港灣的馬路，由這條路往山上岔出許多小路進住宅區。港灣內靜悄悄，月光隨波浪與雨點起伏不定。把車子橫向扔在路邊，快步穿進旁邊的坡路，周圍房子中的幾戶仍亮燈，小艾放輕腳步，決戰地點在聖羅倫佐教堂，視界廣闊，居高而下，還有從上往下吹的強風陣雨。

教堂位於狹長的山丘頂，兩側石塊造的牆，圍住中央愈往上愈窄的石板階梯。停下腳步摸出手機，不信教的他不自覺低聲唸上帝保佑。

上帝這回保佑小艾，才響一聲便傳來寶力低沉的嗓音：

「哪裡？」

「教堂下面。」

「幾個人？」

「狙擊手，一人。」

「上來，我掩護你。」

小艾再拿出諾基亞手機，直接按唯一的號碼，也是響一聲即有回音，上回的女人：

「不是叫你毀了這手機？」
「找鐵頭教官。」
「出事了？去第一避難所。」
「妳是娃娃？」
一陣靜默。
「怎麼是妳，娃娃？」
「教官對你說過第一避難所，記得吧？」
斷訊。小艾無暇懷念手機那頭熟悉的聲音，猛然想起他得先解決一件事。
由高處往下看，兩盞車燈已追到港灣，小艾抓起M21，調整呼吸，瞄準路邊橫停的車子，吸氣、放鬆左臂、閉氣，對準油箱扣下扳機。子彈焦躁地飛出槍口，小艾右眼眨也不眨，透過瞄準鏡看著子彈飛行，直到轟的一聲，火舌貪婪的捲住整輛車。
火光中，小艾看見追來的雪鐵龍，看見雪鐵龍緊急煞車，人影從車內滾向路邊，看見港灣內的遊艇與幾十戶房子亮起刺眼的燈。人影已消失，可能正躡跡追來。汗水、雨水滲進眼睛，小艾抬手擦水時，一股右肩撕裂肌肉的痛楚逼他放下持槍的手。袖子被血浸溼，他幾乎提不起左腿。扭頭看教堂，映在深藍色夜幕下的尖塔被高大的黑影遮住。
黑影開口：
「搭住我肩膀。」

巨大石墩般的寶力扛住半個小艾，

「進去再說。」

風雨刮得小艾張不開眼，他幾乎被拖上石階，被拖進教堂。山下傳來警車聲，火花竄升至半空。

石塊砌成的教堂，裡面毫無裝飾，透著水氣的石牆令小艾不停打哆嗦。黑色石雕的聖羅倫佐頭頂光環，一手食指與中指指向天空，一手在胸前握緊兩支鑰匙安穩的坐在椅子內。

三世紀時聖羅倫佐被迫交出教會的財富，他悄悄分發給窮人、盲人、跛者，羅馬皇帝大怒，判他死刑。殉教時聖羅倫佐被羅馬兵置於烤架上以火烘烤，他甚至幽默的說，這邊熟了，可以翻面。從此他成為廚師與喜劇演員的守護聖徒。小艾屬於廚師，至於是不是喜劇演員？他希望也是。

渾身發燙，右肩與左腿像仍有幾十根縫衣針戳得他恨不能把傷口挖掉。

「輕微感染，灑過消毒粉，戰場包紮，兩顆子彈還在你體內。有力氣嗎？記得我的船停在哪裡？」

小艾點頭。

「穿這件袍子，從望海胖媽媽銅像腳前向下。可以吧？」

再點頭。

「追你的人在石階下面，一個，交給我。」

寶力一腳將M21踢到牆邊，拉響鐘樓的鐘，噹~噹~

小艾背起減輕許多重量的袋子，套上袍子，弓身從教堂側門挨著牆往懸崖挪。雨打牆面，雨打路面，雨打他蒼白的顏面。

山下火光已滅，小艾安了點心，車子燒掉也毀掉他可能留下的痕跡，連夜大雨大概也沖掉他滴下的血漬，希望小店內外的彈痕不會引起警方注意。

月光鑽出雲層，往下延展的石梯毫無隱蔽處，小艾處於牆腳的暗處，費力移動身體，終於摸到望海胖媽媽的銅腳丫，再往崖邊摸，果然有粗大的繩結。

回頭看，鐘聲的餘音之中，高大的寶力兩手插在長袍袖口內，動也不動站在教堂前，警車聲傳來，狂風捲起寶力的袍角。

儘管右肩使不上力，左手仍抓穩繩子，以兩腳支撐，一手慢慢朝崖下的大海放下身體。幾次眼睛發黑，小艾咬緊牙，他不停唸出第一避難所的地址以免昏迷。離開台北到法國加入外籍步兵團，鐵頭教官開車送他至機場，告訴他：

「危急的時候去地址上的屋子窩著，記住，耐心等待，我不會放棄你，你更不能放棄自己。等待。」

五年多後，沒想到派上用場，小艾仍清楚記得鐵頭教官講的每個字。

船在崖邊，剛到馬納羅拉時，和寶力一起搭船出海釣過魚，問寶力為什麼成為「法蘭切斯科弟兄」，他一貫的聳聳肩：

「Brother Ai，對命運可以好奇，不必懷疑。」

容兩名乘客的小艇，動力來自船尾的引擎，小艾不擔心能否發動或油夠不夠，Brother Francesco 從來不背棄他的弟兄。

調轉小艇的船頭，繞過半島，往西一直航行便是萊里奇海岬上的城堡，寶力的朋友馬利歐等著他。

身體發燒，頭發燙，隨著速度加快，風雨打得小艾臉頰發痛，卻終於有時間思考，到底哪裡出了錯？

# 8 台灣・台北

老伍沒閒著，加班清理資料。邱清池的死和職務應該有關，國防部這幾年的幾宗大採購案：M1A2T主力戰車，行政院不太同意；潛艦案，美國與歐洲各國不肯賣，國防部打算自己建造；F35戰機，美國仍然不肯賣，只願提升現有F16的性能。邱清池是陸軍，他的工作當然是買M1A2T戰車，如果案子不成，現有的舊戰車這幾年內零件不足面對除役的危機，反陸軍主義的國防部長想必趁勢裁減裝甲旅的數量。另一方面，預算排擠作用，一旦買到潛艦或是先進的戰機，陸軍想翻盤的機會更渺茫。

沒有預算，少了兩個裝甲旅，意味陸軍將少兩個少將的缺。意味陸軍在三軍裡的地位隨之下跌。

今年砍了預算，明年想加回來，難。因此陸軍一定絞盡腦汁想買什麼開銷龐大的武器，維持住預算，邱清池的任務沉重。

陸軍想買什麼？邱清池可能即將買到什麼？

郭為忠雖是一級航海士官長，經歷比軍官更搶眼。二○○五年派至德國接受獵雷艦的訓練，能通過英語檢定考試的士官實在不多，郭為忠不僅英語好，海軍特別送他到情報學校學德語。經過兩次延役，最近提出第三次。

電腦顯示：郭為忠，專長反潛作戰，曾服役於成功級、濟陽級巡防艦，永豐級、永靖級獵雷艦，現任基隆級的一級航海士官長。

基隆級？老伍骨摳，嘿，前美國海軍紀德級驅逐艦，排水量九千八百噸，雖然老舊，仍是台灣最大的一線作戰艦種。

從經驗、資歷來看，三十八歲的士官長郭為忠幾乎等於基隆艦的地下艦長，上個月提延役報告，上級必定批准，事業順利，為什麼自殺？

以士官長的階級和軍購絕對扯不上關係——

電視新聞打斷老伍的思緒，一位觀光客拍下羅馬許願池的實況，周協和忽然垂下脖子，腦袋重重撞在桌面，他身邊正對鏡頭穿翻皮大衣的老外驚得目瞪口呆。

為什麼戰略顧問跑去羅馬？誰閒著沒事暗殺沒有實權的戰略顧問？總統府的國策顧問幾十人，戰略顧問也不少，大多不支薪，榮譽銜而已。周協和四十三歲，未婚，在大學教書，可是住仁愛路豪宅，看來教授的待遇遠比警官好。

關鍵在於周協和去羅馬做什麼？他旁邊的老外又是誰？

十點多回到家，老婆照例抱衛生紙盒在電視前看韓劇，朝老伍擺擺手：

「水餃在冰箱。」

見兒子屋內燈仍亮著，都幾點了還念書。

「忙考研究所？肚子餓不餓？」

兒子沒回頭，舉起滑鼠搖搖代表不餓。

「陪老爸喝杯小酒？」

滑鼠又朝老伍擺頭。

要不是親生兒子，老伍會以為家裡添了樣家具。

替自己下十顆水餃，喝兩杯高粱，老婆紅著眼坐到他對面。

「到底為什麼每次看韓劇能哭成這樣？」

「你不懂。」老婆拿過他杯子抿了一小口，「有件事跟你商量。」

準沒好事。

「你爸今天又來了。」

爸？

老伍的父親是退休的小學教員，五十五歲退休，之後與妻子再過了二十年日子。兩年前妻子過世，忽然有一天下午來老伍家，說幫孫子做晚飯。老爸的手藝好，大家樂得他既有事做，媳婦也省事，可是每天來，弄得全家晚上不敢有約會，非趕回去吃晚飯不可。直到兒子開口，他覺得爺爺的菜雖然好吃，他也想偶爾和同學吃漢堡。

第二天晚上九點多進門，兒子的房門關著，老婆的臥房門關著，他走進廚房，滿桌子動也未動的菜。

兒子終於選擇漢堡店，老婆呢？

老婆倚在廚房門框：

「晚上我有事，打電話給爸叫他休息一天，他已經做了，堅持送來。」

幸好隔年兒子住校，老伍有了藉口，擔心老爸太辛苦，請他不必再天天坐一個多小時公車來做飯。

爸沒多說什麼，第二天起不再出現，唯過年過節老伍領妻兒去爸家吃飯，那時覺得他每星期與老同事爬山、游泳，身體硬朗，不再擔心。刑事局的工作忙，算算從中秋後就沒再見過阿爸。

「爸說他花半年時間到社區大學上課，考到丙級廚師執照，想試試新練的功夫，讓孫子吃好點，沒打電話，提著菜便來。他四點到，我五點才回來，他在門口足足等一個小時，搞得我做媳婦的很不好意思。」

老伍看爐上一口大鍋，是老爸做的？

「他燉的滷肉，你要不要吃吃看？」

不等老伍回應，妻子已經盛了塊肉送來。

「哇，這麼鹹。」

「你兒子也這麼說，老人家不太高興。」

「難道他喪失味覺了？」

「更麻煩的，他要我給他一把鑰匙，你說給不給？」

手機響，局長命令各隊各組的主管回局裡開會，總統府指示，周協和案優先處理，明早向國安會報告。

又得熬夜。

「我明天打電話給他。」

擱下老爸的事，老伍上網看局裡傳來的所有資料，義大利警方目前鎖定一名韓籍嫌犯，許願池旁 Hotel Relais Fontana Di Trevi 的櫃檯人員主動向警方說明有位韓國客人沒退房即消失。調許願池周邊所有的監視器畫面，未見可疑的東方男子。

仔細看畫面，如同大部分的監視器拍的，模糊、雜亂，當天羅馬難得的下冰雹，廣場幾乎被雨傘遮滿。

蛋頭此時應該在飛機上，刑事局的預算只能坐經濟艙，蛋頭最恨包在錫箔紙裡糊成一團的飛機餐。

發了 Line 給蛋頭：

請留意監視器畫面拍到的戴棒球帽老外，廣場上所有人都亂得推擠，只有這位老兄，不好奇誰被殺、在哪裡被殺，急著離開廣場。

預料蛋頭要十個小時後才收得到這則訊息，而老伍重新穿上風衣，悄悄關大門，他得提早上班。

凌晨〇點十一分，距離退休還有九天。

三個月前他覺得日子過得太慢，剩下九天，日子卻過得飛快，攔也攔不住。

# 9 匈牙利・布達佩斯

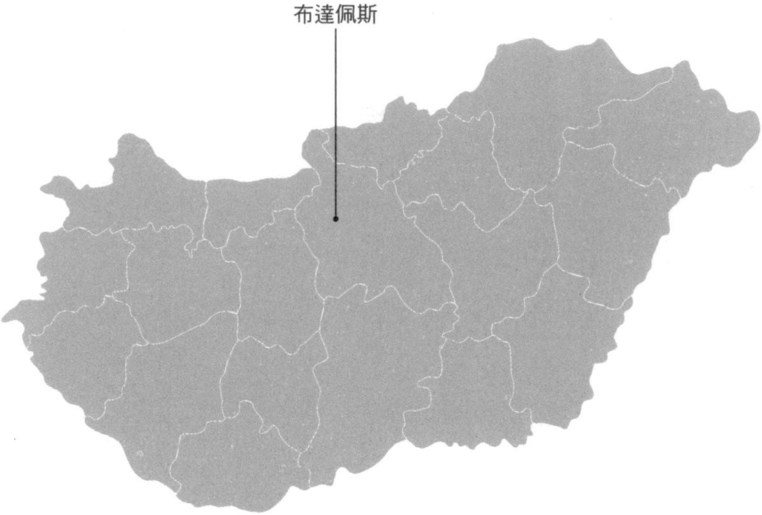

小艾在拖車內醒來，在汽車後座醒來，在火車上醒來。他默唸地址順多瑙河岸邊的巷子停停走走。
記得寶力的大臉，他以低沉的嗓音說：
「我掩護你。」
不過見到的是一臉鬍子的馬利歐，寶力的朋友，曾經一起釣過魚。
「Super, super Mario.」
馬利歐拍拍小艾的臉頰：
「Humble, humble Mario. 寶力問候你，他沒事，你有事，追殺你的人跑了。」
掙扎坐起身。處於銀灰色的拖車內，床邊是洗臉檯，洗臉檯旁邊是張小桌面，堆滿食物和一盤炒蛋。
「寶力說你愛吃蛋，起來，坐過去吃。」
小艾拒絕馬利歐的扶持，抬起左腿，抬起右腿，撐著洗臉檯一步步挪到桌面前坐下，其實他一點胃口也沒，可是他大口吃，為身體吃。
加牛奶炒的蛋，雖然炒得嫩，小艾單純的愛單純的蛋。
馬利歐張開繭與厚皮組成的手掌，兩顆扭曲的子彈。
「射進你肩膀的是這顆，另一顆，運氣，應該先打中地面，反彈射入你的大腿皮膚，醫師用指頭就摳出來。留作紀念。年輕，傷口幾天就好。」

他將子彈擺在桌面。

「全北義的警察集中在維納斯港，這裡不能待，吃完蛋，我們上車。吃藥。」

尚未完全清醒，吃了藥，小艾躺在汽車後座沒多久再昏迷，依稀看見鐵頭教官對他說：

「養繇基，記得吧，身為射手，隨時留意環境，不要招搖。」

車子搖晃得厲害，重新醒來已坐上火車，馬利歐摸他的頭：

「你沒問題，接下來自己走，我送到這裡。你在夢裡喊一個地址，我只聽得懂布達佩斯，這班車去布達佩斯。」

到底哪裡犯了錯？小艾渾身發燙，可是腦子仍糾葛在追他的槍手影子上。然後是漫長的昏睡，直到車長喚醒他。

「戰國時代魏國的神射手更羸與魏王打賭，他可以不用箭，假裝拉弦就射下飛鳥。恰好從東方飛來一隻大雁，更羸舉弓拉弦，但聽弓弦響處，雁果然彷彿被射中似的落下。魏王問他為什麼？」

鐵頭踩泥水走在趴於射擊位置的狙擊手前。

「更羸說，大雁飛得慢，叫聲悲哀。飛得慢是因為受傷，叫得悲是因為找不到雁群。聽到我的弦聲餘悸猶存的受到驚嚇，用力振翅想逃開，引發舊傷口迸裂，就不費一箭讓大雁落下來。

「聽懂意思了嗎？」

提行李下車搭地鐵在多瑙河畔下車，他找到地址上的避難所，鑰匙果然藏在第二個臺階的石板下，小心蓋回石板，開門搭電梯上三樓，三一五號房，密碼鎖，他輸入生日，「答」一聲，門打開。

十五坪大小的公寓，除了衛浴間，沒有其他隔間，正對面的窗下是床，記得更贏的故事，吞下藥丸，躺上床，再昏睡。

這次見到身影朦朧的女孩，她掐小艾的手臂：

「我也喜歡你，可是我們先做朋友好不好？」

被掐醒，傷口癢又痛。

行李袋內是馬利歐為他準備的東西，對著浴室的鏡子拆掉紗布，不知誰縫的傷口，像蜈蚣，更像毛毛蟲。

換了藥，他離開公寓，小巷內鋪滿雪，走很久才找到越南人開的商店，補充日用品，並且在附近繞了約半小時，身體的感覺不錯。

吃完三明治，開始搜索房間，所有可能地方。林布蘭《夜巡》海報後面沒有機關，門旁電盒內什麼也沒，馬桶水箱內滿滿的水，他拍拍枕頭，有異物。

小艾默背從枕頭袋內抽出的紙條上地址，沖掉紙條。每個避難所最多只能待三天，然後轉往下個避難所。

屋內沒找到槍。

他吃藥再悶頭大睡，睡得汗溼床單。起床吃泡麵，吃藥，又回去睡。十八小時後才起身，燒已退，雖然虛弱，至少不再暈眩。將自己包成流浪漢離開避難所的公寓在四周格子般的街巷一圈圈往外走，又一圈圈往回走。長年養成的習慣，他必須熟悉周圍環境。

從他的窗口能看到對街賭場，相距約六公尺。賭場五層樓，第五層為旅館，八扇緊閉的窗戶。賭場前面是公園、臨河大街、多瑙河。往北兩條巷子內有家名為桃太郎的拉麵館，看門口的菜單，賣生魚片、天婦羅、拉麵，也賣小籠包、揚州炒飯。

小艾推開門，中式餐廳的熱蒸氣頓時包裹住他，汽笛聲從河的方向傳來，室內玻璃淌著水滴。

揚州炒飯和小艾拿手的蛋炒飯不太相同，隔夜的飯入鍋後加水，蓋上鍋蓋，等水分全被飯粒吸收，才倒進蛋汁快炒，飯粒較軟，蛋味較濃。

吃完一大盤肉絲蛋炒飯，小艾站在店外吸幾口清新的寒氣，年輕廚師可能來自浙江，下巴往上抬兩下算說哈囉，菸甩在半空，小艾接住。抽著菸望向夾在巷口兩棟房子中間的多瑙河與河上的鐵鍊橋，雪花兀自落下，橋兀自挺著，人影從中間匆匆走過。

乾脆留下，桃太郎缺人手嗎？

向小廚師揮揮手致謝，對方仍揚下巴回禮。

沒發現可疑的人車，小艾回屋吃下半打奇異果補充維他命Ｃ。含維他命Ｃ最多的水果依序是芭樂、奇異果、釋迦、香吉士，只買得到奇異果。

睡不安穩，正想開燈看書，見對面賭場五樓最右邊的房間沒亮燈，其他的即使拉上窗簾，仍若隱若現透出點光。

布達佩斯長年不景氣，賭場生意倒不錯，昨晚見到每間房都亮燈，今天怎麼空出一間？沒人住為何開窗？

他離開床，熄掉室內所有的燈，靜靜坐在一角注視對面開著的那扇窗。

拉下黑色床罩綁在窗簾架，遮住室內，連總開關也關掉。

從後門溜到街上，躲在暗處觀察賭場五樓打開的窗戶，淡淡的煙飄往窗外。

撥通沙皇的電話，搭好長一段的地面電車到北邊城郊。

沙皇在車站緊緊摟住他，摟得幾乎斷氣。

「需要一把槍。」

「什麼都有，水槍也有。」

沙皇不是俄國人，摩爾多瓦人。位於羅馬尼亞西部，烏克蘭的南部，面積比台灣略小，人口只有三百五十多萬。歐洲原來最窮的國家是阿爾巴尼亞，蘇聯瓦解後，摩爾多瓦共和國取而代之。

「年紀輕的出國，找錢。年紀大的不敢出門，怕花錢。」沙皇曾介紹他的祖國。比小艾早一年離開法國第二外籍步兵團，本來沙皇回祖國定居，幾個月後確定實在活不下去，流浪到羅馬尼亞，最後在匈牙利結婚落腳。

他是象牙海岸那次意外事件四個人之一，被打得最慘，留下扁平的鼻梁，另三人是寶力、領帶與小艾。

往北接近斯洛伐克邊境，沙皇的房子在樹林角落，他扔把槍給小艾：

「Dragunov SVU，俄國槍，你熟悉，簡單好用，附贈滅焰消音器、PKS－07瞄準鏡，十發裝彈匣。」

以前試過SVU，輕，不卡彈，不故障，保養容易。

「不用擔心來源，阿富汗戰場的紀念品。」

他攤開兩手：

「還是你要CZ？」

CZ是捷克狙擊槍，價廉物美，不過SVU短小精悍，很好。

「離開步兵團後，我從沒用過槍，寧可抽菸也不願再聞火藥味。」沙皇不以為然的說。

拿張紙畫三重同心圓的圖靶掛在三十公尺的位置，試射歸零靶。小艾連續三槍命中靶心左上角。調表尺，再三槍，回到靶心正中央。

「射程最遠？」

「俄國人說一千兩百公尺，」沙皇擺動手指，「所以，最多八百公尺。」

應該足夠。

用平底鍋炒飯，小艾只能用左肩翻鍋，加了很多外公要是知道一定搖頭的食材，沙皇冰箱內的蔬菜一概切丁汆燙，現成的培根先炒出油，再下蛋液與飯，最後拌進青菜，灑鹽與胡椒。

沙皇老婆吃得眉開眼笑。第一次，小艾覺得女人胖點比較好，這種冰雪天氣。

「寶力郵件裡提過你被追殺的事，不甘寂寞？對方是誰？」

小艾搖頭。

飯後坐在門外長廊，沙皇窩在木椅內，伸直長腿。

「找我要槍，你不想躲了？」

「不想躲，想不透他怎麼知道我在布達佩斯，既然想不透當然得找機會問他。」

「他從義大利追你到布達佩斯，厲害角色。」

「狠。」

「手機給我。」

沙皇撫摸小艾的蘋果機：

「二十一世紀人類分成三種，用蘋果機的、不用蘋果機的、什麼機都不用的。」

說著，他將蘋果機擲在地面，右靴子的鞋跟像殺蟑螂般，踩、轉、磨。

「塵歸塵，土歸土。」小艾唸。

「你看，沒有蘋果機，他找不到你。忘記提醒，瞄準鏡的夜視功能很差，最好別在晚上找你的什麼塵、土。」

「鐵鍊橋那裡的多瑙河多寬？」

「四百公尺吧。想游泳？」

小艾看著手中的槍，沙皇看著小艾。沙皇用力拍小艾的背：

「果然還是小艾。」

「橋對面是什麼？」

沙皇站起身，

「離白天還早，我去拿酒和地圖。」

「三國的名將太史慈去救被圍在城中的朋友孔融，他問孔融派人出去討救兵了嗎？孔融回答沒人敢出去。」

看著滿桌中秋節加菜的大餐，鐵頭卻不願改飯前精神講話的規矩。

「太史慈第二天帶人出城在護城河前立下箭垛，敵人以為他要突襲，全軍戒備，沒想到太史慈騎馬練箭，連發十多箭，箭無虛發。第二天，第三天依然如此。到第四天敵人已經放鬆警戒，太史慈單槍匹馬衝向敵營，敵軍知道他神射了得，不敢追，捨命去追的，被太史慈一一射殺。

「懂其中意思嗎？狙擊手得準到敵人聞風喪膽的地步。」

鐵頭抓起盤內的大雞腿：

「開動。」

大雪，很多路面封閉，小艾轉了幾趟車，從北邊進入多瑙河西岸的城堡山，沿城牆走到南端的布達佩斯公寓旅館，櫃檯忙著客人住宿結帳，他趁隙閃進廁所攀上屋頂，披沙皇給他的白色床單，靜靜等待。已經過一個晚上，如果對方沒發現他離開房間，此時恐怕耐不住性子。

透過望遠鏡看去，橋對面豪華的巴洛克式四季酒店，旁邊是賭場，他清楚看見第五層樓最右邊房間的窗戶，窗仍開著。

昨晚離開前，他用黑布蓋住避難所的玻璃，此時在陰沉天色與雪光的映射下，成為一片大鏡子。

思考，鐵頭教官說的，換做對方的處境思考。

若他是那名狙擊手，從賭場五樓窗戶看避難所，角度不大，況且窗戶已被黑布遮住，只有一個辦法，和許願池的情況相同，上頂樓，爬出老虎窗，在屋脊的背面躺下，不但可以透過氣窗看見避難所屋內的情況，更不易被發現。

另有可能，對方直接闖進避難所。

不會。那小子是狙擊手，不是殺手。狙擊手的思考條件是距離、隱匿、天候、風速和視野。

再思考，他觀察過附近每棟房子，賭場的正面斜對多瑙河，背面是窄巷，防積雪過多，屋頂的坡度很大。兩面各有四扇老虎窗，這種天氣應該都關著，而此時屋頂已積一層雪。如果他登上頂樓，與其闖入背面房間再爬老虎窗上樓頂，不如利用中央樓梯間的窗戶，以免旁生枝節，而樓梯間是透的，第五層樓梯間正面和背面的窗戶，之間沒有屏障物。

轉移望遠鏡，果然勉強能從正面窗戶看到背面的，五樓以下前後窗戶的中間則是樓梯。

回想馬納羅拉那晚的襲擊，對方寧可選擇相距百公尺的制高點射擊玻璃窗內的目標，顯然怕引人注意，尤其怕惹小艾的注意。對方清楚自己是這季節馬納羅拉不常見的東方面孔單身客？當地居民隨時會當聊天材料對小艾說。為求隱匿，他做了壞的選擇。襲擊失敗後，追到稜線步道、追到維納斯港，他有非殺小艾不可的決心。

上回失手，這次必定極有耐心，不讓小艾有反擊的機會。

或者，賭場房間內根本沒這個人，小艾疑神疑鬼罷了。

三個小時過去，小艾凍得兩腿幾乎失去知覺，他伸手按摩大腿時已經想撤退，不過如果真有敵人，他也趴在凍結成冰的屋頂，會不會也到了該撤退或按摩腿的時候？等待。

大型遊覽車駛進四季酒店大門前的車道，陸續下來十多名觀光客，兩個男人在飯店門口抽菸，穿緊身運動衣紮馬尾的女孩跑過公園，鐵鍊橋上的汽車塞成長龍。

抽菸的人增加到七名。

增加拿相機的女人，她對著雪中大橋拍照。

增加穿大衣戴毛帽在飯店前講手機的男人。

鐵鍊橋上的汽車幾乎不曾移動。

紮馬尾的女孩跑上橋。

又半個小時，對岸賭場的樓頂閃出一縱即逝的光線，小艾迅速眨眼溼潤眼球，從瞄準鏡看向避難所的窗戶，果然賭場樓頂有動靜，他移動SVU的槍口，距離六百五十公尺，微風，溼氣重，仍飄雪花。

填進第一枚子彈，稍稍壓低槍口。

河邊的餐廳在岸邊擺出桌椅，黑西服的服務生動作敏捷張起一把把的陽傘。

講手機的男人大步進四季酒店。

抽菸的人換了一批，兩男一女。

一頂白帽子出現在屋脊……槍口的消音器。

屏氣、槍管架在女兒牆、抵緊右肩窩……白帽子再出現，下面是雙眼睛。扣第一道扳機，扣第二道扳機，射擊。

SVU裝了滅焰與消音器，發出的射擊聲音是「噗」，右肩頂住後座力，但，不妙，扣下扳機的剎那，一片薄薄雪花飄到他眼皮前。

沒射中，白帽子前的屋脊激起一小群雪花。

他忍著肩痛往右兩個翻滾移至屋頂的邊緣，對方則必往左邊翻滾。百分之九十的狙擊手用右手射擊，不管左撇子、右撇子。左手不持槍，朝左翻滾是自然反應。

白帽消失。小艾移動槍口，忽然感覺一道氣流迎面而來，他直覺縮脖子。子彈擊中距他五公分的女兒牆上積雪。

穿圍裙提鋁盒的男人轉進河邊往四季酒店，桃太郎外送的小弟，鋁盒刺眼。

藍色雪衣的男人坐進面河的傘下，服務生送去咖啡。

鐵鍊橋上看不見甩馬尾的女孩跑。

汽車開始一公分一公分的移動。

小艾填入第二發子彈，他看不到白帽子，不過玻璃反射出賭場屋脊的槍口。挪動上半身的角度，瞄準鏡內出現槍口。

等待。

對方槍口轉向，小艾見到瞄準鏡映著日光的反射。

等待。

小艾右眼貼著瞄準鏡，剎那間，他見到對方的瞄準鏡、見到對方藏在瞄準鏡後面的眼睛、見到眼睛上沾著雪花的眉毛。他忍不住喊出：

「大胖！」

大胖的槍口微微上抬，小艾隨著扣下扳機，兩顆子彈穿透好幾百片雪花、越過大塞車的鐵鍊橋、在各型車輛上空擦身而過、飛過重新出現的跳動馬尾女孩、沒打擾手裡鋁盒冒出熱氣的桃太郎外送小弟。

子彈掠過小艾左耳旁，他幾乎聽得見子彈發出的「咻」聲。他的子彈也沒打中目標，可是打中對方的槍，在飛散的粉雪中，依稀看見對方槍口戳出屋頂積雪的一陣雪霧即消失。

槍可能往下掉，對方失去了槍。

小艾填入第三發子彈，轉移槍口，對準五樓樓梯間的大玻璃，背光，只看見裡面有黑影晃動，小艾毫不猶豫射出第三槍。

正面玻璃抖了抖，不到一秒的堅持，浪頭撞到堤防似的整片墜落，才離開窗框立刻散成碎片。清楚看見背面的玻璃窗也於抖動中往後巷墜落，中間不再有人影。

馬尾女孩在積雪的橋面留下鞋印，她戴耳機，嘴裡規律的吐氣。

另一對男女坐進雪中的河岸咖啡雅座，喝的不是咖啡，是紅酒，服務生正為他們的腿蓋上毛毯。

四季酒店前的遊覽車換成保時捷，下來也綁馬尾的男子與不在意腿上沒有毛毯的女孩。

桃太郎外送小弟走出飯店，迫不及待點起菸。

收起槍，小艾從一旁的安全梯爬至樓下，戴緊黑毛線帽，豎直衣領，提著包往城堡山西面走。他遠離多瑙河，穿過馬路，穿過另一個不知名的公園，到達布達佩斯火車南站旁的地鐵站跳進二號線的電車。

二十分鐘後回到河的東岸，在聖史蒂芬大教堂旁打公用電話：

「怎麼樣？」

「沒看電視新聞呀？」沙皇狂笑，「觀光客用手機拍到有人從賭場樓頂跳樓自殺，記者說他大概連回程機票也輸了。來喝酒，我老婆吃你的炒飯上癮啦。」

沒去喝酒，他回地鐵站轉搭三號線，由布達佩斯西站搭火車往下一個避難所。在車上他一刻也沒閉眼，手中緊緊抓著僅存的諾基亞手機。

為什麼是大胖？

# 10 台灣・台北

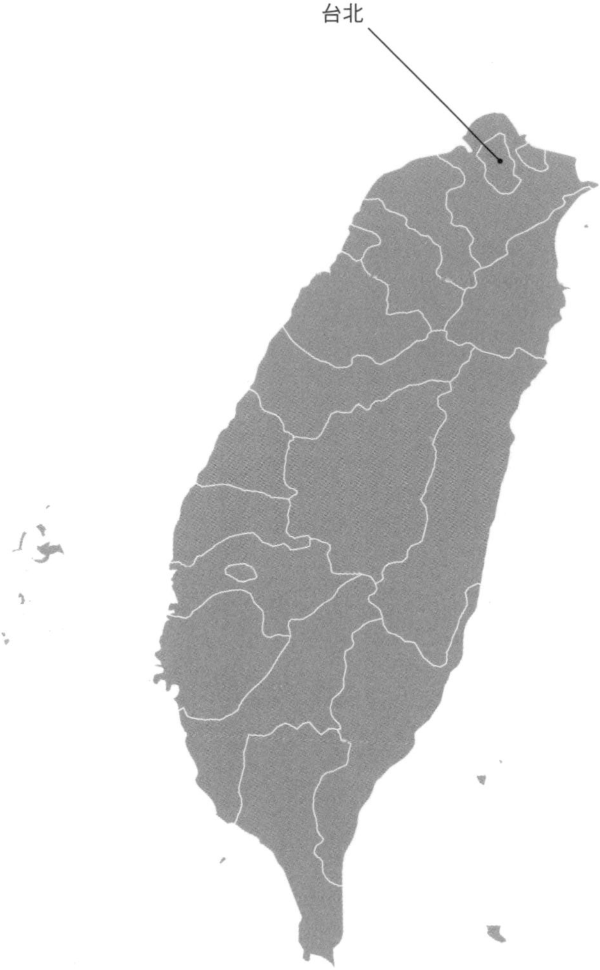

局長的指示，老伍先到邱清池家拜訪遺孀邱太太，沒想到屋前擠滿媒體與SNG轉播車。

看來纖細的邱太太對她面前二、三十支麥克風說：

「謝謝國防部追贈清池少將，謝謝總統送的花圈，謝謝社會大眾的關心。」

說著，她領一雙十多歲的兒女對鏡頭鞠躬。

「我只有一句話，陸軍司令部，國防部，你們欠我一個公道，到底清池怎麼死的，凶手在哪裡？一天不還我公道，我發誓，一天你們別想安寧。」

說完，邱太太不理會記者的詢問，領兒女掉頭進屋。

等記者散去，老伍悄悄走到門前按了門鈴。

「清池從不回家談公事，不清楚他目前手上有什麼案子。你該問國防部，不是問我。

「清池沒有仇人，他工作時太認真，的確不討人喜歡。如果要問他的仇人，你該問國防部。

「清池當然死得不明不白，你們警察別想跟國防部一樣汙衊他。」

憤怒的女人。

「死前打電話給他的是以前長官，和清池在電話裡吵架。清池沒說什麼事，他從不跟我談公事。

「不知道哪個長官，你問國防部呀，查電話來源呀。清池的手機你們還沒找到？人死了都幾天，別想用『我們積極偵辦中』的話敷衍我。警政署、國防部，你們全一夥的。」

老伍轉回中山北路和南京東西路口，不吃鬆餅、不喝咖啡，逕直走到門前按下今天第二個門鈴。

沒人應門，倒是身後傳來聲音：

「找誰？」

捷運站後面的小公園內坐著四樓窗口抽菸的女人，她仍抽著菸。

「刑事局，敝姓伍。」

他們改坐到路邊喝便利商店的咖啡。

「什麼都不方便說，邱清池被謀殺，升少將，伍警官，你懂其中的含意嗎？」

「不明白。」

「邱清池可以領少將薪水的終身俸和撫恤金，因為國防部對他的死，視同因公殉職。我家為忠是自殺，沒有退休金和撫恤金，我連他的保險金也領不到。」

老伍點頭。

「我忙著向海軍長官拜託，希望他們高抬貴手不要以自殺結案，沒人理我，連為忠最要好的朋友也不理，他們說是不是自殺的決定權在刑事局，伍警官，我們母子三人未來的生計在你手裡。」

老伍不敢再點頭。

「為忠從未和人有過口角，軍方早就要他進官校補補資歷好升軍官，他不肯，當士官清爽，你說這種人怎麼可能有仇人？」

郭太太停下話，老伍覺得輪到他開口，不過他慢一步。

「媒體上寫的那些為忠約情婦開旅館的八卦不是真的，我太了解他。一下任務回到家領兒子打球，他愛做菜，我們家的廚房是他的。」

「警方不認為他在長榮酒店會情婦。」

「你們認為是怎麼回事？」

「郭太太，請問郭為忠認識陸軍的邱清池嗎？」

「就我所知，不認識。」

「他的業務和軍購有關嗎？」

「一個士官長，哪能和軍購發生關係。」

快問不下去，老伍想起另一件事：

「他手臂上的刺青，妳知道，一個漢字。」

「家。十七、八歲和幾個高中同學胡鬧刺的，他說和那幾個同學像家人一樣的意思，什麼甘苦與共、不能同年同月同日生但願同年同月同日死，你懂青春期男生那套。」

和蛋頭通話的時間到了，他得趕回去。

郭太太沒有回家的意思，她一手拿打火機點菸，一手遮菸給老伍：

「警官，為忠不可能自殺。」

可是抽菸可能。

下午兩點，老伍在辦公室內面對螢幕裡的蛋頭，羅馬警察待他不錯，吃的是大碗中式麵條，大瓶紅酒。

「幸好火車站的清潔工人拾金不昧，找到凶嫌留下的假髮、帽子、短褲、涼鞋，果然是扮成老外的這小子。」

「火車站的監視器拍到他嗎？」

「有，你自己看。」

傳來的畫面較清楚，黑外套、高統登山鞋，斜背愛迪達運動包的東方人背對鏡頭喝咖啡。

「他搭往哪裡的火車？」

「拿坡里。」

「拿坡里站的監視器呢？」

「沒到拿坡里就中途下車，到對面月臺搭車回羅馬，不過沒在羅馬車站的監視器搜尋到他的人，判斷他沒下車，一路往北，羅馬警方正調其他車站的畫面，我一到就隨他們行動。老伍，你該來看看，人家辦案態度不比我們差。」

「回來你可以寫出差報告：台義警方追查謀殺案之比較。」

「點子好，提醒我了，我得向局長簡報追查凶嫌的過程，你幫忙打報告——別擺臭臉，你打字神速，我龜速。我夾帶義大利火腿、義大利紅酒回台北賄賂你怎麼樣？大不了不惜血本買兩條絲巾給你老婆，你們一家三口人人有禮物。」

找出的第一個線索是當天在許願池的觀光客提供給電視臺的，咖啡館的服務生先發出尖叫，周協和的屍體從椅子內倒到地面，他的手碰到英國女孩，於是英國女孩也尖叫。她和七個朋友自駕遊義大利，七個朋友見到周協和的死狀，先後發出尖叫，頓時廣場亂成一片。

台灣觀光客趙小姐那時手握自拍棒，三百六十度拍一圈，就這樣拍到當其他人趴的趴，跪的跪，唯獨戴棒球帽的大個子美國人反向大步走進巷子。他對女生的尖叫不好奇，不慌不忙，有如約會的時間還早，絕對趕得上。

「憑什麼認定他是美國人？」

「只有美國人旅行愛穿短褲。」

「美國人愛穿短褲？」

「我的意思是和歐洲人比較。」

羅馬警方第一個清理的目標是巷口的飯店，Hotel Relais Fontana Di Trevi，當場查詢每個住客的下落，單身入住的共三位客人，A先生在一樓酒吧喝酒，B小姐於晚上主動跟警方聯絡，充足的不在場證明，她沒見過警方形容的東方男人。唯有C先生不知下落。警方進入他房間，空的，什麼都沒，連指紋也找不到，他從浴室接水往牆上、地板、床鋪倒，幾乎淹水。

行家。

按照入住時留下的護照影本向韓國大使館聯絡，假護照。羅馬刑警沒有凶嫌指紋，可是有簽名，簽的是潦草的英文。

同時羅馬警方趕去特米尼火車站，調所有監視器錄下的畫面，遇到發現他扔進垃圾桶衣物的清潔工人。追查所有班次，一名車長說他在廁所牆上見到漢字的刺青貼圖，經過蛋頭協助指認，是漢字中的「禪」。

另組人向市區所有旅館發出通報，後車站的東京旅館也有未結帳即不見人影的客人，在他房內的床下找到行李箱，旅館沒影印他的護照，但向警方說明是前一天講英語的女聲以電話訂的房。警方正追這通電話。

東京旅館僅在出入處安裝監視器，拍到疑似嫌犯的背影。

當天有人報警，自行車被偷。

最引警方注意的是佛羅倫斯巴士總站的報攤下留著一口空箱子，老闆到打烊才見到，以為是恐怖分子放的炸彈，馬上報警。

警方隨即調巴士站監視器。

迄今為止，已有兇嫌四個畫面，均模糊不清，且是側面與背影。

「以上，反黑科科長報告。老伍，說說你的感覺？」

「他是台灣人。」

「怎麼推測的？」

「火車裡『禪』的貼紙，和東京旅館找到的行李箱，上面有卡通熊的圖樣。還有，被殺的周協和是台灣人。」

「我也這麼以為。這題太簡單，換點難的。」蛋頭再吃一口麵，「台灣哪裡有狙擊手？」

「軍隊。」

「哇，你退休真可惜，智商這麼高。」

「蛋頭，再吃下去，你腦子遲早缺氧，我可不幫你拔管安樂死。我找軍方查查看，你傳張兇嫌清楚的照片來。」

幾分鐘後老伍收到三張影像圖檔，一張羅馬火車站拍到的背影，一張佛羅倫斯巴士站的側面，認不出臉孔。第三張是蛋頭吃麵的自拍照。

媽的。

信箱又有動靜，新的圖檔，好幾張照片，趴在雪地的屍體、翻成正面的屍體、屍體臉部的特寫、斷成兩截的狙擊槍。蛋頭寫的註釋：

**布達佩斯摔死一名東方男性，又一個狙擊手，搞不好他才是殺周協和的兇手。**

但誰又是殺他的兇手？

# 11 捷克・特奇

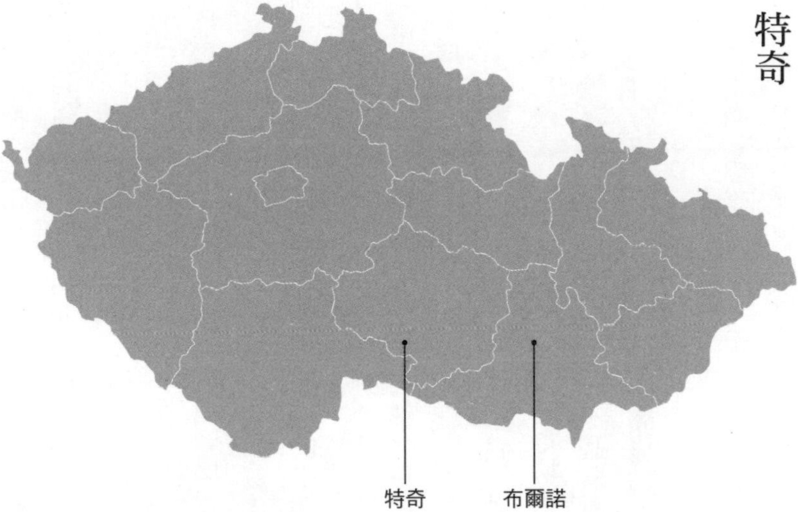

小艾上車、下車，換幾趟車進入捷克，從布爾諾轉地方民營火車抵達特奇已深夜。很小的鎮，出火車站是雙線車道，有點台灣省道的味道，車子行經時濺起泥雪。天色暗，路面積厚厚的雪，他專注腳下，幾乎錯過進特奇小城的城門。

哪像城門，像在房子中間開扇拱形的門。

進城門後，景觀為之一變，橢圓形的中世紀廣場包圍在文藝復興風格房子的中間。

鐵頭當初解釋過，二戰前國民黨政府和德國的關係很好，買了許多德式裝備，一度和希特勒政府商量由德國派軍事顧問訓練、裝備四十個中國步兵師，外交單位因此在歐洲置產，做為官員來往的住處。沒多久希特勒和日本結盟，中國對德國宣戰。

二戰結束，國民黨敗給共產黨逃到台灣，情報單位接管這些房產，七〇年代經濟起飛，再添購幾戶，理論上屬於國家機密，政府資產的帳目看不到。

解嚴、民主化，政黨輪替，情報頭子更替頻繁，神祕的房產慢慢從帳面消失，只有少數人清楚，平時幾乎沒人使用，不知怎麼演變為情報人員的避難所。

既是避難所，最怕曝光，任何人不能在同一避難所待三天以上。小艾理解在馬納羅拉被追殺之後，他的身分曝露，必須在避難所間移動，可是得移動幾次？什麼時候重回馬納羅拉？

避難所在條小巷子內，周圍的房子幾乎沒有燈光。

小城的人口不到六千，大多居於古城外。夏天旅遊旺季，每天可達幾萬人，入冬恐怕不滿一千。

兩層樓的房子，比布達佩斯的有人味，廚房的爐子、浴室馬桶上的防寒墊子、淋浴區用的簾子，飯桌中央有瓶已枯萎的花。進門是客飯廳，裡面兩間臥房。小艾習慣性檢查逃生路徑，推開後窗，外面是河或湖，見不到船。

樓下沒人，屋主可能冬天住在布爾諾。

門背後木頭做的雜物架內插了好幾份旅遊地圖，特奇古城半島形狀，與外聯絡的陸路是他從南面走進來的城門，兩側是湖，北面是窄河，小木橋與對岸相通，距離太遠。看來逃生唯有游泳。

不太妙，這麼偏僻的地方，又是淡季的冬天，東方人益發顯眼。不合乎鐵頭教的隱匿原則。

三面皆水，死地。

找下個避難所的地址。

床板沒有、枕頭套內沒有，找遍了，都沒有。他替自己燒壺水，飯桌鐵盒內袋裝大吉嶺紅茶聞起來仍新鮮。燒熱平底鍋，就冰箱內的起司、火腿與麵包，做個超大三明治。

坐下喝茶吃三明治，心情平靜許多，然後他看到門後架子裡除了特奇的地圖、旅遊資訊外，還有份波蘭的，英文版。他拿波蘭旅遊宣傳冊子配晚餐。手冊撕掉很多頁，留下的是華沙市，華沙地圖旁寫著波蘭文的地址。

小艾略略整理靠湖的臥房，關燈，悄悄下樓，同一個出入口，大門左手是一樓的門，他試試鎖，從後袋取出瑞士刀伸進匙孔，撥起彈簧打開門。

沒人，屋內涼得證明至少兩個月沒開暖氣——不，從刺鼻的霉味判斷，怕一年以上沒人住過。格局和二樓不太相同，只有靠窗的一間大臥房。他拉下床墊與毯子鋪於客廳。冷歸冷，必須打開面湖的窗戶，掌握屋外的聲響。

凝視手中的諾基亞鉛筆盒機，該不該給台北回個消息，請示下一步的行動？他迫切想了解出現於布達佩斯的大胖是怎麼回事。

「當兵有空記得多念書，別一放假就跑夜店抱小女朋友，抱習慣，嫌槍太硬太涼，不肯抱了對吧。」

底下一陣竊笑。

「以前有個叫紀昌的小子，隨一代名師飛衛學射箭，飛衛說學箭之前得先培養出專注力。紀昌夠狠，抓了隻虱子用氂牛尾巴的毛綁在梁上，他天天看虱子，看到虱子在他眼裡像車輪那麼大，一箭射去，正中虱子肚皮中央。」

鐵頭瞇眼看槍管：

「你當軍人是營生的職業，領薪水站衛兵等退伍，我沒意見，要是拿軍人為志業，自然專注。聽清楚沒，練到看虱子像車輪般那麼大。還有，這把槍誰的？麻膛，不廢話，禁足一週，不准會客。」

視力已熟悉黑暗，再走一遍房子，廚房比二樓簡單，飯桌較小，與客廳以木板牆隔開。客廳有臺早退流行的胖肚子電視機、放錄音帶的音響。廚房的冰箱內看似空空如也，下層蔬果盒內找出兩瓶酒，小艾不客氣開了一瓶，不出所料，快變成醋。

沒酒，掃興，小艾坐下放鬆繃了幾天的肌肉，他有點想不通，一樓放冰箱的酒壞了，二樓的起司、火腿卻新鮮？

回到二樓，枕頭塞進毯子裡，門旁的衣架移到臥室窗邊。組合好SVU狙擊槍布置於窗口。

再退回一樓，居然在床頭見到老款的筆記型電腦，沒Wi-Fi，得接電話線，可是電話能通嗎？電話通的。小艾將電腦拖到桌下，趴著試圖征服Acer五、六年前出的厚重筆電。幸好使用者未設密碼，但他看不懂捷克文，弄了十多分鐘終於進入英文的新聞網頁。

死在布達佩斯四季酒店後巷的東方人果真是大胖。十多張圖，大胖躺在雪地的背影、鼻青臉腫的正面、摔斷的M82A1狙擊步槍、睜得圓鼓鼓的雙眼。

為什麼是大胖？

轉到台灣的新聞網頁，連續幾天都是羅馬許願池槍殺案，小艾仔細的讀，有點不對勁，死者周協和，總統府戰略顧問……

不可能吧——為什麼命令他殺戰略顧問？

殺錯人了？

拿出摺得起縐的照片，沒錯，和新聞裡的周協和一個樣……

殺的沒錯，可是卻真殺錯人了。

# 第二部

家，《說文解字》裡解釋得簡單明瞭，家，居也。《爾雅》裡說，戶牖之間謂之轟，其內謂之家。前者是動詞的說明，後者是名詞的說明。集合家，才能為邦，所以邦與家合而為一，邦家；國與家合一，是為國家。沒有家，即沒有國。家，意味溫暖，古詩裡有言：我獨何命兮未有家，時將暮兮可奈何。講的是未嫁姑娘的心情。家也是道德的範圍標準，苟非德義，不以為家，安逸無心，如禽獸何。無論多孤獨的人，也有其家。

# 1 台灣・台北

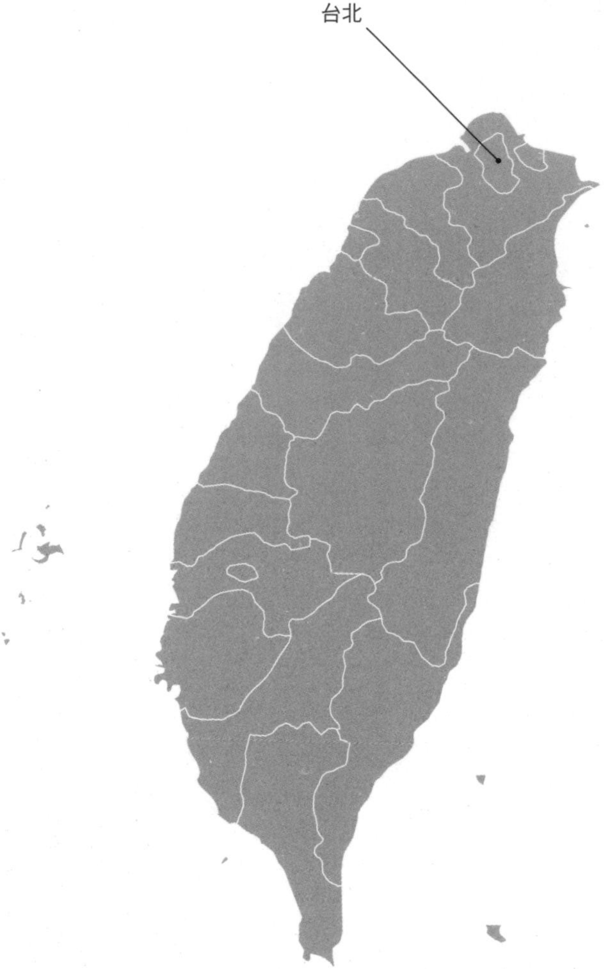

蛋頭看樣子在羅馬警方熱情的照顧下過得幸福安康，又傳來一堆照片，布達佩斯墜樓槍手各種死透透姿勢。

匈牙利的法醫確定死者是因頂樓落地摔斷脖子喪命，身體沒有彈孔。出事地點找到摔成兩截M82A1狙擊槍的殘骸、彈頭和彈殼，彈殼屬於死者使用的狙擊槍，彈頭經過檢驗與比對，是俄製的Dragunov SVU「七點六二俄羅斯子彈」彈頭。

「老伍，精采咧，兩邊都用狙擊槍，這是武俠片還是怎樣？」

另一名狙擊手的位置也確定，河對岸的布達佩斯公寓酒店樓頂，雖未找到彈殼，雪上留著模糊但仍可分辨得出的人體形狀。

還原現場，東岸的槍手在零度以下能凍死人的天氣從五樓樓梯間的窗戶攀上傾斜三十度的屋頂，趴在積雪的瓦上伸出M82A1狙擊槍，和西岸趴在布達佩斯公寓樓頂使用俄造SVU狙擊槍的槍手，相隔六百公尺於空中對幹。

「這年頭不流行巷戰，空戰當道？」

「我們兩個在網路上鬥嘴算網戰？」

「別打屁，想想，他們深仇大恨，非得用這種方式決鬥？不能弄兩把蝴蝶刀面對面搞點血噴對方，怕洗衣服費事？荒謬，老伍，不難查吧。」

「是啊，你在羅馬吃義大利麵發號司令，我在台灣跑斷腿，當然容易查。」

「聽出來有人滿肚皮前更年期的不爽。」

「兩個狙擊手是台灣軍方出來的。」
「漂亮，老伍，這就對了。」
老伍沒義大利麵可吃，他捧著鼎泰豐外帶的蝦仁蛋炒飯，日子雖難過，生活品質不能降低。
鼎泰豐的炒飯兩好，飯的顆粒分明，嚼得有滋味；蛋新鮮，濃濃蛋香味。
「喂，老伍，說真的，捨不得你退休，要不要重新考慮，你的年紀可以申請延役，我替你作保，說你天縱英才、世不二出，退休是國家無可彌補的損失。」
屁話，蛋頭滿口的臭屁。
台灣十多萬軍人，當過狙擊手的頂多幾百，憑相片要不了多久就查出。
他坐在國防部的會客室，熊秉誠換張面孔，一派輕鬆的進來。
「咦，阿兵哥沒招待你下午茶？我們這裡的餐廳主廚是五星級大飯店來的。嘿嘿，這是軍隊有義務役的好處，三山五岳的高手都得來我們這兒過過水。想吃法式馬卡龍？宜蘭三星蔥的蔥油餅？德國豬腳？」
另一個屁仙。
「不用，謝謝。」
「軍警一家，想吃就說。」

「麻煩你們了。」

老伍覺得自己怎麼也講起屁話。

熊秉誠遞來幾張剛列印仍熱騰騰的紙。

「就你提供的相片經幾次過濾，找到布達佩斯死掉的同胞身分，叫陳立志，綽號大胖，陸戰隊中士退伍，的確進過狙擊隊。」

「退伍以後呢？」

「沒接受退輔會的輔導就業，斷了消息，我已經交代同事查他的下落，不樂觀。幸好資料裡有他的身分證字號和地址，你們警政的系統比我們好，一敲電腦什麼都有。」

接過資料，老伍翻翻，他覺得熊秉誠打算給幾張紙就此撒手不管。

「我能進一步了解軍方狙擊手的狀況嗎？」

「當然可以，伍警官，我們軍方全力支持貴局的調查。」

老伍覺得熊秉誠不久的將來一定升成將軍，像蛋頭絕對外放台南市、高雄市警局長，他們都有當官的打屁功夫。

上級催促辦案進度，老伍沒多耽誤，車子直撲大胖陳立志的住處，沒這個人。大胖三年前租的公寓，合約未到期即退租。

查詢戶籍資料，大胖憑空消失了，因為「父不詳，母不詳」，他在孤兒院長大，十三歲時被陳洛收養。至於陳洛，退役的老士官，最後地址是花蓮榮民之家，七年前因器官衰竭過世，享年六十九。

事實上大胖退伍那天起便消失，沒有戶籍，沒有繳稅資料，外交部提供的護照資料是大胖退伍那年辦的，目前仍有效。

在台灣這個島上，怎麼可能有人不留任何痕跡？

打個電話給熊秉誠：

「找不到陳立志的下落，狙擊隊怎麼樣？現在能聊聊嗎？」

軍方有三個訓練狙擊手的單位：海軍陸戰隊特勤中隊、憲兵指揮部的夜鷹特勤隊、陸軍谷關特訓中心。國防部向老伍做了看似殷勤卻僵硬得像吃了威而鋼的簡介。

挑選狙擊手分三階段，先到步兵學校進行特訓，合格的分發至狙擊手戰鬥訓練班，最後送到谷關特訓中心。主要用槍是美國貝瑞特的M107A1、M82A1、國造T93。

訓練出來的狙擊手人數一時無法統計，至於他們退伍的行蹤，軍方也不曉得。

老伍再坐回國防部的會客室，熊秉誠伸出他的大手掌按住老伍的肩膀：

「伍警官，上午見面，下午再見面，陰魂不散呀。我看弄張桌子，你在國防部上班好了。」

「熊上校，死了這麼多人，忙得我直不起腰。」

「我們有健身房，要不要練練瑜珈？」

「無論哪個狙擊手訓練班，我希望能見見負責的人。」

熊秉誠沒正面回答：

「回去泡泡熱水澡，放鬆筋骨。我盡快聯絡三個狙擊手單位。」

「多快？」

「雄三飛彈，超音速。」

事情還沒完，蛋頭傳來的照片中，死者大胖左大臂有刺青，老伍認得：家。

傍晚趕到甲骨文權威的王教授家，讀書人比國防部光出一張嘴要真誠得多，先是現磨、沖泡得香噴噴的咖啡，再送上南投的凍頂烏龍，外加王夫人新蒸出籠的赤豆鬆糕。她笑瞇瞇的說：

「伍警官，我做的，保證沒有化學膨鬆劑。」

老伍嚥下口水。

「老婆，過五點了，能賞我們兩杯酒提振士氣嗎？」

當男人得謙卑，才能騙吃騙喝，該學習王教授的本事。

王教授退休多年，七十二歲，他自傲的說從來不運動，什麼病也沒，全靠讀書。書中不僅有顏如玉、黃金屋，還有心平氣和的人生態度。

他打開電腦，指著螢幕上的字問：

「警官知道『家』這個字的由來吧？」

老伍認真的說：

「請教授開導，拿我當白痴，沒進過學校，不識字。」

教授一陣大笑：

「你們警察幽默。」

他的手指隨螢幕上的字一筆筆臨摹似的畫著：

「家，你看，上面的『宀』是豎根煙囪的屋頂。最新的考古證據，陝西的西安在公元前五千年前就有煙囪。屋頂兩旁是兩根柱子，屋頂底下是『豕』，這字唸使，使用的使，豬的古字。」

「原來豕唸成使，教授先讓我學到一個新字。」

老伍耐住性子，頭皮以下全是笑容的皺紋。他，好學不倦。

「關於家為什麼由『宀』和『豕』組成，兩派解釋，第一派主張古人把豬養在屋子的下層，人睡上層，躲避蛇、狼之類的猛獸。養了豬代表進入農業社會，有餘糧，生活得到起碼的保障，家便形成在生活的保障上。」

老伍想到燒豬頭、白切肉、滷豬尾巴、煮下水、燉蹄膀。看樣子赤豆鬆糕愈吃愈餓。

「第二派的解釋，」王教授講話慢條斯理，「古人見到的豬都集體活動，母豬帶一窩小豬覓食。電視上每次播七八隻小豬趴在母豬肚子上吸奶的畫面，我孫女就哭著說她不吃豬肉。哈哈，古人認為豬一家的感情深厚，所以用豬代表家人的感情。結婚生子一回事，得有感情才稱得上家。」

老伍舉一反三：

「說得精闢。忽然想到，我們喝牛奶喝羊奶，怎麼從沒人賣豬奶。」

王教授忍不住拍桌子大笑：

「來，多吃點，鬆糕用的是豬油，否則不香。我這把年紀難得碰到能聊天的人，尤其來的是警官。」

「見笑，請王教授有教無類。」

「秦始皇統一文字之前，中國文字複雜，甲骨文、金文，同一個字許多不同的寫法，有空你去故宮看看，周朝的鼎刻了字，和商朝陶器上的字寫法不同，直到秦始皇，雖說焚書坑儒，文字的統一是歷史功業。」

「感謝秦始皇，從此我們認的字一樣，再謝謝毛澤東，本來同樣的字，如今兩岸寫法不一樣。」

「伍警官有慧根。我們看看這幾頭豬。」

螢幕出現四個象形文字。

「我喝了酒，說話不講究了。第一個很明顯，肥胖身子與四條腿的豕。第二個把豕直寫，成了靠後腿站起來的豕，不是進化到以兩腿走路，為了書寫在細長木簡排列得比較整齊。第三個也是站著的豕，特別強調中間的大肚皮。到此為止，古人文字裡原本沒有『豬』，有『豕』。」

「是，明白。」

「第四個左邊是豕，站著，有四條腿，而右邊下面的爐子與上面的鍋子，加起來是個『煮』，上半部的鍋還冒煙。經過演變，爐子與鍋子簡化成『者』，『者』是『煮』的原字。以後豕和爐子合而為一，成為如今左『豕』右『者』，通用的豬。

「不煮者，不為豬，老豬呀老豬，中文非把你給烹了、煮了，文人，壞啊。」

老伍隨王教授的話也不禁笑了。

螢幕上再換四個字。

「接著看『家』，上面屋頂，兩側柱子撐著，中間是頭豕。第一個字裡的豕，圓肚皮。第二個雖不圓，依然大肚皮。第三個省略掉肚皮，上面一橫是豕的頭，下面是身體與從側面看去的兩條腿。第四個已和現在用的『家』差不多了。」

「四條豬腿和根尾巴？」老伍湊近電腦螢幕看。

「解釋得好，以前我怎麼沒想到那是豬尾巴？」

郭為忠手臂上刺的是哪個「家」？記得是第三個沒尾巴的豬，另兩名死者的刺青相同？這麼多「家」，他們無巧不巧刺同一種篆體的「家」？

蹊蹺。

「這是家的由來，要有母豬小豬的感情才稱得上家，否則房子再大，徒有個屋頂而已。」

「所以屋頂下，充滿了感情。」

「伍警官，你通了。」

沒接受王夫人吃晚飯的邀請，得趕回局裡。臨走前見客廳茶几擺著個相框，裡面是一對年輕夫妻和小女孩的照片，背景街道招牌全是英文。王教授的兒子吧，在美國。這個家，少了小豬，少了家的氣氛。

回辦公桌屁股尚未落進椅內，熊秉誠用不超音速的雄三飛彈傳來 Line：

**查到，陸軍谷關的狙擊教官杜立言中校，他的個人加密資料已由國防部專人送往刑事局。改天喝酒。**

蓋「機密」印章的牛皮信封果然在蛋頭桌面。

杜立言中校，谷關特訓中心主任，狙擊兵訓練隊教官。

最後面手寫的補充文字：

**伍警官，所有受過訓的狙擊手資料，都在杜中校那兒。國防部辦事還迅速、確實吧。**

明天找杜立言。老伍立即傳給蛋頭，報告進度，隨後兩人上線視訊，蛋頭還在吃，

「義大利人的麵和我們的拌麵同宗不同類，麵條比台灣的Q，吃得有勁，看樣子我能在這兒長住。」

他去考察羅馬的伙食嗎？

說完大胖和杜立言的事，老伍提到刺青：

「大胖手臂有家的刺青，郭為忠有，可是邱清池沒有。如果刺的只是個家，可以說湊巧，不過陳立志和郭為忠刺的都是古字的家，這就不能湊巧。」

「他們倆的年紀相當，說不定認識，像以前眷村裡拜把兄弟搞的那套。」

「郭為忠三十八歲，大胖三十六歲。蛋頭，郭為忠從小生長在台北，大胖是嘉義，一南一北。郭為忠海軍艦艇兵，大胖陸戰隊，看不出有什麼交集。」

蛋頭吃麵，聽得到他吸得稀里呼嚕，一旁的羅馬警察了解這是民族特色嗎？

他再吸一大口。

「大胖不是殺周協和的凶手，匈牙利和義大利警察網路上比對過彈道，致人於死的子彈不同。」

「即使大胖殺周協和，誰又殺大胖？看來殺大胖的極可能是殺周協和的凶手。」

「別急著下結論，冥冥中美國隊長和鋼鐵人一定站在我們正義這邊。」

蛋頭能當反黑科的科長不是沒道理，他沒脾氣不算，其他人見了他更沒脾氣。

「周協和到底為什麼去羅馬，總統府講過話嗎？」

「本來說周協和自己休假去玩，兩小時後被記者戳穿，改口說周協和赴歐洲各國考察戰略。」老伍報告。

蛋頭捲起一叉子的麵放在鏡頭前，

「不錯吧，油晶晶、活跳跳。我們在歐洲只有教廷一個邦交國，戰略顧問來考察神父晚餐菜單？」

「局長向總統府查詢過，得到的答覆是——」

「國家機密。」

「蛋頭，難怪你升官，ＥＱ高，我退休。」

「別這麼計較，又沒少你退休俸。」

老伍離開電腦走到辦公室正中央的白板，看了看上面寫得亂七八糟的案情進展，他擦掉右下角的「８」，改成「７」，距離退休只剩七天。

沒直接回家，他離開刑事局，步上塵霧漫天的忠孝東路。以前以為退休以後可以依自己的興趣過快樂的日子，和蛋頭通完話，他恍然明白，不上班的日子真的能得到快樂？

也有其他的選擇，學長阿福的保全公司早就向他招手，另外兩家徵信公司請他吃過兩次飯，其中一家甚至提出副總經理的位子和高薪期望他去。改行當偵探，頗令老伍動心。

手頭兩宗命案：基隆郭為忠案、金山邱清池案。與蛋頭合作的兩宗命案：戰略顧問周協和案、布達佩斯陳立志案。七天之內能結案嗎？一天工作二十個小時，不覺得累，這麼多年他身體裡流著刑警熱滾滾的血，一身下垂的肌肉與日益失控的五臟六腑，全賴忙不完的案子保溫，他捨得撇下辦案的興奮感嗎？

走過敦化南路，走過復興南路，如果一直下去，他豈不走到中山北路？想到郭太太的事，他轉頭擠進捷運再回刑事局。得趕緊寫報告，呈交上級確定郭為忠不是自殺案，否則郭太太一家會因漫長的公務流程，生活陷入困境。

進辦公室恰好收到郭太太傳來的簡訊：

**請問伍警官，為忠的事怎麼樣了？**

立即回覆：

**正簽報謀殺案中。**

這個「正」說得勉強，先要整理法醫的鑑定報告、現場相關人士的證詞，還得研擬對真凶的追查方向。

立刻收到簡訊：

**謝謝你。**

腦海出現趴在四樓窗臺對著天空吐煙的女人臉孔。

# 2 捷克・特奇

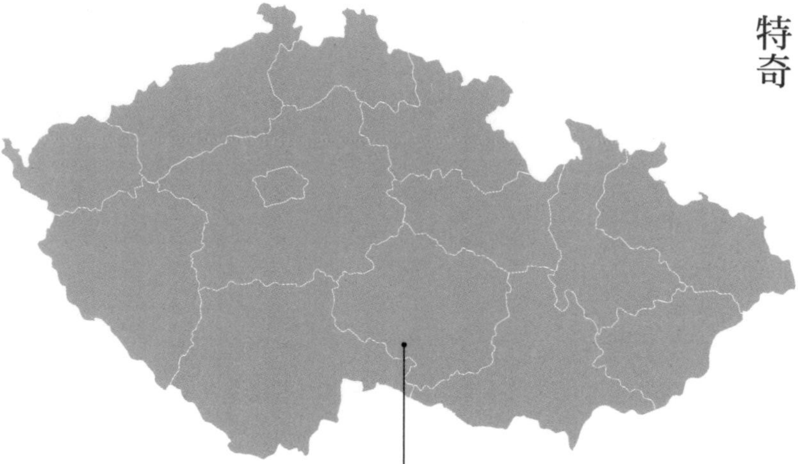

為什麼是大胖？

那年國防部推動「個人戰技精進計畫」，凡少校以下的軍官、士官必須在目前執行的例常勤務之外，培養另一項專長的體能戰技，列出的範圍很廣，例如跆拳道、三鐵、拳擊、游泳、潛水，跳傘、野外求生、射擊。小艾是受完訓剛分發至部隊的愣頭青中尉，排長兼副連長，本來年資淺，沒資格參與，鐵頭教官指名，向上級呈報說他有射擊天分。

據說鐵頭保舉了兩個菜鳥，小艾之外，便是——

報到當天，鐵頭在辦公室對兩名新成員精神講話。彷彿昨天的事，鐵頭指著他們的鼻子說：

「你們倆是我特別挑的，沒別的原因，有天分，而且，你們是我的親人。」

小艾用眼角瞄了立正站在旁邊的娃娃一眼。

「一個的外公是我大哥，領我從怕水到蛙式游到全軍第一名的大哥；一個是我兄弟，他不幸早逝，留下唯一的女兒。娃娃，訓練時我是六親不認的長官，可是私下，我答應過妳爸，疼妳、護妳。懂嗎？」

娃娃陸軍專科學校畢業，分發到軍團擔任電戰士官，沒想到被鐵頭抓來操練。

這批狙擊訓練梯次共五十名來自三軍各單位的人員，包括已是陸戰隊下士的大胖。訓練為期三個月，結束後大部分歸建，鐵頭挑十個人留訓再三個月，之後分發到反恐或特勤單位。

小艾、大胖進入最後的十人名單，娃娃歸建，第二年回鍋考上陸軍官校。

他和大胖睡上下鋪，每晚大胖的打鼾聲搖晃床腳，上鋪的小艾最初受不了，後來竟成了搖籃曲，不聽還會失眠。

第一天的訓練是拆解M21，小艾手忙腳亂，坐在左邊的大胖好整以暇對他說：

「跟著我做，按順序把拆下的零件放在固定位置，久了養成習慣，裝回去的時候不出差錯。」

所有人穿汗衫坐在集合場樹蔭下的小板凳，小艾右手邊是娃娃，她緊張的一直往小艾的手裡看。大胖像跟小艾說話，其實也說給娃娃聽：

「保養槍枝的訣竅，油別抹太多，要剛剛好。怎麼剛剛好咧，看上去有油，摸起來沒油。有點摸不著頭腦？久了自然體會到。」

大胖是個好大哥，愛唱伍佰的〈挪威的森林〉，週日晚上收隊會夾帶宵夜進營區，晚上熄燈就寢前找小艾與娃娃溜到靶場旁就著月光吃他喜歡的牛肉捲餅。娃娃吃不完，大胖接過剩下的一口吞掉。

小艾懷念那三個月的日子，早上起床跑步，打完靶吃中飯，下午游泳或練跆拳，再打靶。沒有自己的時間，意味不需要用腦筋，隨著課程操練即可。閒下來講笑話、鬼扯，煩惱找不到下蛋發芽的縫隙。

說起槍法準，當然大胖永遠第一，鐵頭說他屁股大，下盤穩，而且神經粗，射擊天生不眨眼。

「記住，不准眨眼，你他媽的一按扳機就眨眼哪看得到子彈往哪兒飛？」

鐵頭拿根竹子在射擊臺上從這頭走到那頭，不時以竹尖指出隊員錯誤的姿勢。

「射擊基本動作，兩手放輕鬆但得握穩槍、呼吸平穩但得說閉氣便閉氣、絕不在射擊時眨眼，如果誰眨眼被我看見，拿晒衣夾夾住你眼皮！」

竹尖拍拍大胖的鋼盔：

「你們這梯次，三個人天生不眨眼，其中兩個膽子夠，只有大胖，他臉腫得誰看得清他的眼睛，當然以為他沒眨眼。」

鐵頭講反話，大胖射擊時全神貫注，槍口、槍身、他的兩臂、貼著槍托的眼睛，根本已經是一體。小艾問過他為什麼能夠兩眼都不閉還射得那麼準？大胖回答得直接：

「兩眼都沒閉？誰說的，我不是閉左眼睜右眼？你看，我不是都這樣閉？」

不管他怎麼眨，大胖根本不會睜一眼閉一眼，要不兩眼全閉，要不全睜。天生的射手。

除了鐵頭，大胖最聽娃娃的話，小艾也聽。大胖總說，娃娃講得對。小艾一個勁點頭。他們都喜歡娃娃，大胖公開的喜歡，小艾悄悄的喜歡。

「喜歡，誰能不喜歡娃娃。」

大胖坐在廁所後面的水溝蓋上吐著煙圈說。

「只能喜歡而已，我們這種人，沒房子沒存款，她要考官校，營門口等著接她的不是雙B，是法拉利。能喜歡就趁她沒嫁人之前盡量喜歡吧，到最後一刻送她個祝福，感謝天使曾經出現。你也喜歡她對吧？開口沒？三個月而已，三個月內沒開口，永遠別開！學我，享受一百八十天的相處，自我滿足。我的小艾艾，想太多，銀行存款不會增加。」

大胖說得簡單，想必他已然掙扎過之前的三個月。

訓練的第一個星期，娃娃和其他三個女孩始終跟不上進度，端槍跑步時大胖刻意慢下腳步等四個女兵跟上，他上下擺動手中的M21喊：

「心裡默默喊一二、一二，兩眼不看遠方，看前面班兵的屁股，像我，專心看小艾的屁股，一二、一二。妳們看到小艾的屁股哪裡不對勁沒？他沒屁股！這種男人不可信賴，要就像我，屁股既挺又大。」

說著大胖已跑到女孩子們前面，後來外傳大胖的屁股跑步時最性感，一二一二，左右搖擺，裝了馬達似的。

和另三個女孩不來電，只喜歡娃娃。受訓到第八週，隊上兩個男的把走兩個女孩，第三個早有大學生男朋友，夏天畢業即結婚。沒人追娃娃，大家都覺得配不上。娃娃是狙擊隊的女神。

對娃娃說了，小艾在結訓前鼓起勇氣說了。娃娃拉住他的手留下永遠忘不了的話：

「我還要進官校，以後的事誰敢預料，我們先做好朋友好不好？」

小艾終於明白，開口是一翻兩瞪眼的事，得到、失去，不開口可以永遠期待。大胖用的感情比他深，深得見不到底。

結訓的聚餐，娃娃跳到大胖懷裡，娃娃滿臉不知是汗是淚，大胖滿臉通紅，不知是酒是情。

布達佩斯那天早上，透過瞄準鏡，小艾見到兩隻圓睜的眼珠子，他沒有選擇，如果不摳扳機，摔下樓的是他。

為什麼是大胖？

離開台灣到法國參加外籍兵團，大胖仍在陸戰隊服役，記得他升到中士，隨時簽延役合約馬上升上士。他退伍了？

不對，大胖從馬納羅拉一路追殺到布達佩斯，當然知道目標物是小艾，他開槍一點也不遲疑，怎麼回事？

還有，為什麼下指令的是娃娃？鐵頭教官退伍去哪裡？

外面有動靜，小艾闔上電腦，小心從桌底移到窗邊，幸好他的眼睛已習慣黑暗，湖上有條小船。

船以極慢的速度靠近房子，小艾沒理會船，專注聽周圍的動靜。

捷克報警的電話也是一一二？或九一一？想起來，歐盟統一是一一二。撥出號碼，話筒放一旁。

打開廚房的瓦斯，聽著嘶嘶氣體聲，他脫下衣服以油布包住塞進行李袋，打開窗，跨步出去站在窄窄的窗臺，關上窗，往下一蹲，無聲無息滑進水裡，夠冰的，他能撐一分鐘嗎？

動作必須快，不能讓對方看穿手腳。

游到船旁，果然以空船試探屋內有沒有人。船尾繫的繩索留下被切斷的整齊切口。

潛水游到岸邊，小艾縮起身子踮腳摸路邊汽車的引擎蓋，第三輛是熱的，冰雪天氣有個熱引擎，熄火沒多久。

沒時間。敲破玻璃進車，鑰匙在，發動後不客氣的連續擦撞五輛車，汽車警報聲大作，周圍亮起燈光，小艾加速開走，直到一百多公尺外，他停下車關引擎回頭看二號避難所，警車已到，一輛，又一輛。他聽到警察的吼叫聲，看到二樓面湖的窗打開，對方也有膽子跳進幾乎快結冰的湖？

沒跳，槍聲響起，捷克警察還擊。

差不多了，發動引擎，開暖氣。他擦乾身體穿上衣服，用力磨擦皮膚到泛紅。赤腳踩油門悄悄逃離現場。

槍聲持續，忽然傳出爆炸聲，後照鏡內閃出衝出窗戶的火光。

擊中一樓的廚房了。

誰能一直跟著他不放？他毀了蘋果機，到捷克的一路上提高警覺，而且追殺他的不是一個，兩個，說不定第三個已在身後不遠處。

小艾沒空猜測死在二號避難所的殺手是誰，也不想知道，萬一來的又是他熟識的呢？

想起鐵頭教官領他們跑步的第一天，一千五百公尺不到，兩手臂幾乎挺不住，大胖跑在他身旁，喘著大氣說：

「力量集中在一隻手，再換另一隻手，跟長時間立正把身體重量輪流放在一隻腳上的道理一樣。」

照大胖的話做，兩隻手臂依然接近廢掉的程度，但是他成功完成五千公尺跑步。所有學員，十一個人通過。

其他人仍在操場喘氣設法跑完，他已和大胖坐在餐廳，大白的饅頭，燙嘴的豆漿。

「教你個吃法，第一個饅頭就小菜吃，八分飽再吃第二個饅頭，沾白糖。」

大胖張開滿口的饅頭渣笑：

「我愛吃甜的，沒人不愛吃甜的。」

放鬆油門，不知不覺他已超速，不能因超速引來警察，不是應付交通警察的時候。

記得饅頭，日後他一定留至少半個沾糖吃。

看得一清二楚，大胖兩隻睜得圓滾滾的眼睛。他對準兩隻眼睛的中央，扣下扳機。

# 3 台灣・台北

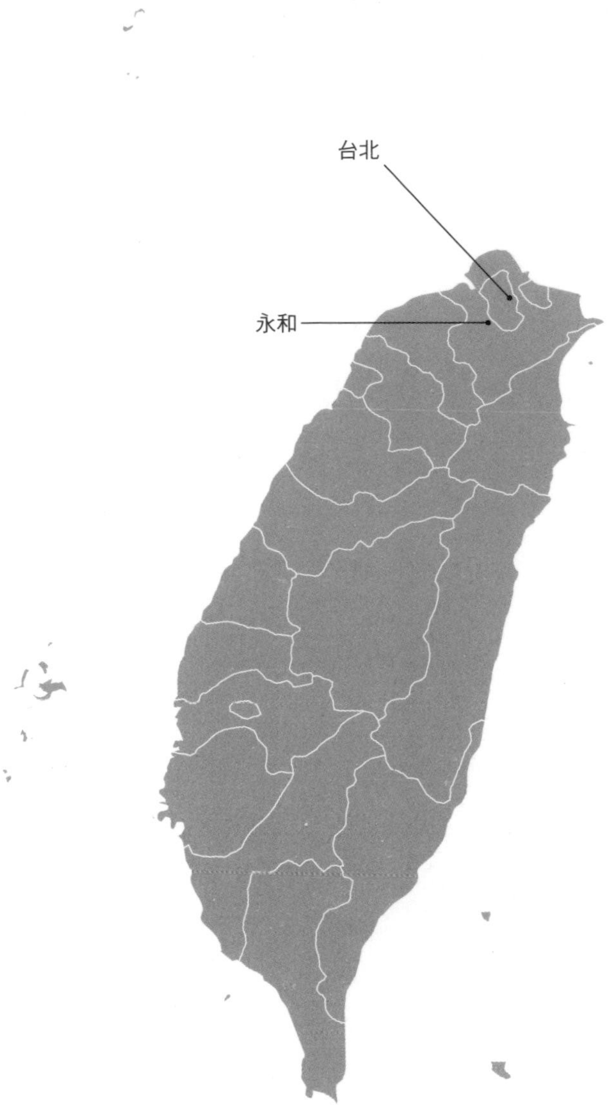

不用跑去谷關的陸軍特訓中心，杜立言中校人在台北，以配合辦案的態度主動到刑事局。

杜立言接管兩年，之前其實陸軍特戰隊未專設狙擊手訓練隊，大胖的時期特別，由黃華生上校報請國防部成立，利用陸戰隊在屏東閒置的基地，兩年內開了三期訓練班，的確教出一批好射手。黃華生退伍後，這個不存在的單位徹底不存在，資料全數移轉至谷關。當年受訓的人員回到原來單位，有的升官，有的退伍，有的接下黃華生的棒子在各單位擔任狙擊教官。

關於「大胖」陳立志，杜立言說得很保守，誇獎他是陸戰隊有名的射手，幾次拿過三軍比賽的冠軍，上級有意請他延役，也講好立即廾上士，沒想到他堅持退伍，國軍平白損失人才。

「沒法子，」他嘆口氣，「拿月退俸到民間找個工作，兩份薪水，週休二日外加三節假期，誰願意留在部隊。」

至於陳立志受訓時的同學，杜立言表示他不清楚，不過稍後可以請同事找出資料，請示國防部獲批准後傳給警方。

老伍對狙擊手的本事好奇，問了許多細節。

「一般狙擊手能射多遠？」

杜立言身著軍服，大盤帽在腿上，左胸口別著兩排獎章，標示他在軍中服役的成績耀眼。

他始終挺直腰桿：

「看槍枝、彈藥、技術，天氣和決心。」

感覺杜立言是個誠懇的人，老伍打開電腦，拉出布達佩斯所有的資料，杜立言看得很仔細，老伍決定和國防部比比待遇，請同事去茱麗的店裡買了咖啡和點心，茱麗對咖啡的講究超過男人，年過四十還沒結婚的原因之一便是挑剔。

「伍警官，看過了，隔著多瑙河對殺，兩個高手。」

「有沒有什麼非行內人絕對看不透的地方？」

杜立言細啜咖啡，

「咖啡好，非洲的吧。」

什麼時候台灣人都成了咖啡專家？老伍哪曉得是非洲還是美洲的？

「要說行內人……陳立志退伍好幾年，別說幾年，退伍一年射擊技術就會退步，和練跆拳道、念英文不一樣，幾天不摸槍，感覺便消失。除非長期擔任狙擊手，有戰場經驗，才能留下深刻的射擊感覺。按照我看到的資料，好像是兩名狙擊手而已，沒有觀測手？職業的，一定常常練習，否則不可能隔多瑙河這麼幹。關於周協和戰略顧問被狙殺，更是高手中的高手，新聞說那天羅馬下冰雹，周圍的人沒聽到槍聲，如果我是下令的人，見冰雹，唯一的考慮是叫狙擊手當即撤退，環境變化至人力無法配合調整，失敗率增高，寧可撤出戰場，尋找下次出手機會，可是射手卻照樣一槍命中要害。」
「對不起，我是行外人，中校的意思是？」
「如果射殺周協和的是陳立志，退伍之後他一定常常練槍。」
「台灣有練槍的地方嗎？」
「沒純民間的靶場，幾個縣市有射擊協會的靶場，不過練的是奧運項目，空氣手槍、定向飛靶之類，距離有限，不適合狙擊槍。」
「到台灣以外的地方呢？」
「菲律賓呀，從高雄飛去四十分鐘，現成的靶場，花錢買子彈而已。」
好像仍問不出名堂。
「黃華生上校呢？他退伍後在哪兒發展？」
「得問國防部，我和他見過幾面，本來是陸軍重點培養對象，他放棄調司令部和國防部當參謀過水升野戰部隊指揮官的機會。喔，伍警官，軍人的升遷有規矩，野戰部隊的軍官必須經過總部或軍團的參謀職務歷練，才能再調野戰部隊正副主官，以便熟悉不同的業務。也有個說法，黃華生接受聯三的徵召。」
「聯三？」
「軍事情報處，私下我們稱人事為聯一、作戰為聯二、情報為聯三，聯四是後勤。」
「所以他搞情報？」

「不是不是，」杜立言急得搖手：「不是你們想的〇〇七的情報工作，聯三負責軍事情報，例如對岸共軍的戰術，屬於研究工作，真正搞〇〇七那套由國防部的軍事情報局負責。」

「一般軍官為什麼選擇調去聯三？」

「有機會派至外交部的外館擔任武官。」

「好差事？」

「海外加給。不過，」杜立言苦笑，「進聯三若再去當武官，就很難升至旅長以上的職務。」

「杜立言當過武官？」

「據我所知，沒有。不是每個聯三的人都能有外派的機會。」

老伍突發奇想：

「不情之請，請問你身上有刺青嗎？」

杜立言愣了愣，

「應該沒有。頭皮有胎記。」

「軍中刺青普遍嗎？」

「也許，年輕人愛刺些以為很酷的花樣。」

「最常見的是哪種？」

杜立言眨眨眼：

「兵科的徽記。陸軍航空特戰指揮部的徽記是有翅膀的降落傘和刺刀，阿兵哥退伍前喝多酒，刺個青留作紀念。」

「營區周圍很多刺青店？」

杜立言一改風吹不動的水泥表情，發出笑聲：

「伍警官服過兵役？」

進警官學校不是等於服兵役？

「服役第一天每個人得填個人資料，其中專長部分填得五花八樣，明明洗碗的硬填廚師，想分發到不出操、假多的涼快單位。當然找得到原來在民間當刺青師傅的阿兵哥，哪需要花錢到外面刺。」

又斷一個線索，老伍一度以為可以從刺青店追出一串凶嫌。

送走杜立言，老伍陷入無奈的困境，過去曾有過幾次類似經驗，凶手朦朧的身影明明在眼前，卻不知從何下手。

蛋頭傳來訊息，捷克警方找到第二名狙擊手，是個叫特奇的小鎮，神祕人士報警，當地警察趕去時發生槍戰，詳情待續。

鑑識科的老楊吃錯藥，名字出現在老伍的手機上。

「喂，老伍，還不退休？請你吃飯。」

「沒問題，你說時間、地點。」

「好。報你一條好消息，剛才松山分局送一具屍體來，大臂有刺青。」

「家？」

「你工作過頭，去夜店摸摸小姐白嫩嫩的腿，降低你肝指數。屍體背部刺龍，兩隻爪子伸到前胸。」

「唉，黑道兄弟哪個不刺龍刺虎。」

「你說對了，黑道兄弟最愛刺青，你反黑科不是負責檢肅黑道幫派犯罪，他們能刺龍刺虎，誰說不能刺國字的家？」

老楊點醒夢中人，老伍撈起外套往外衝，刑事局大門前第二個巷口，茱麗開的咖啡館，她爸十三歲起混流氓，一清專案被掃進岩灣監獄關了三年，黑道稱他黑叔，如今雖然退休，成天坐在女兒的店裡當門神，應該多少知道黑道兄弟刺青的事。

黑道有退休的說法？

茱麗一直沒結婚，咖啡店、店外晒太陽的雜毛貓、貓旁打瞌睡的老爸是她全部人生志業。

「唷，老伍，好久不見你人，別告訴我你戒菸戒酒戒咖啡，我這兒不歡迎沒點癮頭的男人。」

「最近忙，來杯咖啡。非洲的。」

「給你什麼喝什麼，我這兒沒得挑。」

茱麗一年四季的裝扮相同，想法子束緊中圍突出上下圍，黑絲襪配短裙、走路隨時可能扭斷腳踝的高跟鞋，八〇年代的性感，留到二十一世紀，多少帶點歷史的風塵味。

「聽說你要退休？」

茱麗端來咖啡往老伍對面一坐，大概不到下個客人進門不打算離開。

「還有七天。」老伍看看表，「六天又六個法定工作小時。」

「真退？男人千萬別退休，煩死家裡的老婆。」

「有什麼好煩？」

「搞個成天沒事可幹的老男人在家，說上床，他攝護腺腫大；說旅行爬山，他關節退化。好吧，老倆口去看場電影，他嫌出門花錢，不如在家看電視。老人家起床要早飯，看完日報看電視，要中飯，睡個午覺起來又要晚飯，吃完晚飯還問明天早上吃什麼，你說煩不煩？」

「光聽就煩。」老伍苦笑。

「跟你們單位打商量，延役，公務人員不是能做到六十五歲。」

「六十五還是得退休。」

「不一樣，男人六十五歲以後只會成天揣張悠遊卡、捧著健保卡跑醫院纏小醫師量血壓開安眠藥，煩不到女人。」

幸好門上的掛鈴叮噹響，生意上門。

老伍端咖啡杯坐到店外，茱爸四平八穩坐在搖椅上，兩腿蓋著女兒從美國買回的羊毛毯閉眼享受難得的陽光，動也不動：

「自己拿菸。伍警官，打從糖尿病起，不圍事、不攬事、不管閒事，從良十五年了。」

「沒事，過來聊聊而已。」

「騙我們善良老百姓，條子沒事會去喝酒打牌，不會找老人家聊天。」

老伍忍住笑。

「哼哼哼，把笑憋在肚皮裡，久了得肺氣腫。說吧，什麼事？」

「直講了，哪個幫派在身上刺青刺個家字？」

茱爸仍閉著眼，沒說話，倒是左下巴的大黑痣抽動幾下。

「家，甲骨文裡象形字的家。」老伍補一句。

「什麼甲骨文、象形文，不就是個家。沒聽說過，可以幫你問問。」

「多謝，怎麼回報？蘇格蘭威士忌？」

「收警察的禮？我退出江湖，一心一德當好國民，你要我變成抓耙仔？傳出去還得了，毀我一世英名！」

「送張獎狀，警察之友？」

「什麼也別送，沒事來喝咖啡，照顧茱麗的生意。」

「好辦。」

「明天這個時候，無論問到沒，我回你個話，免得——你們警察呀，別的本事馬馬虎虎，纏起人會死人。」

留下繼續閉眼養神的老人，老伍進店付帳，茱麗把他摟個滿懷：

「記得，退休別待在家煩你老太婆，來我這兒打打嘴炮，男人一旦退休，老得快。」

沒閒著，蛋頭不在，老伍一刻不得安寧。

高速公路發生槍戰，坐了警車趕去。老故事，尬車，其中一輛不爽，從車窗伸出槍朝另一輛連開兩槍，沒打到人，把車主嚇得撞到路邊的護欄。開槍的超速逃離現場，在忙碌的林口交流道被攔下。車內三個人，至少三把槍。

現場已被台北市、新北市、高速公路警察局的十幾輛車圍住，黑色ＢＭＷ經查證三個月前已報失竊。車窗內掛了不知從哪間廟請的符袋，安裝了行車記錄器，副駕駛座前置物櫃上兩袋絕對不是榮總開的藥丸。

老伍走到警車圍成的圈子後面喊：

「車裡面的王八蛋，交槍投案，限時三分鐘，計時開始。」

其他警官、警員看看老伍，不敢否決老伍對ＢＭＷ罵的髒話。

「五十九、五十八。」

「幹，豪洨，明明才三十秒不到。」ＢＭＷ裡的人看得懂手表。

「三十五、三十四。」

老伍拿過身旁警員的65步槍，檢查彈匣，他打開保險，

「八、七、六、五。」

沒數完，老伍的槍口已朝ＢＭＷ的輪胎和車底噠噠噠掃射了起碼二十發。

「投降，投降。」

車內扔出五把槍，爬出三個人，警員撲過去上手銬，老伍往車內看看，又是毒品，白白紅紅的藥丸裝滿十多個塑膠袋。台灣從何時起到處是黑槍、毒品了？

現場無論高速公路警察局的、新北市警局的，拿長槍的、拿短槍的、拿手機的，全以敬畏的眼神看一手舉65步槍的老伍。

當警察就得有警察的架勢，這是老伍的哲學。

將槍扔給一旁的警員，他對帶隊警官指指贓車內的透明塑膠藥袋：

「嗑藥的，神智不清，嚇嚇就行。」

再回刑事局已經接近法定下班時間的五點，杜立言講信用，大胖前後幾期的狙擊隊學員名單已傳進他的信箱。

報紙、新聞網站、電視貼出大胖的軍中照片，總機收到幾十通自稱認識大胖的電話。

接下來是苦功，他召集五名刑警，名單發下去，清查所有狙擊隊成員的下落，找不到的、出國的，一概列為嫌疑犯，深入追查。自己則對來電一一回話。

提供情報的資訊有限，僅一通值得追查，以前和大胖在陸戰隊的戰友，說大胖的女朋友開ＫＴＶ店，永和一條小巷子內。

永和區的地方小，人口多，每平方公里高達三萬九千人，若是加上外地來租屋的流動人口，估計破四萬，全世界人口密度最高的區域之一。

過永福橋，老伍坐勤務車去，橋頭塞，橋尾塞，花五十分鐘，車上他睡得夢也沒一個。

店門上方的招牌寫著「咪咪ＫＴＶ，輕食、美酒」。周邊居民的活動中心，退休老人家聚在一起唱唱歌打發時間，一瓶啤酒八十元，炒麵一百元，小本經營。

咪咪站在門口攔住老伍：

「伍警官？什麼事我們門口談，別嚇到客人。」

咪咪大約三十出頭，吹得蓬鬆的頭髮在中間挑染一撮綠的。很少年輕女人開社區ＫＴＶ店，她穿粉紅仿香奈兒的套裝，裡面白綢般細肩帶衫，未著絲襪的兩截白嫩小腿，大冷天秀出的傲人事業線掩不住臉上的愁容。

「陳立志的事，看了新聞吧。」

「大胖？他怎麼了？」

身為女朋友居然不知道？

簡化死亡過程，大胖在布達佩斯被不明人士槍殺。

「不可能，不可能。」

女人兩手掩住臉孔：

「他人好，沒有仇家。」

外面終究冷，隨咪咪進店內，十多名老先生、老太太抓麥克風娛樂自己。他們進後面的小廚房。原來小店由咪咪一個人經營，外場招呼客人，必要時唱兩首歌帶動氣氛；內場炒麵炒菜，洗碗調酒。房租貴，請不起廚師。

「開店是大胖的意思，他付的店租。」

「希望妳重新振作不再吸毒？」

咪咪沉默，對著抽風機抽菸。

「對不起，」老伍有時恨幹刑警太久，習慣性出口就揭人的瘡疤。「戒毒不是容易的事。」

「年輕時候在夜店上班，喝太多，兩個不要臉的客人撿屍，架我進摩鐵，下車時突然醒來覺得不對，他們不放我走，大胖經過救了我。」

「幾年前的事？」

「五、六年了。」

「他有親人、朋友嗎？」

「他是孤兒，從不談自己的事。」
「你們在一起五、六年了？」
咪咪沒再回答，抽油煙機的聲音很吵，老伍看著她低垂的後腦與抽動的肩膀。

十一點十七分踏進家門，難得老婆坐在飯廳圓桌向他招手：
「別再吃餃子，我替你下碗麵，配你爸燉的滷肉和筍絲。」
「他又來了？」
完全忘記老爸的事。
換了衣服倒杯酒坐上桌，麵已在面前，不過老婆沒去看韓劇，她兩手撐著下巴和桌面看老伍。
「我們是不是該談談？」
「談什麼？我爸的事？明天我去看他。」
「很好，還有件事。」
「什麼事？」
「談談你退休以後的打算。」
一碗麵包含老伍接下來人生的所有問題，老爸的、老婆的。

應付完老婆，見兒子沒睡，老伍敲門進去：

「老爸再次邀請你喝杯酒。」

滑鼠回答他：

「找媽陪你。」

「成天對著電腦，不怕眼睛提早老化！」

「靈魂年輕就好。」

頂嘴，養兒子幹麼。

「爺爺每天來做飯，會不會有壓力？」

「還好。」

幾年沒進兒子房間，電腦、電線、滿地插座與延長線。

「肚子餓就出來找我。」

「你不睡？」兒子仍面對電腦螢幕。

「加班。你早點睡。」

滑鼠對老伍搖頭擺尾。

# 4 歐陸・E59號公路

愛爾蘭
英國
荷蘭
比利時
德國
波蘭
捷克
烏克蘭
斯洛伐克
法國
瑞士
奧地利
匈牙利
羅馬尼亞
克羅埃西亞
義大利
葡萄牙
西班牙
斯洛維尼亞

被出賣，兩個選擇，打垮他，或者打不過先跑。

逃過，如今懶得逃了。二樓殺手見到他留在窗臺上的槍嗎？沒料到報警老招吧。他被捷克警察逮了還是當場擊斃？現在小艾得先保命，很明顯，娃娃賣了他，比較樂觀的想法則是娃娃被人賣了，不知情的情形下也賣了小艾。

一天一夜發生的事，沒一樁想得通，他待在馬納羅拉賣炒飯，連鐵頭教官也不知道。離開台灣到法國加入外籍步兵團起，和鐵頭從未聯絡過，別說娃娃。唯一可能是追蹤他的手機，不過娃娃不是叫他扔掉諾基亞手機，如果他照做，至少不會在捷克被追殺？

除非娃娃把避難所的地址告訴槍手，她為什麼要這麼做？

離開台灣時娃娃已經進陸軍官校，她請小艾吃西餐，小艾第一次進高級洋館子，偌大的丁骨牛排、據說一瓶幾千元的法國紅酒。本來也找大胖，他藉口值勤不參加。小艾明白，大胖不願見娃娃。

那頓飯吃了很久，他參加法國外籍步兵團的事只有鐵頭和娃娃知道，雖說一整晚娃娃絕口不提，到分手時她講的話表明她清楚：

「當心點好嗎？我官校還沒畢業，說好等我畢業再開始對不對？」

當時聽了感動，花兩年時間咀嚼，娃娃這麼說只不過提醒小艾別在戰場上充英雄，純粹同袍間的關心而已。

五年多沒聯絡，如今死了大胖。

當鐵頭選上他，小艾曾經問過：

「大胖不是更合適？」

「大胖當然好，選你多少私心作祟，我和你外公的交情。」

鐵頭未明說小艾退伍後雖去法國當傭兵，但仍屬於台灣的哪個單位，不過固定津貼每三個月匯進小艾指定的國外銀行帳戶，大概擔心萬一小艾身分曝露殃及組織和政府而未明講，由鐵頭單線指揮他。小艾心裡有數，台灣的情報單位雖好幾個，在前線執行任務的只有軍事情報局。

既然鐵頭未選擇大胖，為什麼狙擊他的是大胖？他又屬於哪個單位？

大胖……

捷克警察忙著槍戰，幾分鐘後封閉道路臨檢，他得加緊速度開出百公里外。

車子順公路往北，想想不對勁，往北是布拉格，警察封路一定先往北封，免得恐怖分子混進首都。

一個大迴轉，車子往南。沿E59號公路到維也納，天生蒙古人種的臉，只能去觀光客多的地方，到時再想辦法重回義大利。

槍殺周協和那天，同桌還有兩人，上年紀的白髮東方人，坐中間穿皮裘的大個子歐洲人。找到他們，應該可以解釋他為何一路被追殺的原因。

能和戰略顧問坐在許願池旁喝咖啡，不是交情夠，便是工作上的需要。笑起來眉毛如周潤發圓弧狀模樣的白髮老人應該是台灣人，找他並不困難，順瓜藤往上摸，然後找皮裘老外。

經過一座不知名小城時起了大風雪，機會難得，小艾停車在路邊，將車內徹底搜索一遍，除了扔在後座的十多張收據、水瓶、包三明治的油紙，找不到其他與殺手有關的私人物品。

他撿起每張收據下車，撣掉另一輛車前窗上的積雪，俄式的老LADA，車主恐怕年紀不小。再從車頂的積雪判斷，至少三天沒開，又大風雪，明天應該也不會開，主人暫時沒空留意車子失蹤。

換車。

天微亮，已駛進奧地利境內，花點時間找到越南雜貨店，全世界最安全的地方，他們不廢話、不愛跟官方打交道，什麼都能買到。

買齊補給品，檢查每張收據。開這輛車的殺手從維也納機場來的，幾乎沒下過高速公路，其間在另個茲諾伊莫的地方住了一夜。看來他接獲命令直接到特奇執行殺小艾的任務。

一邊啃越南三明治，一邊在店外撥電話，諾基亞剩下嘟嘟嘟的斷線聲。小艾不能再冒險，拆了機殼，晶片丟進排氣管吐白煙的卡車後面貨倉，再打公用電話，轉了五個人，總算聽到要死不活的聲音：

「說。」

「領帶，我小艾。」

沉默許久，聲音變得較清醒：

「居然聽到你的聲音，該慶幸？是我還債的時候了吧？」

「差不多。」

回到車內，改變主意，不進維也納，繞過城到下個小鎮再換車。

雨刷盡職的清除迎面撲來的雪片，偷車時忘記看油量，不能進加油站，一定有監視器。

得再換輛車，一股沉重的疲倦感壓上眼皮。

# 5 台灣・台北

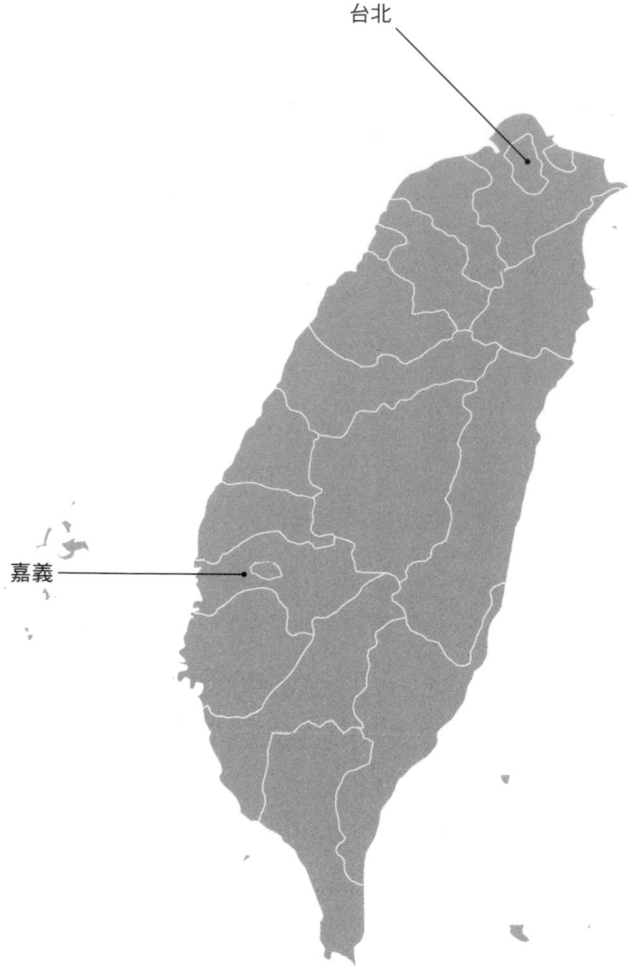

電視新聞報導，美國同意出售復仇者式防空飛彈給台灣，還未同意M1戰車與潛艦。邱清池死了，陸軍換誰去跟老美談？

和局長開會，老伍認為破案關鍵在軍方，邱清池與郭為忠的死一定有不為外人所知的軍事祕密。打不開祕密，破案得費很大功夫。局長板著臉沒說話，如果總統、國防部長不下指令，軍方不可能開口。

案情陷入膠著，剩下老方法，重塑死者生平，他沒辦法要熊秉誠交出邱清池和郭為忠從小到大的資料，可是他說什麼也得先把大胖的人生拼湊出個模樣，線索藏在人生的細節中。

午夜十二點整，老婆關上臥房門，老伍一人霸住餐桌，電腦擺中間，所有資料散兩旁，然後蛋頭的臉孔跳現在螢幕。

他又吃什麼？

「你相信嗎？台灣的珍珠奶茶從倫敦紅到羅馬，鄉親送我一大杯。珍珠奶茶的老闆介紹台灣漢堡的老闆娘給我，你看——」

彈跳中的刈包擋住蛋頭的臉。

「虎咬豬耶，也是台灣鄉親開的店。」

「刈包再介紹蚵仔煎給你？」

「我就是喜歡你的聯想力。沒蚵仔煎，刈包老闆娘介紹滷肉飯，台南人。」

「所以你現在吃得跟豬一樣。」

「鄉親的熱情嘛，不只我，珍珠奶茶和刈包送進警察局，現在所有羅馬刑警迷上刈包。老伍，我以前不太吃刈包，今天吃上癮，在此報告心得，不吃不知道，吃了才深深體會香菜和花生粉是絕配，灑在燉得入口香濃的滷肉上，夾進白白的刈包內，根本濃情加蜜意。人呀，太固執的挑嘴，會把好東西排斥在人生之外，損失。啊，對，你有宵夜吃嗎？你老婆幫你弄了什麼？」

老伍把酒瓶拿到鏡頭前。

「不錯，老伍，在家領到酒牌了，男人的幸福。有酒而無肴，幸福打五折。」

「廢話少說，擦擦你噁心的油嘴行不行，弄髒我螢幕。」

「嘿，老伍，這句話有穿越感。」

「蒐集到一些情報，我想先從大胖陳立志開始。」

「可以，老規矩？」

「對，重建大胖的人生。」

「你在台北，資料多，你先開始。」

「好——拜託，離鏡頭遠點，別讓我反胃。」

一九八一年八月十四日晚上十一點，嘉義的陳小兒科被電鈴吵得燈光大亮。

鄰居報警，兩名制服警員趕到，果然在診所緊閉的鐵門腳前見到如報案者所述的熱水器空紙箱，裡面是個可能不到三個月張口大哭的嬰兒。

警員按下門鈴。

陳醫師住在診所二樓，六十七歲，他妻子是診所的護士，六十二歲。陳太太下樓應門，見到紙箱內的孩子嚇一跳，把陳醫師叫下樓，經過檢查，健康的男嬰，裹在身上的嬰兒毯、冷掉的奶瓶之外，其他什麼也沒有。

八〇、九〇年代的台灣年輕女孩民智未開，不懂保護自己，甚至連懷了孕還以為吃太多發胖。警方至少接獲五起將初生嬰兒拋棄在公共廁所內的案子，十三、四歲的女孩不知怎麼處理孩子，悲傷。

大胖的母親可能也是未婚少女，從嬰兒毯和奶瓶判斷，她試圖養了幾天孩子，實在超過能力範圍，選擇小兒科為棄嬰地點說明小媽媽以為這是處理孩子最好的方法。

上級指示，做完陳醫師夫妻的筆錄，送嬰兒去社會局指定的社福單位。陳醫師覺得嬰兒年紀太小，怕社福單位無法照料，好心的願意先照顧幾天，很多父母一時情緒拋下孩子，幾天後反悔想找回孩子，當然先到當初棄嬰的地方。

警方將案子轉給社會局，社會局再和陳醫師聯絡，雙方同意下嬰兒得到安適的發育環境。

陳醫師夫妻有一對兒女，女兒嫁到美國，兒子在台北，也是醫師。後空巢期的他們對小胖嬰照料得無微不至。

小胖嬰過了一個星期不吵不鬧的日子——

「你怎麼知道他不吵不鬧？」

「蛋頭，少囉嗦，要不然你講。」

「還有，我上網查，他出現在陳醫師家門口真的是一九八一年八月十四日？」

「警方檔案這麼寫的。」

「老伍，猜猜那天是什麼日子？」

「八月十四日？放暑假不是嗎？」

「農曆七月十五，開鬼門。」

「真巧。」

一星期之後仍無人出面認嬰兒，按社會局的規定，必須由政府接管，沒想到陳太太遺失多年的母性愛復甦，希望仍由他們照料，直到確定找不到孩子的親生父母為止。社會局高興得同意支付營養費、尿布錢，陳醫師均一口回絕，所有費用他自行負擔。

六個月後，陳氏夫妻受限於年紀太大，改用女兒的身分正式認養男嬰，到戶政事務所辦了所有手續，男嬰起名為陳立志。陳立志稱呼戶籍上的母親為姊姊，戶籍上的外祖父為爸爸。

陳立志的童年乏善可陳，小學一年級到五年級既無出色的課業表現，也沒爛到讓老師傷腦的地步。比較特別的是他發育很好，十一歲即長到一百七十一公分，一般相信是陳太太不惜老本買盡各種上等營養品的成果。

陳醫師於七十歲那年退休，兒子不願回來接診所，從此陳小兒科成為若干嘉義人的記憶。

因為有陳立志，一家三口過得和樂，如果兒子一家從台北回來、女兒一家從美國回來，更熱鬧。陳立志和陳醫師的孫子一樣大，玩在一起，若上帝有眼，陳立志說不定高中開竅努力讀書，為陳家再添一名醫師。

天有不測風雲，陳太太老年失智，雖不嚴重，可是經常忘記關瓦斯。就醫幾次檢查，屬於遺傳性的智能退化，無法治療。兒子為他們請外籍看護，維持兩年，不料反倒是陳醫師先因心臟病過世，兒女做成決定，賣掉房子，由女兒接母親去美國就近照料，台北的兒子不願意收陳立志，美國的女兒向社福單位說明詳情，她必須照顧母親，沒法子照顧弟弟。

一下子十一歲的陳立志從天堂跌到地獄，不但失去父母，兄姊不收留，更震驚的是知道原來自己是撿來的——

「紙箱棄嬰，老伍，你非得把案情說得和賣火柴的女孩一樣悲慘嗎？」

「根據我調查來的事實。」

「健康一點，陽光一點。怎麼每個臨退休的人都有更年期的症狀，凡事往悲劇裡鑽。」

「你醫師？你幫我診斷過更年期？」

鄰居記得當年的陳醫師與陳立志父子，誇獎陳立志是孝子，每天放學回家便和陳醫師兩人推陳太太的輪椅到附近公園散步，可見十一歲之前的陳立志有過父慈子孝的一段溫馨時光。

由於陳立志被遺棄、被收養的過程由警方和社會局做了完整的記錄，既然與陳醫師子女無血緣關係，他們不願接手領養也不能強迫，社會局依規定將陳立志送進孤兒院。整整兩年，其間幾次有人想領養，最後都嫌陳立志個子太大，長得一臉凶相，怕他是不良少年而打消原意。

孤兒院對陳立志的成長情形做了詳盡的成長日記，他沉默寡言，絕口不提以前陳醫師夫妻的事，唯獨陳太太每年寄一張聖誕卡到孤兒院，他當寶貝似的收藏。院方的林小姐說聖誕卡應該是陳太太女兒寄的，除了簽名，什麼也沒寫，陳小姐一定想不到她的好心讓聖誕節變成陳立志最難過的時候，拿了聖誕卡躲進被窩裡悶住頭哭。

「說得我快吃不下刈包。」

「蛋頭，退休以後我去當義工，到孤兒院、療養院幫忙怎麼樣？」

「那種事情需要專業人才，你的專業是當刑警。」

「當刑警少了點成就感。」

「成就感！老伍，我瞭你的心情。」

兩年之後，陳立志十三歲時由陳洛老先生收養。這部分的資料簡單，按照領養的資格限制，陳洛的年紀太大，退伍老兵的收入有限，社會局怎麼同意的，得找到當年的院長才能知道詳情。陳洛那時已五十三歲，他的妻子三十一歲，來自越南。勉強可以解釋的是陳洛妻子仍年輕，大概陳洛年紀大，精子數不足無法生育？

陳立志到了新家，周圍鄰居說陳洛待他比親生兒子還好。國中一年級陳立志入選學校的籃球隊，交了些朋友，他十六歲時因青少年組織犯罪進過感化院，不知陳洛動用什麼關係把他弄出來。

他國中同學的說法，陳立志綽號大胖，成天打球練舉重，一副準備將來念體育系的樣子。在學校很有大哥的架勢，同學間若有糾紛，大胖出面馬上喬定。進感化院是替好朋友灶腳出頭。灶腳被人設計進賭場輸了十幾萬，黑道要灶腳偷他爸的名表抵債，大胖覺得不妥，主動去賭場跟黑道談，當場打起來，大胖挨了頓揍，掉了顆門牙。

可能受到刺激，不久大胖加入幫派，希望有兄弟幫助討回面子。他和一幫子高中男生拿建築工地裁下的多餘鋼筋砸了賭場，造成一死八重傷的重大刑事案件。警方逮捕十七人，七個未成年，少年法庭裁定交付管束保護，移送感化院六個月。

令人不解的是，陳立志明明是主犯，法院判刑後，進感化院才兩個月便保釋出來，以每週五小時勞動服務替代。

為此陳洛很生氣，怕兒子墮落，高中輟學轉送軍校。

大胖在軍中斷絕以往的關係，表現不錯，大概獨子，從小寂寞，愛上軍隊裡同袍的兄弟感情。他順利畢業，自願參加海軍陸戰隊。魔鬼訓練操得凶，他不怕操，操才過癮。

陸戰隊的長官對大胖印象深刻，稱他是兩棲偵搜大隊的王牌，凡是特種技能的訓練班，無論傘訓、山訓、寒訓、狙擊手訓練，大胖搶著參加，所以他們對後來大胖退伍的決定非常訝異，他們以為大胖是天生的軍人料，打算升他為上士。

大胖當時的同袍表示，表面上大胖為人和善，成天掛著微笑，可是很少說話，不和任何人深交，他的床鋪沒人敢碰觸，曾經某個同袍開玩笑躺上去，差點被大胖的鐵拳頭打扁。他有強烈的巢穴認知情結，範圍畫得極其明顯，外人別想跨進去。

入出境資料顯示，大胖退伍後的確出國幾次。陳洛和他越南籍的妻子離婚後，妻子回越北的小村子，陳立志去看過她，留下與養母的合照，由此判斷大胖在陳洛夫妻的照料下得到溫暖的家庭之愛。

「有，收到你傳來的檔案照片，他繼母看來是個性情開朗的女人。」

「他繼父陳洛進花蓮榮民之家後，繼母回台灣探視過，他的隊友說，繼母帶了大包小包禮物到軍營，大胖很興奮，領她四處參觀。記得那時他養母胖胖的，大家開玩笑根本像大胖的親生媽媽。」

「老天多賞陳洛幾年陽壽，說不定大胖今天有不一樣的人生。」

「你看他扛繼母上肩頭的樣子。」

「照片哪裡弄來的？老伍，你天生幹刑警，別退休吧。」

大胖的感情部分，空白。陸戰隊的薪水不高不低，大胖不像其他人存錢買房子準備結婚，出手豪邁，繼母來台的費用、繼父在花蓮另請一名看護的開銷，都由大胖支付。偶爾進理容院打打炮，到夜店帶小姐開房間，卻從來沒聽他有固定的女朋友，直到遇見咪咪。

和咪咪幾近於同居狀態，可是大多時間他不在台北，每次問，大胖都回答：

「男人有些事和友情、道義有關，不便跟妳說。」

不像大多數女人，咪咪從不追問——

「喂喂，我們重建死者的人生，請別把自己的人生攪和進去可不可以？」

「哪部分？」

「不，像，大，多，數，女，人。明明說你老婆，和大胖與咪咪什麼關係！」

咪咪愛大胖之深不容易形容，她辭掉夜店工作，改在朋友的服裝店幫忙，大胖認為她該有自己的事業，恰好咪咪的阿嬸生病，ＫＴＶ店沒人照顧，盤給了咪咪。二十萬，大胖二話不說，離開兩天後帶現金回來。二十萬頂的是店內設備，房租仍得付，大胖再攬下。

從沒遇過這種男人，咪咪說，以前男人給她錢、送禮物，為的都是上床，大胖不是，兩人第一次上床是咪咪設計的，她感覺得出，大胖要的不是性，是感情。他身邊圍著無形的牆，誰也別想進去，除非他主動拉你進去。

令咪咪奇怪的是大胖從不提他的工作，也不說他住哪裡。有次咪咪開玩笑問他是不是已婚，大胖拿出身分證，咪咪才知道他是孤兒。大胖有時很閒，在店裡幫忙，他能唱日本老派男歌手的演歌，也能唱伍佰的，把滄桑男性的味道唱得生動，社區內的老人家喜歡他。

忙的時候他從不說明，只說明天起有事，一個星期後回來之類。習慣了，咪咪不問，她做的最壞打算是大胖販賣黑槍，因為無意間她看過大胖的槍。打算萬一大胖被警察抓住，她搬到監獄旁邊開店，每天給大胖送飯。

喜不喜歡經營盡是老人家殺時間的KTV店呢？

「一開始有點排斥，幾個月後覺得還可以，以前只會煮泡麵，現在弄一桌菜不成問題。附近幾位單身老先生拒絕子女送他們進療養院，天天在我這裡打發兩餐。伍警官，兩餐才收一百元，大胖要求的，他說多收五十元發不了財，不如少收點，讓老人家進我們的店沒有壓力。他就是這種人，從沒把錢當錢。我沒有週休二日，沒有假期，幾乎天天守在店裡。」

「大胖承諾妳的未來？」

當老伍離開小店，在頂溪站上捷運，接到咪咪的來電，她為失態而道歉，然後一直說話，說到老伍收話時已抵達終點站蘆洲。老伍想像得出，手機那頭的咪咪已哭成什麼樣子。

大胖不提過去，偶爾仍會留下過去的蛛絲馬跡，最特別的是三張照片。

「哪三張？」

「她用手機拍了傳進我手機，現在傳給你。」

「三張照片是線索嗎？」

「第一張看起來在狙擊隊受訓，與兩名隊友的合照，其中一人是女的。」

「女的？長得怎樣？」

「你還沒收到？」

「收到了，嗯，長得不錯。一個女孩兩個男孩，三人行？女的劈腿？」

「大胖對咪咪說過照片的故事，他沒對那個女孩告過白，旁邊笑得燦爛的男孩告了白，當場被女孩打槍，聽說正中心臟，心碎難醫，退伍後離開台灣浪跡天涯沒再回來。」

「第二張是他和陳醫師夫妻拍的？」

「對。第三張咪咪不知道合拍的人是誰，大胖不說。站在他旁邊個子稍矮，看來很精壯的老屁股，戴墨鏡、棒球帽，看不清長什麼樣。至於其他的照片大多是和養父養母合拍，明天有空再傳給你。」

「很好，我們把大胖的人生弄得差不多。」

「該你了。」

一隻大手送咖啡到蛋頭桌上，蛋頭用抱佛腳的義大利文說謝謝。

「老伍，我的部分沒你精采，可是比你的精確。」

「當然，你老闆嘛。」

「欸，又聽到前老年期的那股酸味。」

「說不說？不說我睡覺去。」

大胖到羅馬的飛行路線頗曲折，周協和被槍殺的前兩天，他搭新航經新加坡轉機抵達巴塞隆納，換火車由巴黎到羅馬，顯然存心模糊此行的腳印。

出境資料顯示，他去年五次出境。義大利的入境資料顯示，這是大胖第一次到義大利，過去從未到過歐盟國家。

抵羅馬後下榻處不明，入境時拍下的畫面，他背包客的打扮，背包很大。入境處的義大利工作人員對他印象深刻，一臉凶相，英文不通，戴黑色毛線帽，穿高統登山靴，像是挑戰阿爾卑斯山的登山客。

根據描述與入境的照片，警方在拉斯佩齊亞火車站找到類似的人物。因為當天晚上不遠的維納斯港發生汽車爆炸案，清查過當地的不明人士。當地警方判斷汽車案由步槍子彈射中油箱引發，車主住在瑞歐馬吉奧雷，義大利西北角的海岸觀光小鎮，做裝潢生意，他報稱車子失竊，完全不知道怎麼出現在維納斯港。

現場目擊的人很多，子彈應該從山頂的聖羅倫佐教堂射中汽車，同時另一輛失竊汽車被遺棄在馬路中央，失主住在拉斯佩齊亞，方向盤採到指紋，與大胖的相符。

由此推測，大胖到歐洲的目的明確，兜個圈子之後直撲拉斯佩齊亞，偷了車追到瑞歐馬吉奧雷。他的目標物也偷了輛車逃到維納斯港，兩人發生過槍戰，被炸掉贓車殘骸內找到彈頭，沒有屍體。

義大利刑警懷疑大胖在義大利有朋友，不然他的槍從哪裡來？旅館的監視器連線，羅馬、比薩、拉斯佩齊亞都沒有他的身影。如果他不住旅館，更證明一路必有熟識的人照顧。

大胖任務失敗，目標物輾轉逃到布達佩斯，大胖再追至，爆發了空中無聲槍戰，不幸他技遜一籌，丟了性命。

「不敢想永和ＫＴＶ小店的女人怎麼面對我帶去的不幸消息。」

「別這麼多愁善感好不好，當刑警，管不了當事人家人的心情。」

「死者陳立志的人生大致重建完成，蛋頭長官，看出苗頭、找出線索嗎？」

「我是長官，當然你先說，我再——」

「再批評。」

「不，再補充。老伍，原來我在你心目中是個惡棍主管？」

兒子怎麼還沒睡？他也會肚子餓？

「冰箱裡有你爺爺燉的牛肉湯，要我幫你下碗麵嗎？」

「誰？」螢幕上的蛋頭問。

轉過電腦。

「過來跟蛋頭阿北說句話。」

兒子的臉伸到鏡頭前：

「蛋頭阿北好。」
「長這麼大了，想我帶點什麼回去給你？」
「謝謝阿北，不用。」
兒子回到瓦斯爐前熱牛肉湯，老伍喊：
「加把麵條，多吃點，看你瘦的。」
兒子忽然回頭認真的看老伍：
「爸，你們酷。」
「酷什麼？」
「辦案子。」
「你怎麼知道？」
「我一直旁聽。」
「警方機密——你駭進我們網路？」
「爸，拜託，你用的是家庭網路，我設定的，不用駭就能連線。」
「好小子，你監控你爸你媽的言行，我家養了個間諜。」
「誰叫前年你跟媽吵架，差點離婚。」
「我跟你媽吵架，明明她跟我吵。」
前年？吵什麼？老伍一時想不起來，吵到要離婚的地步嗎？

「以後再找你算帳，和蛋頭阿北聊的，你覺得怎樣？」

「喜歡你們重建大胖的人生，不像媒體的報導好像壞人生下來就壞，壞人也有洋蔥人生。」

「洋蔥人生？」

兒子沒回答，捧熱好的湯回他房間。

回到螢幕裡的蛋頭，

「蛋頭，聽到我兒子講的話沒？」

「聽到，電腦駭客侵犯隱私、洩露爸媽祕密、洩露警方機密，三罪併罰，你替他請律師吧。」

「他第一次跟我談我的公事。」

「洋蔥人生？我恁北卡好現在是義大利的番茄醬人生。老伍，多好，兒子能了解老爸的工作，不像我兒子，哎，成天見不到人，窩在女朋友家當別人的兒子。」

老伍把酒瓶捧來，喝下一大口噶瑪蘭威士忌：

「說到哪裡？」

「線索。」

先思考大胖的任務，他去義大利是為了殺某人，不顧一切一路追到布達佩斯。從他過去的人生看，不可能私仇，背後有人指使，大胖退伍不就業可能原因是根本當了黑道的職業殺手。

反黑科從未發現台灣有如此專業使用狙擊槍的職業殺手，判斷幕後主使者不尋常，甚至可能不是台灣人。

其次，瑞歐馬吉奧雷汽車爆炸案正好發生在周協和被殺的第二天晚上，免不了令人聯想與周協和案有關。

「覺得事情不簡單。」

「你說說。」

「第一個狙擊手不知奉誰的指示去羅馬刺殺戰略顧問周協和，第二個狙擊手不知奉誰的指示去殺第一個狙擊手。明顯的殺人滅口。而且——」

「而且幕後指示的人是同一個人。」

「長官英明。」

「英明個卵。得找到第一個狙擊手，尋著他的線找到幕後指使者。」

「幕後指使者和邱清池、郭為忠的死有關，邱清池與郭為忠都是軍人。郭為忠身上有刺青，大胖身上也有刺青，刺的都是象形文的家。」

「媽的，老伍，腎上腺素溢到舌尖沒，興不興奮？」

「現在還沒睡意。」

「我在羅馬想法子找第一個狙擊手，你在台北把第二個狙擊手大胖的人際關係刨深點，刨得見骨。早點睡覺。」

「是。蛋頭，少吃點，你老婆年輕，不喜歡胖子。」

「你又知道我老婆喜歡什麼樣的男人！」

兒子屋內仍亮燈，老伍忽然想到一件事，他把三張咪咪提供的照片傳進兒子手機，走去敲敲門。

「還在監視你老爸的工作？」

「爸，有意思，說不定去考警大研究所。」

「這事再說，你沒見到無聊的時候刑警在做什麼，悶出痱子。」

「做什麼？」

在茱麗店裡打嘴炮。老伍沒回答，他指指兒子的手機：

「能不能幫我個忙，警方機密，不准外洩。」

「好。」

「傳了三張照片進你手機，查查上面的人是什麼身分。」

「只憑照片上的樣子？很難耶。」

「你大學的學費誰付的？」
「我查，不過要花很多時間。」
「等你長大等了二十二年，我再等幾個小時無所謂。」

# 6 台灣・台北

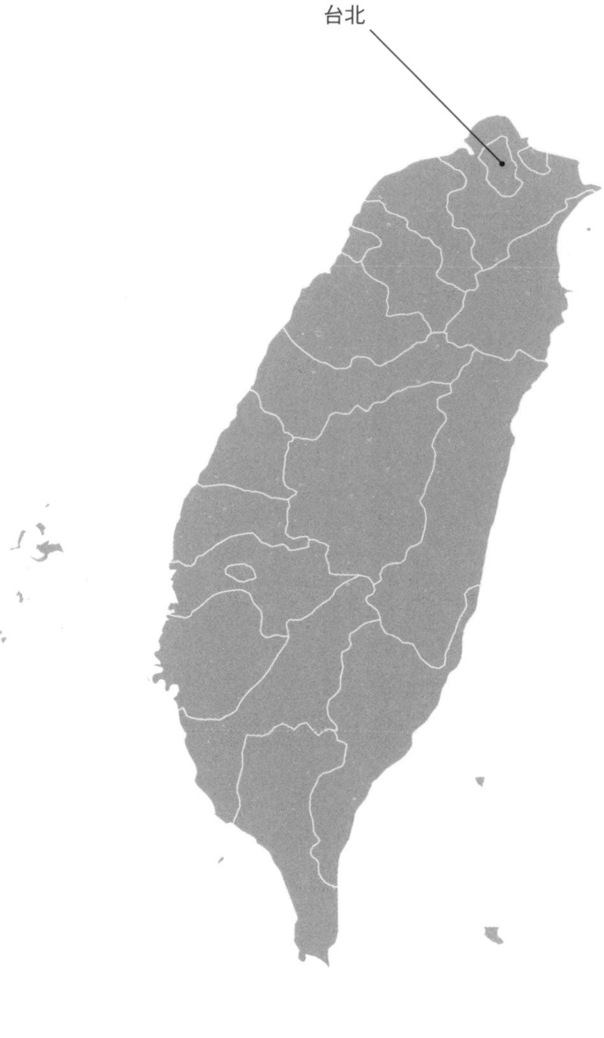

沒想到等得睡著，睜開眼竟躺在兒子的床上。

不好，十一點了。

兒子仍在電腦前。

門鈴響起，老伍急著去開門，是阿爸，他拖帶輪子的菜籃，又來當廚師。

「你怎麼不去上班？退休了？」

「包括今天，還有六天。」

「兒子沒長大，退什麼休，真是的。」

讓阿爸進屋，他急著先去看孫子，原來不僅買了菜，還買了珍珠奶茶和麻糬。爺爺愛孫子，媽媽愛兒子，他們都忘記在孫子上面、兒子前面，有個男人也叫兒子也叫老公。

想到老婆交代的事，得拐彎的和阿爸聊聊。

隨阿爸進廚房，見他在洗碗槽內彎腰剝下一片片的高麗菜仔細清洗，老伍的話到舌尖不自覺轉個彎：

「阿爸，提供個小建議，鹽少放點。」

「我放多了嗎？你怎麼長大的？吃我放多鹽的菜！」

「我是說你先別放那麼多，今天你孫子看樣子有得忙，不會出門，可以叫他先嚐嚐味道再加鹽，他們年輕人的胃口和我們不一樣。」

阿爸不說話了。

老伍抓起外套，一缸了事得在接下來的十二小時內完成。

第一件事，邁進茱麗的咖啡館，照例被兩顆三十四D的大球摟得快窒息，不僅點咖啡，點了菜單上最貴的簡餐紅酒燉牛肉，全部也才五百二十元。這樣能跟門外的茱爸交心嗎？

「坐。」

天氣變了，不時落下細雨，茱爸的頭頂多了大陽傘，貓躺在他懷裡，老人替老貓按摩，交換歲月累積的陳年溫度。

「先喝你的咖啡。」

老人沒閉眼，他垂頭看指尖下梳理得筋骨舒暢的貓。老伍啜口咖啡，才放下杯子，老人伸手擋住他正張開的嘴。

幾分鐘，三名和茱爸年紀相當的壯碩老先生窩進陽傘下。

「伍警官，我的三位老朋友，認識吧。」

當然認識，全是黑道赫赫有名的大哥大大，他一一握手致意。

「刀哥，好久不見。」

「是啊，最好不見。」

「福叔，氣色好。」

「託福，活著。」

「香哥，上回多承幫忙。」

「二十年前的事，能忘就忘了吧。」

茱麗送茶來，一壺沏得香噴噴的凍頂烏龍。原來咖啡館也賣茶。

「你問的事情，我請朋友打聽。」

茱爸擺擺手，福叔優雅的倒茶，刀哥兩手交叉胸前看著傘外的天空，香哥握著電子菸呼呀呼的抽著。

「是。」

「他們說最好別沾。」

其他三人沒說話。

「天道盟的？竹聯的？」

「他們沒名字。」

三人仍沒說話。

「沒名字的幫派？」

「聽過洪門和青幫吧？」

「當然，他們已經向政府立案為合法民間社團。」

「青幫最早可以推到雍正時代，一千七百多少年，神祕幫派，孫中山、蔣介石和他們關係親密。洪門也有三百多年歷史，反清復明，和鄭成功的天地會是銅板的兩面，分不開。」

三人同時端起小杯喝茶。

「刺青是青幫的？」

「比青幫更神祕的幫派，沒名字，幫內成員彼此像家人，所以少數知道的兄弟稱他們家裡的人。」

茱麗捧熱水壺放小桌上插好電。

「家裡的人？」

「人不多，一代接一代，全有血脈、磕頭拜把子的關係，外人進不去。管事的是資格最深、輩分最高的，大家稱他老爺子。」

三人看著茱麗捧來的瓜子、花生。

「難怪他們在身上刺『家』。」

「他們是家，不販毒、不開夜店、不收保護費，不算犯罪集團。伍警官，你們管不到。」

香哥剝出花生仁扔在半空，用嘴接個正著。刀哥仍看天空。福叔蹺起二郎腿。

「不犯罪，他們靠什麼活？」

「有些人聚在一起不是為錢，為了信仰，為了家的感覺。」

四人同時端起杯喝茶。

家的感覺？他們不結婚，這種凍得人發抖天氣裡聚在一起取暖？

「怎麼見這位老爺子？」

刀哥還是看天空，福叔換上新茶葉沏新茶，唯香哥脫下無袖厚夾克，脫下裡面的法蘭絨襯衫，拉起衛生衣的袖子，露出右大臂的刺青，家。

「是這個吧？」茱爸專情看他的貓。

「是。」

老伍懂意思，不過他不想放棄。

「請大家幫忙，不見老爺子，案子沒法釐清。」

香哥穿回衣服，仰首喝乾杯中的茶。

茱麗的聲音：

「紅酒牛肉好了，老伍，裡面吃飯。」

老伍向四位老人點頭，進店內坐下吃午飯，隔著玻璃，四名老人喝茶、吃花生米、嗑瓜子，沒說話。老伍不禁低頭想從陽傘周圍看看沒被遮住的天空，雨勢滴滴答答，刀哥眼裡的和他看的是同一個天空嗎？

手機響，兒子打來的：

「爸，你回來一趟。」

得回家，不過茱麗指著老伍的盤子：

「我做的紅酒牛肉，配白飯，一粒米也不許剩。」

吃完第一頓午餐，趕回家吃第二頓午餐。阿爸弄了三樣菜，黃魚豆腐、豆乾肉絲、炒高麗菜，和一鍋番茄蛋花湯。

「爸，你快來。」

看盛飯的阿爸背影，老伍喊：

「先來吃爺爺做的中飯，其他事飯後說。」

兒子不耐煩的走進飯廳，老伍朝他擠擠眼，兒子上道：

「哇，爺爺，好厲害，都是我愛吃的菜。」

阿爸笑了，笑得臉龐發光發亮。

為了表示阿爸做的菜好吃，老伍當沒吃過一大盤的紅酒牛肉，二話不說嗑完一碗白飯，阿爸起身為他添飯，又一大碗。

「阿爸，少點。」

「不吃飯長不大。」

阿爸把老伍當兒子或者當孫子？

菜不再鹹，他說的話阿爸聽進去了，不過老伍偷眼看看細嚼慢嚥中的阿爸側臉，他聽說失去味覺的人嚐不出味道便一直加鹽。人一旦喪失味覺，會再喪失什麼？想到大胖第一對養父母，想到花蓮榮民之家的陳洛，每個失去必會帶走一小塊其他人的人生，活著的人為此得四處尋找，找到填補失去的感情。

飯後阿爸洗碗，他不肯讓兒子幫忙，於是他的兒子只好坐進兒子的兒子房間，

「找到其中一個人的身分，其他的還沒。我覺得如果你們把這一個的身世拼湊完整，其他的會跟著出來。」

昨晚和蛋頭的談話，兒子一字也沒漏聽。

點開畫面，中間是大胖在狙擊隊與兩名隊友合拍的，一旁配三張其他的照片。

「找到他左邊這個男的名字，艾禮，大胖狙擊隊的同學。」

他指另三張照片：

「都是艾禮，奇怪的是在網路上幾乎沒他的資料，只有他在當兵的。他不用臉書，不用 Line，不用微信，沒有電郵信箱。」

第一張是艾禮剃光頭的入伍照；第二張是身分證，照片上的他看來剛退伍，成熟點；第三張是護照上的，和身分證上的幾乎一樣，長得挺帥氣。

比對手中的狙擊隊成員名單，果然有艾禮。

「右邊這女的，查不到任何資料。一般用我這個軟體比對人的臉孔成功率大概百分之七十五，爸，聽說你們局裡的電腦全台最快——」

「我局裡的電腦能百分之百比對得出照片裡的人？」

「未必，可是成功率比我的高多了。」

「女的別擔心，狙擊隊才幾個女生，我回局裡查查。其他兩張照片呢？」

「戴太陽眼鏡的男人比對不出，爸，我從沒遇過這種事，多少總有郊遊的、裝可愛的，沒人逃得過網路，你找的人幾乎是隱形人，很鬼。」

「鬼什麼鬼。你幹得不錯，找到艾禮已經不容易，關於他還有什麼？」

「五年半前出國，按照入出境紀錄，沒回來過。」

「兒子，別亂駭，現在刑事局抓電腦犯罪，人力多、預算多，抓了判刑的更多。」

「不會啦，誰叫他們防火牆做得那麼爛。」

傳來老婆的聲音：

「兒子在家，怎麼老子也在家？快來吃，雙連的魷魚羹和炒米粉。」

又吃？

父子乖乖走進飯廳。

「你爸來過？」

老伍點頭。

老婆看看兒子，賞了老伍一枚白眼球。

「趁熱吃，提得我手快斷掉。」

兒子撇嘴想不吃？老伍再朝他眨眼。

「好啦，吃。」

一家三口難得同桌吃飯。

「你怎麼在家？」

老伍看看老婆再看看兒子。

「我問你。」

老伍手肘撞了兒子一下：

「我在家你媽大驚小怪，你在家，你媽嘴笑目笑。」

「不滿意？你回你爸家當兒子。」

見到公公搶她的廚房做飯給她的兒子吃，老婆脾氣不太好。

「再幫我個忙，台灣有個民間祕密組織叫做家裡的人，能不能上網弄點資料。」

「好。」

「不許叫我兒子做非法的事。」

她的兒子！

老伍吃完第三頓中飯急著出門，不是躲老婆，他多了新線索，關於艾禮。

# 7 義大利・羅馬

回到羅馬，小艾直接找領帶。他在真理之口附近晃，新帽子和假髮遮掉大半張臉，飛雅特小車停在他前面路邊，小艾跑幾步鑽進去。

開了起碼半小時，也許繞到羅馬近郊某個住宅為主的衛星小城，小艾留意後照鏡，無人跟蹤。

駕駛始終刁根沒點燃的雪茄。

「要什麼？」

小艾來不及回答，雪茄又說：

「找人？許願池對面咖啡館，坐在死者旁的台灣老頭？」

「你怎麼知道？」

「艾，你在冰雹天氣表演射擊技術的片子在網路傳遍了。不招搖你不爽？我猜你也不知道中間老俄是誰，還要什麼？」

「他是俄國人？先要台灣老人的名字、地址，再需要點現金。」

打開副駕駛座前的置物櫃，小艾找到一疊小面額的歐元、貝瑞塔全新的暴風式手槍，小巧耐用，十二發子彈。

「夠嗎？」

小艾將錢塞進口袋，推槍回去。

「不用槍？」

「暫時用不到。錢，現在夠用。」
「以後呢？」
「還沒想到。」
「不讓我一次還清？」
「很想，做不到。」
「有住的地方嗎？」
「上街找找。」
「新聞這麼大，警察拿監視器列印出來的你的五種背影到處問。找旅館，你上街找找看！」
「五種背影？」
「特米尼車站的、許願池的、比薩的——」
「沒有我的正面？」
「現在沒有。」
小艾忍不住笑了：
「以後呢？」
「報不報警，看我心情。」
「領帶，見到你真高興。」

「哼哼，你看到寶力、看到沙皇不高興？」

「以前就知道他們退伍以後一定過得很好，沒想到你也活到今天，更高興。」

「謝謝誇獎，原來我活著是有意義的。」

車子繞回羅馬舊城區，這條單行道轉下條單行道，不久停在羅馬城北邊的人民廣場，中間是埃及方尖碑，四周照舊圍滿觀光客。

「台灣老頭住在前面奇蹟聖母教堂旁的大街，朋友叫他彼得，外人尊稱他 Mr. Shan。做軍火生意，來頭不小，聽說本來是你們軍隊裡的士官長，退伍以後到歐洲搞這行，發了財。」

「哪種軍火？大的，小的？」

「反正美國不是很多武器不賣給台灣嗎，他既和美國軍火商打交道也從別地方弄。行蹤詭異，好不容易打聽到。不過我得警告你，我問得到，別人當然也問得到。」

「怎麼見他？」

「怎麼見？大白天用狙擊槍敲他窗戶？」

「好主意。」

「安排好了，你上前對保鑣說你姓艾，領帶介紹。」

「他願意見我？幹得好。」

Mr. Peter Shan，Shan 的中文是什麼？

四層的連棟式老建築，從外牆看，可能兩百年以上。Mr. Shan 住頂樓，一樓門口門神式杵著兩名壯碩的保全人員和兩名癱睡得快跌出椅子的黑西裝男人，椅下各一個單肩背式的公文皮包，律師用的。

保鑣攔住他，小艾本來想說來看房子，但他說：

「見 Mr. Shan。」

「你是誰？」

小艾信口：

「Mr. Shan 的台灣外甥。」

外甥這稱呼好用。

小艾進電梯，瞄準鏡內那名笑起來眉毛像周潤發的白髮老人正等他：

「歡迎，原來是我從未謀面的外甥。」

Mr. Shan 住的地方，用領帶的說法：低調的奢華。上百年的公寓，高度在台灣能蓋成兩層隔出十六個套房分租。只在電影裡見過的歐洲貴族用的高背椅、厚得能當被子的窗簾、踩在腳下會陷下去的地毯、佛羅倫斯勒班陀海戰風格的大幅戰爭油畫、水晶吊燈、沒點火的壁爐、戴白手套送茶的管家。

「我為什麼見你？」

老人坐下後蹺起二郎腿，露出雕花皮鞋。

「從閉路電視看見你走進大門，不管你自稱是外甥或外孫，我都見。為什麼？」他又彎起眉毛笑著看小艾：

「原因之一是你膽子夠大，我欣賞有膽子的年輕人。」老人抖他耀眼的鞋頭：「聽說你靠蛋炒飯在義大利過活？廚房現成的，冰箱內有冷飯、有蛋，我有福氣吃你的炒飯嗎？」

小艾陷入毫無頭緒的迷惘之中，跟著矮胖的管家進廚房，兩側是大窗，料理檯長達十多公尺，牆上整排掛著各式鍋子，他取下中華炒鍋，接過管家遞來的蛋與飯，翻冰箱，果然有蔥。

老人怎麼知道他炒飯的事？

炒飯的過程簡單，關鍵在熟練。外公說的。

下油、下蛋液、下飯，快速翻炒，右肩有傷，他以左手翻鍋，飯粒跳在空中，一旁的管家面帶微笑看著小艾的動作。

撒上蔥花與鹽、胡椒，起鍋。

「一起吃。」

一老一少，以湯匙小口的吃。

「懷念的味道。」

「歐洲到處是中國館子，都賣炒飯。」

「不一樣。」

管家送來中國茶。

「想必你一肚子困惑，我是主人，由我先說，不過有的能說，有的不方便說，務必見諒。先從你進門說起吧。帕柏羅說你打聽我──你們叫帕柏羅領帶是吧，因為他脖子長？別怪他，這年頭有錢能使鬼推磨，他缺錢缺得凶。我說既然你找我，見見面也好。喝茶。」

不由自主隨著老人的吩咐，小艾喝口茶。

「你開槍打死周協和，我差點以為下一槍的目標是我，幸好你饒我一命。這仍然不是我見你的原因。

「回到──你住哪裡？」老人側脖子看管家。

「馬納羅拉。」管家恭謹的回答。

「馬納羅拉，漂亮的小漁港，可惜這幾年擠滿觀光客，不然還真是養老的好地方。

「從馬納羅拉起，你一路遭人追殺，殺你的還是當年你的同袍。過程想必扣人心弦，你贏了，諸葛亮氣死周瑜式的悲傷結局，為自己慶幸，為死者哀悼。」

老人舉起茶杯向小艾做出敬酒的動作。

「現在你一心想找出幕後指使殺你的真正凶手，理所當然我是你第一個要找的人，不幸呀，我做軍火生意，大小事情無一不是機密，抱歉令你失望，你什麼也打聽不到，活了七十一年，我滿口假牙的嘴可緊了。」

老人笑了笑。

「不只你，台灣來的刑警在義大利警察陪同下想見我，由律師與他談，老朋友周協和來歐洲玩，我當導遊，在許願池前喝杯咖啡，誰曉得禍從天降，你是禍，那顆子彈從天而降，如此而已。今天我親自見你，講的內容一模一樣，不虧待台灣刑警，不獨厚你。

「至於坐我和周協和中間的俄國人，也是朋友，如此而已，在此替他謝你沒有濫殺無辜。」

小艾陪著再喝一口茶。

「說這麼多，仍然沒解開你的疑惑，唉，我曾經勸過他們，沒有殺你的必要，他們不聽。」

老人沒讓小艾有開口的機會。

「他們是誰不重要，不是你想像中的壞人，不過受限於古板的原則罷了。再說重要的是你接下來該怎麼辦，得到消息，義大利與匈牙利都對你發出通緝令，儘管還沒查出你的身分，遲早問題，說不定此刻他們已經向歐洲各國發出緝捕令，台灣來的艾禮，曾在法國傭兵部隊服役，一下子你所有的照片、經歷全攤在陽光下，你無路可逃。

「我年紀大，沒閒功夫節外生枝，提出兩個建議：跟我，包你安全到達倫敦，包你身家安全，慢慢你會明白一切，了解實情後你想怎麼做，悉聽尊便；否則回台灣，不然你會連累我，基於此，我非得在警方找到你之前殺了你。

「到現在你沒死，因為殺人不是我的專業。」

小艾看著老人明亮的雙瞳，老人為何對他瞭若指掌？即使領帶什麼都說了，老人知道的遠比領帶更多。

「當然你如果躲得好，忘記這段過程，憑你手藝說不定活得神不知鬼不覺，不過你的個性大概不到黃河心不死。年輕人，警察並不知道你除了開那一槍，其他內情你並不清楚，他們以為抓到你可以解開所有的謎團。話只能說到這裡。」

他指指空盤子：

「看，我把炒飯吃個精光，你炒得好，學到精髓。別怪領帶，遇到他幫我帶個話，男子漢不能沾毒、沾賭，沾到任何一項必無好下場，人生後半場任人牽鼻子走，活得比蟑螂還不如。

「祝福你的詐死策略成功，捷克警方認為死在特奇爆炸現場的是你，義大利和匈牙利不太同意，聽說是我們台灣來的刑警持不同意見，主張驗DNA。

「驗DNA花時間，你說不定仍有三天五天的自由。」

老人摸出鼻菸盒，往鼻口前吸了吸：

「你比我想像中瘦了點，年輕人能耐得住性子躲到義大利不知名的小漁港，誠所謂吾日出而作，日入而息，鑿井而飲，耕田而食，帝何力於我哉？」

身後的門打開，兩名壯漢分立小艾兩邊，老人端起茶杯，

「中國人的老規矩，端茶送客，我們彼此記住這頓難得的下午茶，若是你覺得外面的世界太複雜，歡迎隨時回來，我提的建議永遠有效。」

小艾有太多問題，可是壯漢沒給他機會，架起小艾胳膊往外送，到門口時聽見老人中氣十足的聲音：

「小艾，你的飯炒得和你外公一樣好。」

小艾背對老人大聲回話：

「你的左額頭是不是有顆痣？」

老人摸他的額頭：

「你怎麼知道？」

「瞄準鏡裡看到，進醫院切片檢查，皮膚癌照樣要人命。」

門在小艾後腳跟，砰的關上。

領帶始終不敢看小艾的眼睛，小艾不想為難他：

「需要機票。」

「前面置物箱。」

果然是張列印的登機與轉機行程。

「屋內的老人要我轉話給你，戒賭戒毒。」

領帶沒出聲。

「我倆相互不欠了。不要忘記象牙海岸發生那件事之後我們四個人做的承諾。」

領帶轉過臉：

「從沒忘記。」

沒人不想發財，隨法國外籍步兵團進駐象牙海岸，領帶找到買鑽石的門路，鼓動寶力和沙皇合夥湊錢取貨，三個人出發前，寶力在廁所遇到小艾，他塞紙條進小艾後袋。四小時後小艾仍不見他們回來，依紙條畫的地圖找去，海邊用浪板搭成的木屋，外面三名額頭紮布巾的黑人持槍聊天，小艾以M82狙擊槍連續掃清三名障礙，再射殺兩名從屋內出來的黑人。

他衝進屋，寶力掙脫束縛，合力殺死裡面剩下的三人，沒留意蹲在地面忙生火的第三個，無辜的煮飯小男孩，寶力與黑人爭奪槍枝時走火，一彈貫穿男孩胸膛，這是他退伍後進教會的原因之一吧，法蘭切斯科弟兄以贖罪的心情將餘生奉獻給上帝。

沙皇被打得很慘，他嘴硬，幸好骨頭也硬。

三個角落各掛一具攝影鏡頭，那夥黑人以鑽石為餌，計畫把領帶買鑽石的過程拍下傳到全世界，毀掉聯合國維和部隊與外籍步兵團的名聲，迫使法國退出。要不是寶力覺得怪怪的，險些成功。

領帶事後懺悔，感激小艾時說出「我欠你，什麼時候要我還，由你開口」的承諾。四個人再做另一項承諾，不可心存貪念，好好活著，二十年後相聚，找個有海有夕陽的地方，喝幾天酒。

領帶的承諾做了一半，的確協助他見到 Mr. Shan，也把小艾的來歷順便出賣，小艾沒問他得到多少好處。

「去維納斯港找法蘭切斯科弟兄，他會幫你戒掉過去。」

「他早叫我去，不想牽連朋友。」

小艾聽得懂，領帶欠得太多，恐怕已無法脫身。

領帶沉默的開車將小艾送到拿坡里機場，搭一小時後的飛機去巴勒摩，接著是一連串的轉機。

「天主保佑你。」

領帶從車窗伸出大拇指。

「領帶，你好好活著絕對有意義。」

小艾知道再也看不到他了，他找上 Mr. Shan，意味他可能找過其他更麻煩的人。每找一個麻煩的人便欠一次，欠多還不出，他將失去價值。

到機場撥公用電話給沙皇，講了與領帶見面的事，沙皇聽得懂，所有人必須躲開領帶。

「我老婆等你下次來做蛋炒飯。」

沒問題，小艾登上飛機，看著海平線上的落日。每個人都像沙皇享受當下多好，太大的夢想等於太重的負擔。領帶說過他退伍後的夢想，到法國蔚藍海岸買棟大宅子，每天潛水釣魚。他既未潛水也未釣魚，伊拉克期間染上毒癮，從此沒再自由過。

夕陽落海，小艾閉起眼，他有夢想，可是娃娃離他愈來愈遙遠。

# 8 台灣・台北

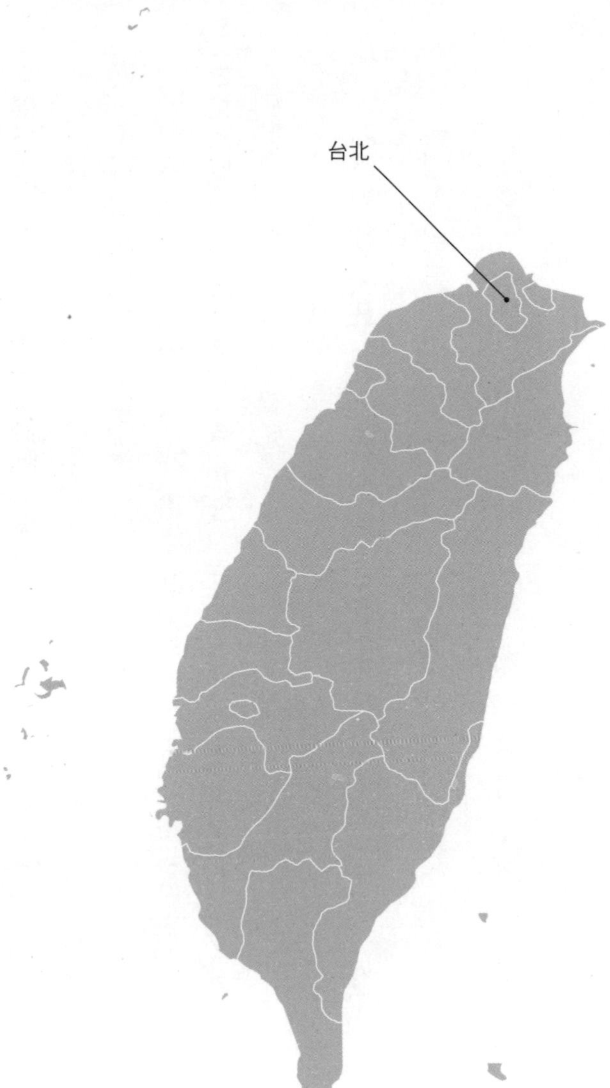

國防部資料：艾禮，一九八三年生，血型A，十八歲從中正預備學校畢業，進陸軍官校專科學生班，之後服役於陸軍機械化步兵三三三旅，於二〇一〇年以上尉退伍。

外交部資料：艾禮，二〇一〇年九月十日出境，無入境紀錄，護照在二〇一六年到期，不曾和任何我駐外單位聯絡過。

內政部資料：艾禮，父不詳，母不詳，無兄弟姊妹，生長於孤兒院，一九八八年由畢祖蔭收養，但維持原姓。畢祖蔭於二〇〇五年病逝。無艾禮目前戶籍地址，原戶籍處屬國防部宿舍，已隨畢祖蔭的死亡，由國防部收回。

「又一個孤兒！」

老伍到陽臺吸菸區看著忠孝東路上忙碌的車輛，手機發出震動，兒子的：

**找到，你看看。**

一段影片，手機拍的，羅馬許願池，周協和突然垂下頭，旁邊一名老外與一名老中。

老伍回了信：

**查查一旁的老中。**

兒子貼了個笑臉回來。

立刻趕去戶政事務所，面對面，大家辦事比較俐落。

畢祖蔭沒有子女，沒有妻子，原是陸軍資深上士，二〇〇一年離開巴士公司時七十一歲，比艾禮大五十三歲，收養艾禮時已五十八歲，完全不符合社會局的收養規定，到底怎麼回事？

報戶口時總該交出生證明，為什麼沒有？

沒人能回答他的問題。

畢祖蔭死於榮民總醫院，看來是唯一的線索。

撥電話請院方協助辦案，老伍飛車趕去，資料找出來，畢祖蔭多重癌症，器官衰竭死亡，由離醫院不遠的天堂葬儀社處理後事。

老伍不客氣直接登天堂之門拜訪，對方合作，從電腦中找出資料，他們為示負責並避免日後糾紛，每件告別式都錄影存證，很容易找到畢祖蔭的，小小的禮堂，大約只能容納十多人。

「禮堂是我們公司的，因為市立殯儀館的禮堂數目有限，不容易排到，如果來致敬的親友不多，有些家屬直接使用我們的，省得麻煩。」

安裝在大門內側門楣上的監視器單機拍到底，道士誦經、孤哀子行禮，艾禮披麻戴孝一直跪在靈前。開始時所有座位空的，進行至中間，進來幾個人，都是背影，看來都像軍人，分成三批集體上香。老伍不出聲數著，前後十七個人。

連艾禮的正面也沒拍到。

靈光一閃，

「你們公司大門口有監視器嗎？」

「有。」

「內容保留多久？」

「每個月刪一次。」

老伍最後希望也破滅。

「倒是有個地方的錄影不刪的。」

「什麼地方？」

「老闆的貴賓室。」

「為什麼不刪？」

「可能老闆以這些貴賓為榮吧。」

說著，處理電腦的年輕人已經抓出畢祖蔭告別式當天貴賓室的監視器畫面。

「貴賓室的監視器使用時才開，平常不用，其實資料檔很小。」

畫面短，兩名穿軍服的軍人在黑西裝的葬儀社人員引導下進屋。

「停格。」

畫面靜止，一個掛兩顆星，一個掛一顆星。

「繼續。」

兩名將軍在貴賓室內換上黑長袍，另一批人進來，四個年輕人推輪椅，兩名將軍竟然跪在輪椅老人面前。沒多久所有人出去，穿中式長袍的將軍一左一右護衛輪椅。畫面跳到儀式結束，沒見到輪椅老人，兩名將軍換回軍服馬上離去。

看不清將軍的臉。

「沒辦法調整畫質？」

年輕人傻笑的搖頭。

回到告別式的影片，老伍認出來了，兩名將軍帶著幾個人上前致祭，輪椅老人坐在最後面，只見到他的背影，沒起身、沒行禮，結束時由其他人推走，艾禮也沒對他打招呼，彷彿老人只是經過這裡進來看看而已。

老人是誰？兩名將軍護衛他，來頭不小，莫非以前是什麼高官？

將影片拷至隨身碟，老伍不得不再次拜訪國防部。

「我說替你在這裡準備張辦公桌吧，跑來跑去多費汽油。」

消遣完，熊秉誠的精神不錯、心情好，親自進廚房端來一盤法式餅乾和咖啡。

「坐坐，我進去查你要的資料。」

老伍沒時間，耐不住的窮蹓步。蹓了幾分鐘，問衛兵吸菸區的位置，本來早該戒菸，一煩躁更加菸不離手。

一個多小時，熊秉誠找來。

「請我一根菸。」

老伍將菸盒扔去。

熊秉誠有心事，抽出菸、點上火，吐出口煙。

「戒菸十一年，平常偶爾抽，大多是朋友敬菸，不便拒絕，主動討菸，第一回。」

「說吧。」

「伍警官老樣子，直接。我說。影片上的兩名將軍都已經退伍，陸軍志中將退得早，四年前，年紀到了升不了上將當然退，與老婆到美國跟兒子住，志家公子學化學的，在美國大學教書，如果你要聯絡方式，稍後我傳給你。林少將，陸戰隊兩棲偵蒐隊的主任，三年前因病過世，葬於國軍公墓。坐輪椅的老人，抱歉，我們實在無法靠背影認出他是誰，是軍人嗎？」

吐出第二口煙，熊秉誠立即撳熄菸。

「前後請了部裡三名將軍、四名校官看伍警官的影片，可能老人的年紀太大，超過他們熟識的範圍。」

老伍嘆口氣。

「伍警官，這些人和邱清池、郭為忠的命案有關嗎？部裡長官對這兩件命案很關切，希望早點破案，拖得久對國軍形象不利。」

「看新聞，你們最近忙，買到美國的武器？」老伍轉變話題。

「想買的美國不賣，將就著用。」

老伍不方便講太多案情，他還有兩處地方得去。郭為忠的遺孀來電報警，她接到恐嚇電話。

公園內碰面，兒子在家，討論他們死去父親的事到底不方便，老伍理解。

「不算恐嚇電話。」郭太太面色蒼白：「一個男人聲音打來，叫我放心，說為忠平日做人忠誠，講義氣，他們會照顧我和孩子，不過希望我別再和你聯絡。」

心頭一緊，老伍明白怎麼回事。

「怎麼照顧你們？」

她拿出一個牛皮袋公文封，老伍接過，不得了，裡面是成紮的美鈔。

「十萬美元，放在我們家的信箱，不久男人再來電話，問收到沒，說是給兩個兒子的教育基金。」

「會不會是同事捐錢送的？」

「為忠的同事我幾乎全認識，他們包的奠儀不可能用美元，不會不具名。」

「也許是不方便出面的好朋友？」

「數鈔票的一瞬間，為忠變得好陌生，誰送這麼多錢，他到底有多少事情瞞著我？

我該不該繼續與你聯絡？」

幕後主使者開始關門了。

向郭太太告別，老伍安慰她既然送來十萬美元，不偷不搶，用了無妨。為了安全，短期內不必和他聯絡，除非對突破案情有幫助。

再到茱麗的咖啡館，茱爸在店內吃飯。人一生一世在江湖交多少朋友、闖下多少事蹟，不如一個孝順女兒。

「坐，伍警官，求你一件事，點紅酒燉牛肉，開瓶紅酒，我買單。」

「怎麼能讓茱爸請客。」

老先生瞄瞄廚房，壓低聲音：

「她一天三餐盡給我吃湯湯水水的東西，好吧，我血壓高、血糖高，可是什麼都不能吃，活著幹麼？」

沒問題。

「警告你，要是讓我爸偷吃半口牛肉，下次別想進我店。」

知父莫若女呀。

「茱爸，能不能安排我見見你說的家裡的人？」

茱爸停下筷子：

「四個老字號的國寶級大哥陪你喝茶，不懂意思？」

「謝謝大家費心，案子不能不辦。」

筷頭伸到老伍臉前：

「它怎麼叫筷子的？我們混江湖不是平空從黑巷子冒出來拿根棍子見人就打，江湖有江湖的歷史。明朝時北方常鬧旱災，缺水，耗費大量財力重修大運河，把南方的水和糧食往北京送，光是官船就有一萬多艘，你看要多少船伕。」

老人沒緣由的講起古。

「久了，船伕結幫結派，用現代語彙，搞幫派，組織地下工會。河水由北往南流，貨得由南往北送，遇上風勢不對、水量不足，他們縴船拉船幹苦力的差事，累死了一床草蓆找塊地埋了。命懸在老天爺手裡，久而久之忌諱觸霉頭的事，本來筷子叫箸，箸，和停住的住同一個發音，人生停住，夠觸霉頭吧，才改叫筷子，取個快速的意思。」

「茱爸的意思？」

老人將筷子往桌上一擺：

「你最好就此停住。」

「謝謝茱爸提醒，我是個警員，破案是天職，否則拿你們繳的稅不辦事，對不起良心。」

茱爸盯向老伍：

「難怪大家不喜歡警察，你們喲，拿稅金壓我，硬拗，我是老人，萬一悶了氣得叫救護車的，真是。」

紅酒牛肉送來，茱麗不准開酒，她請老伍一杯：

「年紀不小，少喝點。」

老伍不吭聲，慢慢享受茱麗的手藝，趁茱麗招呼其他客人，夾塊牛肉送進茱爸碗裡。吃飽該回局裡加班，茱爸不肯由老伍付帳，老伍堅持。

「好吧，我試試，反正老命不值錢，伸頭縮頭都一刀，他們拿我沒辦法。」

回到反黑科辦公室，所有回報在他信箱內，部屬訊問過十五名大胖的前同袍，答案一致，大胖退伍後即失去聯絡。大胖與艾禮和女同袍的合照，女孩叫洛紛英，陸軍官校畢業，如今在國防部工作，尚未找到她。

抄下洛紛英的名字，明天得再跟熊秉誠好好懇談。

準時和蛋頭通話，進展有限，他打算這兩天內回台北，刑事局一年的差旅費不能被他一人在年初就花光。

「周協和被殺，現場的台灣人叫彼得，英文姓氏，Mr. Shan。找外交單位查，可能雙重國籍。羅馬刑警陪我登門拜訪，他有醫師證明，年紀大身體不好，不肯見我，弄兩個洋律師陪我鬼扯，倒是義大利警方決定逼艾禮出面，發布通緝令，全歐盟的，他藏不了多久。」

「我有些新突破，刺青是個叫『家裡的人』據說有三百年歷史老幫派搞的識別記號，郭為忠、大胖和他們脫不了關係。郭為忠老婆被封口，看來是他們封的。至於艾禮，也是孤兒，收養的過程不合法，戶政單位和社會局說不清——等等，我兒子 Line 我。」

老伍看了手機，不禁笑得開懷。

「你兒子要結婚啦？看你得意的。」

「不，我兒子問我們今天晚上要不要重塑艾禮的人生。」

「他怎麼了，非得我以妨礙司法的罪名逮他吃牢飯？」

「他問可不可以參加。」

「以為我們搞睡衣趴啊？」

# 9 台灣・台北

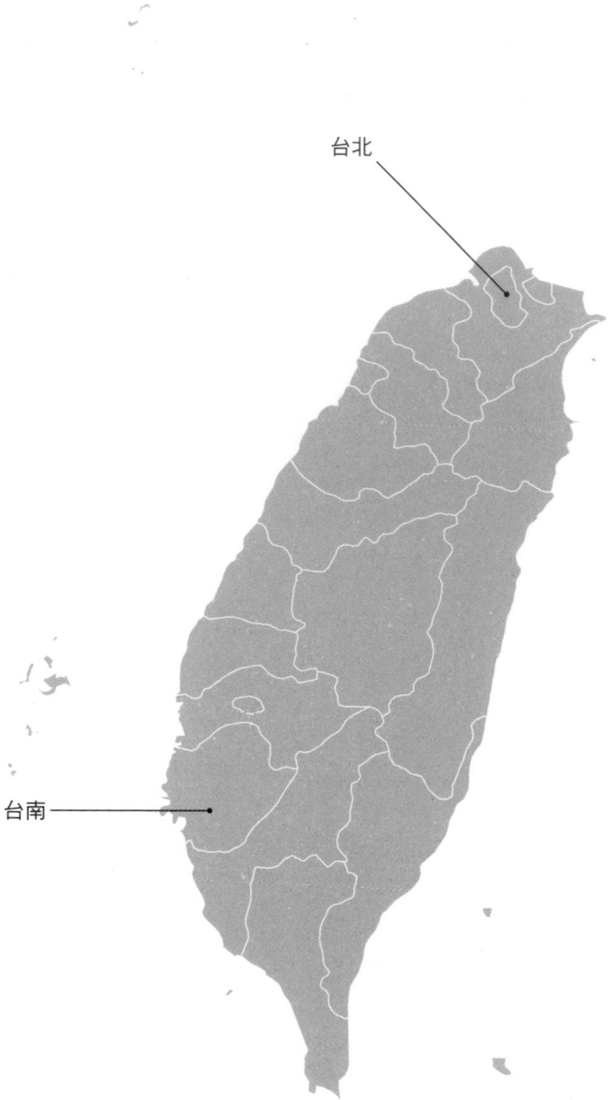

艾禮生於一九八三年，台南市。並非從小生長在孤兒院。父親艾子祥，母親趙婷。四歲時空軍戰機飛行員的父親失事墜毀喪生，母親因而精神失常，幾度就醫，病情無好轉，被送進療養院。艾禮先由祖父收養，沒想到三個月後祖父病故，社會局未曾訊問外祖父母願不願收養，即由其祖父的好友畢祖蔭收養。

「等等，我說親愛的姪子，你亂掰的？」

「阿北，我在網路上找到的，戶政單位做過幾次以前手寫舊資料轉成數位的工程，我查艾禮的，發現最近一次更新是一九八九年，艾禮被畢祖蔭收養的隔一年，填的父母親是不詳，我再查他們的舊檔案，戶政單位更新資料沒把舊的刪掉，存進另一個檔，檔名奇怪，很久沒人調閱過，我鑽進去找到的。」

「鑽進去？開挖土機鑽的？」

「蛋頭，先聽他說完。」

畢祖蔭在軍中是汽車修護隊的士官，一生沒結過婚，退伍以後轉任台南市的民營公車開了幾年車，轉為汽車保養，直到七十一歲才退休。五十八歲時領養艾禮，前三年將艾禮託給鄰居的林媽媽照顧，以後由畢祖蔭自己撫養。小學畢業紀念冊小艾用的是他和畢祖蔭的合照，他們的關係很好，六年級小艾寫的照片說明是：

我和外公。

畢祖蔭姓畢，艾禮生母姓趙，查不出兩家間的關係。一九八九年艾禮生母離開療養院，當年跳樓自殺。

艾禮國中畢業進中正預校，資料有限，不敢駭國防部內部的網路。

由中正預校直升陸軍官校專科班，畢業後分發至陸軍，沒多久被選進狙擊隊，成績驚人，僅次於陳立志，就是人胖。

狙擊隊教官黃華生寫的評語是陳立志天分高，艾禮則穩定性高。狙擊隊六個月的訓練，三名主管簽名送他進情報學校外文班進修，一般只有軍官才能進去，他特例。外文班主要教英文，艾禮學法文，只兩個學生。

「等等，你不是不敢駭國防部網站，這些消息又哪裡來的？」

「後來實在忍不住，就駭了。」

「老伍，我們該不該實在忍不住主動檢舉你兒子，說不定有獎金。」

「蛋頭，別急著抓駭客，記不記得郭為忠也進過情報學校的外文班？和艾禮會不會當過同學？我去查。」

艾禮二十八歲以上尉退伍，服役不滿十年，不符合規定，他賠償官校專科班的學費，金額多少不清楚，不過他賠了，然後離開台灣去巴黎。內政部入出境管理局有他的離境紀錄。

接下來是法國的資料，艾禮加入法國外籍步兵團，服役五年，取得法國公民資格，未接受法國政府輔導的升學、就業安排，從此人間蒸發。

五年服役期間主要擔任狙擊手，派去象牙海岸、伊拉克，以下士退伍，最後半年在尼姆基地擔任狙擊手助理教官。

由服役紀錄來看，艾禮是出色的狙擊手。

他在台灣似乎有或者有過女朋友，可能是狙擊隊的同袍洛紛英，兩人至少在狙擊隊相處三個月，洛紛英未被選進第二梯次的訓練，轉而考取陸軍官校，目前官拜上尉，未婚，在國防部工作。

「熊秉誠沒講實話，洛紛英跟他是國防部同事，居然和我打馬虎眼。」

「別指望國防部，老伍，死了的四條人命和他們有關。」

「你是長官，想辦法讓局長向國防部施壓。」

「喂，你退休，我還得混。國防部不向我們施壓就該偷笑。」

「為什麼這麼複雜？命案不是應該各單位合作嗎？」

「老伍，你兒子多年輕、多有正義感呀，春天初開的杜鵑花、冬天初雪裡開的梅花，看看我們，路柳牆花，被社會汙染成什麼德性。」

「以後爸對你慢慢解釋。」

「該誰接著講？」

「我嘍，刑事局義大利特派員。」

昨天晚上捷克的小鎮特奇發生一起爆炸案，鎮雖小，世界遺產，冬天沒觀光客，很多居民住到別的大城去，小城裡的人口很少。爆炸現場是空屋，屋主是某位捷克女性，已經九十二歲，住在卡羅維瓦利，西北邊的溫泉城，她的丈夫姓氏與她相同，但老太太說他已逝老公是中國人，七十年前到捷克，與她結婚後入籍捷克。

爆炸現場一具燒得焦黑的屍體，兩把狙擊槍，一把被炸爛的ＡＥ，另一把沒炸到，俄製ＳＶＵ。目前義大利警方正設法與捷克警方合作，比對殺死周協和與大胖的彈道，相信是同一把ＳＶＵ。義大利警方覺得室內屍體便是殺周協和與大胖的槍手，台灣派去的優秀資深刑事警官提出反對意見，因為室內有兩把槍，而目前已知的凶嫌艾禮用的是ＳＶＵ，說明另外還有一名使用ＡＥ的殺手。更說明艾禮極可能藉由炸掉屋子，留下另一名殺手的屍體誤導警方以為他死了。

爆炸發生的原因是一樓室內瓦斯開著，捷克警方開火時散彈齊飛，誤擊一樓而引爆。一樓屋主住在布拉格，他說特奇的房子很久沒使用，瓦斯不可能開著，至少他沒開。

「報告蛋頭長官，案情清楚了。」
「清楚歸清楚，還是沒逮到線頭。」
「艾禮被雇用殺死周協和，原因不明。雇用他的人派出兩名槍手先後刺殺艾禮都失敗，雇用者身分不明。艾禮逃離特奇，他會去哪裡？全歐洲通緝他，能逃的地方有限。」
「爸，阿北，我覺得他被出賣，一定想辦法報仇。」
「找誰報仇？」
「雇用他的人。」
「你駭到誰雇用他了？」
「沒有，不過一定是台灣人，外國人沒有殺周協和的理由。」
「老伍，你兒子的推理比你強，他看的推理小說一定比你看的什麼德川家康、胡雪巖有用。」
「不必挑撥我們父子，現在怎麼下手？」
「我晚班機回台北，你說。」
「兒子，你說。」
「洛紛英和狙擊隊的教官黃華生。」
「為什麼？」
「三個人都是黃華生的學生。」

「問過國防部，黃華生退伍了。」

「他在金山開釣蝦場。」

老伍與蛋頭沉默了好一陣子，老伍開的口：

「兒子，我為花在你身上的學費感到既驕傲又擔心，你成天駭來駭去，到底有空念點正經的書嗎？」

「嘿嘿嘿，還是念警大研究所吧，趁我存心死皮賴臉一心升官的機會好好提拔你兒子，說不定他青出於藍。」

# 10 台灣・新北市金山區

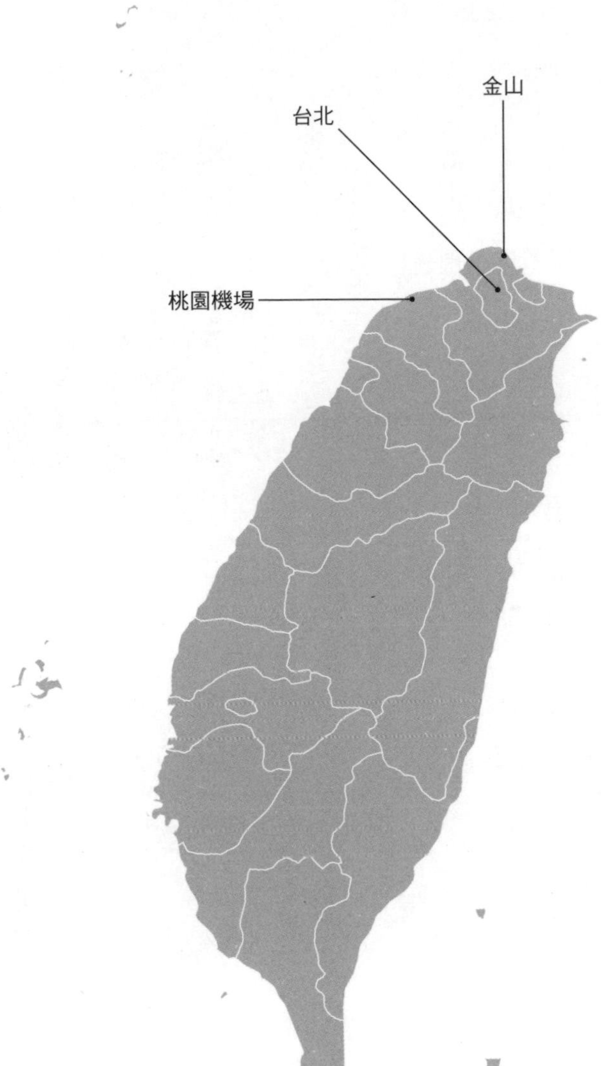

下高速公路經萬里到金山，離邱清池屍體漂浮的中角沙珠灣不遠，進山路轉幾個彎停在鐵皮搭的釣蝦場前，沒招牌。這天氣沒幾人耐得住風寒坐池邊釣蝦，僅戴繡著「虎嘯」二字棒球帽的中年人向老伍招手。

「警官，一起釣蝦，現釣現烤，配高粱。」

黃華生的日子過得愜意。

老伍搓著手往塑膠小凳子坐下，接過釣竿，他從沒釣過蝦。

「見到對面棚頂的小鳥嗎？」

順黃華生的食指看去：

「頭部橘色毛，灰肚皮的？」

「學名日本歌鴝，秋末由北方往南，難得這個時節出現在台灣。」

「還不到春天，牠來早了。冬天快過完，牠又來晚了。」

「來早了，來遲了？說個閒話，日本捕鮭魚的旺季是秋天，夏天偶爾也捕得到，他們稱夏天捕到的鮭『不知時』，季節錯亂，不知道秋天才該來，怎麼夏天就來。『不知時』鮭魚比一般鮭魚貴兩、三成，因為夏天能吃到新鮮現撈的鮭魚究竟少數。今天你帶來好運，我們看到不知時的日本歌鴝。你瞧牠挺胸的模樣，受過軍事訓練。」

「教官對鳥有研究？」

「沒研究，住在這種鄉下，鳥啦蛇啦野狗野松鼠算鄰居，打打招呼。現在給你一把狙擊槍，告訴我你瞄準牠什麼部位？」

「鳥這麼小，瞄準牠肚子？」

「不，瞄準牠的喙尖。你看牠不是正搧動翅膀嗎？打算隨時飛走，瞄準喙尖，射得恰到好處。」

老伍留意黃華生短褲下左小腿突起的長條疤痕，十幾公分長的粗大蚯蚓。經營釣蝦場的大多穿拖鞋，黃華生卻是長統硬頭軍靴。

「美國受訓買的。」

「疤痕是受訓買的？」

「我說的是靴子。疤啊，美國受訓留下的紀念，地雷碎片刮的。」

「國防部說教官手裡教出的狙擊手不計其數，大家說你是東京八十萬禁軍教頭。又說學員稱呼教官鐵頭？」

黃華生得意的大笑：

「不敢，搞政戰的想破頭皮創造幾個傳奇，吸引年輕人加入國軍。比較喜歡鐵頭這個綽號，聽起來頂得住長官打的官腔。挨久了官腔覺得煩，退伍開釣蝦場，生意和候鳥一樣，季節性，夏秋賺點小錢，入冬冷，入春多雨，吃自己。海岸的店做半年到八個月生意，將就過過小日子。手機裡說，你來是為小艾和大胖？」

「艾禮和陳立志，他們涉及境外殺人案，大胖已身亡。」

「兩個狙擊手的戰爭。他們是我教出來最得意的學生，沒想到發生悲劇。」黃華生語帶感慨：「我先說說狙擊手。」

他遞給老伍一雪茄，自己也刁一根，一吸一吐，聽得到菸絲燃燒的嘶嘶聲。

「當兵養成的習慣，再抽香菸，氣勢弱了。」

雪茄頭冒出星火。

「手槍精準射擊目標的範圍是十五公尺以內，別信美國西部片，隔著幾十公尺用左輪對拚，亂槍打鳥碰運氣。天下的槍，左輪最沒準頭。如果用步槍，增加到三百公尺，如果用專業的貝瑞特五〇口徑重狙擊槍，增加到一千公尺以上。所以對步槍兵而言，狙擊槍最能保護自己並且先殺死敵人。古代的軍人訓練戰技，硬弓第一，軟弓第二，弩第三，硬弓射得最遠。」

他拿起竹籤上烤得帶焦味的蝦子：

「吃蝦。距離愈遠，當然受到干擾的因素愈多，誰能排除干擾的因素，誰就是戰場上的殺手，人人害怕的狙擊手。大胖陳立志厲害的地方在於準與穩，機器人。伍警官打過高爾夫嗎？每天練姿勢，練到每次揮桿的動作都一樣，維持球落在球道上，再經常下場打球累積經驗，保證差點五以內。他們第一期學員，大胖名列第一的原因在於此，連感冒也不影響他的射擊動作。小艾不同，他有狙擊手的本能，腦袋裡隨時計算怎樣射殺敵人，不一定最穩最準，不過殺人的考慮最精細。拿面前的鳥做目標，由兩個人射擊，大胖在於射中，小艾在於殺死。

「差很多，國防部告訴我大胖死了，你說可能死在小艾槍下，我不意外，兩個人的差別在天性，小艾的實戰經驗多，要是大胖先動手，小艾逃不了，要是大胖喪失先機，小艾的勝面就大多了。」

他拉拉老伍手中的釣竿：

「蝦凍得懶得開嘴，你得不時抽動釣竿，勾出牠的食慾。」

他舀起一勺飼料灑進池子。

「新聞播得狗血，什麼狙擊手的血腥戰役。兩個人隔著多瑙河，在樓頂相互瞄準，大胖想的一定是怎麼射中小艾，小艾想的不僅是射中，是怎麼殺死大胖。伍警官一定懂，大胖瞄準的是小艾，小艾瞄準的可能是大胖腳下的磚、頭頂上面的燈，不一定瞄準大胖本人。」

老伍聽得入迷。

「夠格的狙擊手在摳下扳機的同時，看得見子彈穿過槍口火藥形成的煙霧，子彈呈拋物線穿越空氣，向下滑行射入目標。摳扳機的使力是長期練出的本事，摳得恰到好處，減少影響身體與槍身的多餘力量。我訓練出的學生摳扳機幾乎動也不動。聽說小艾是殺戰略顧問的凶手，叫什麼名字？」

「周協和。」

「下冰雹，戰場環境突然改變，換成大胖，失誤的機率增加，小艾預估造成失誤的機率，他會在射擊前做調整，這也是兩個人的差別。」

黃華生順利再釣起一尾蝦，往小火爐上一放，發出滋滋的聲音，蝦子扭動頭尾。

「伍警官不遠千里而來，問的是這事？」

「還想問艾禮的背景，他為什麼殺周協和？」

「我是軍人，一輩子的軍人，思考方式固定，沒法子回答你的問題。他外公是我前輩，待我如親人，我欣賞艾禮，這是選他進狙擊隊的原因。」

「去法國呢？」

「我鼓勵他去，那陣子他失戀，情緒低落，我勸他反正都是當兵，出國試試，換換心情。伍警官，在外籍兵團服役滿五年不但取得法國國籍，每個月的福利金一千五百歐元左右，領到死，是不是和十八趴一樣誘人。」

「因為洛紛英？」

「年輕人感情的事我做長輩的不便發表意見。打個比方，小艾啊，被對方狙擊手盯住，若是不跑出掩體，變換新位置，會被鎖得喪失鬥志。出國，變換位置，找回信心。失戀是成長的過程，不過當事者當時沒辦法聽得進去。」

「洛紛英呢？」

「她是現役軍人，我和她也好久沒見，說不上來，漂亮、能幹，追她的人可能以一個機械化步兵連計算，沒一個看得上眼。」

黃華生進屋拎出條魚來烤。

「上午在海邊釣的黑毛，抹鹽上炭爐，不必加其他佐料，吃鮮味。」

兩個人放下釣竿忙起來，烤的魚、烤的杏鮑菇、烤的青椒。

老伍忍不住問：

「你覺得小艾的人會在哪裡？」

黃華生吹筷頭烤得冒煙的青椒：

「他在哪裡？這個我可以回答，伍警官，他一定在回台灣的路上，說不定已經到了。」

「為什麼回來？他應該知道全台灣的警察早布下天羅地網。」

「狙擊手另一條準則，電視上的名嘴不是說指使他殺戰略顧問周什麼的一定是台灣人嗎？狙擊手不見得非隔著幾百公尺殺人不可，這條準則是，愈接近目標愈好，成功的機率愈高。我當教官，不要求他們射擊一千公尺的準確度，要求的是六百公尺以內必須百發百中。雙重意義，狙擊手的目標物不是獵人打的動物，是會還擊的敵人，距離近固然成功機率高，被對方殺死的機率也高，所以得百發百中，使自己不受到傷害。」

「他去法國是不是肩負任務？據我的調查，教官在軍中的身分有點複雜。」

黃華生笑得掩口擋住蝦子不脫口而出。

「軍人隨任務聽候差遣，情報、後勤，長官分派的任務，無權拒絕。伍警官說的複雜，我很難回答。我退伍的人了，多說點，條件是你得不透露消息來源，洩露軍機是重罪。」

「沒問題。」

「國防部栽培年輕幹部的計畫超乎老百姓的想像，說國造的雄風飛彈吧，你翻英國的詹氏年鑑，明白寫仿造自以色列加百列飛彈。怎麼仿造？以色列心甘情願把圖樣送給我們當禮物？天底下沒這麼好的事，他們同意台灣派人去參觀，我們的人用眼看、用手指量尺寸，回來再喬。只能說到這裡，再說下去，我們兩人之中有個人會感冒，我的可能性比較高。」

「小艾是重點培養的對象？」

「不同專長的分送不同地方，小艾是頂尖狙擊手，堅持退伍，上級留不住，我建議把人才放出去磨練，說不定有天用得著。」

「出國後還算是軍方的人嗎？」

「不算，他退伍除役了。」

「大胖和小艾有什麼過節嗎？」

「他們好兄弟，為洛紛英，也許鬧點小不愉快。不能算不愉快吧，誰都對洛紛英有意思，陸軍之花。伍警官，你沒見過洛紛英到狙擊隊報到時的模樣，清純哪，活像十八歲被星探相中的林青霞。」

「就算被人指使，以大胖和小艾的交情，下得了殺手嗎？」
「看誰下的命令嘍。」
「教官覺得大胖可能被某種組織吸收當職業殺手？」
「他們退伍之後，就和我斷了來往。人生，我聽哪個電視上和尚說的，老天安排好的宿命是大背景，我們走在其中，有時交會，有時又分開，不必想太多。」
黃華生送老伍到門口。
「他回來的話，會來看教官？」
「看個退休老頭幹麼，他既然回來，想的是報仇，我守著釣蝦場，幫不上忙。小艾這人呀，說個故事，伍警官聽過管仲吧？」
「春秋五霸，輔佐齊桓公的管仲，當然聽過。」
「管仲是政治家，其實也是神箭手，上山打獵，一箭射得將狼釘死在樹幹。弓得強且硬，能拉開這樣的弓，管仲的力氣也大。後來他輔佐齊國的公子糾對付爭奪王位的弟弟公子小白，管仲遠遠一箭射中公子小白，以為解決了政敵，沒想到箭射中衣服上的銅勾，公子小白裝死先趕回國都繼承王位，反而管仲白以為是，認定小白死了，大搖大擺護送公子糾，到了國都才見小白已成齊王，當場被逮捕。」
「原來管仲文武雙全。」

「管仲對神射的本領自信過頭。別人被國際刑事組織通緝，逃命還來不及，小艾自恃本事大，我斷定他一定回台灣報仇。過度自信，怕自投法網。」

老伍駛下山進入濱海公路，違反交通規則的使用手機傳簡訊回刑事局：

**艾禮可能返台，通知機場、碼頭，調監視器畫面。**

四個機場的空中警察單位進入戰備，清查各航班旅客名單，加派人手盯緊各個監視器傳回的畫面。老伍領五名同仁直接趕去台灣最大的桃園機場，如果讓小艾混進來，再想抓到他得花幾十倍的氣力。

小艾的特徵：約一七五公分，瘦長，皮膚較一般人黑，眼神隨時注意周圍的變化，單身獨行。使用的可能是法國護照。

即使法國傳來小艾服役時的人頭照、法國護照上的照片，和現在的樣子比，恐怕仍有很大差別。老伍指示，與照片比較，看來差不多的就請進機場小房間聊聊。

黃華生教官的推測真靈，小艾的確趕回台灣，也如老伍所猜的從桃園機場入境，用的確實是法國護照。他下機後提小包，沒進廁所、沒買免稅菸酒，直接入關。證照查驗人員刷了他的護照，拍了他照片，仔細看了他幾眼——很多眼。重重在護照上蓋了入境章，小艾輕鬆的下電梯等行李，順便在銀行換了五百歐元的台幣。

從空橋算起，他經過十五個監視器，這些監視器的畫面同步傳到控制中心，坐在控制中心螢幕牆前方的有航警局副局長、老伍，其他十二名同事。支援的保警與維安特勤隊在機場外停車場內的大型警備車內待命，保警負責機場秩序、交通管制，特勤隊負責逮捕小艾。

現場估計十七把史密斯威森半自動手槍、十二把 HK MP5衝鋒槍、七十一把聯勤T65K2步槍，周圍制高點分配了四把 SSG69狙擊步槍、三把 AW、兩把 SIG SSG 2000型狙擊步槍，人人防彈衣、防彈頭盔、防毒面具，保警更以三十人的防彈盾組成方陣隨時圍堵小艾。新北市與桃園市各調兩輛消防車進駐機場出入口，車上強力噴水槍待命。

小艾等到行李，德國的 RIMOWA，他推行李走出海關，沒搭計程車，而是坐國光號巴士，等車期間抽了一根菸，他沒打火機，看似機場員工的男人借他打火機，小艾抽了幾口，將留有脣印的菸屁股扔進吸菸室的菸灰缸內。

晚上十一點多，從桃園機場進台北市區交通順暢，他在民權東路下車，走進龍江路，而後消失蹤影。

老伍率領警戒的幹員等待最後一班飛機降落，忽然看見畫面中的背景，證照查驗站後方的大廣告牌：新春台北國際馬拉松歡迎您。

他若有所思，從椅內跳起來大喊：

「往前面找，重看錄影，女的，我記得看過一個身材瘦高穿慢跑緊身褲，外面罩條短褲，上身短運動外套的女人。」

很快找到兩個小時前的錄影紀錄，瘦高穿緊身褲、淡金色短髮的年輕外國女人站在護照查驗櫃前。

「看他小腿上的肌肉。」

拉近鏡頭，這女人練得凶。

「往前後查。」

所有人捨下陸續著陸的飛機，全力尋找證照查驗之後消失的女人，海關、銀行、計程車招呼站、巴士候車處的監視器全集中處理。

半夜兩點追到國光巴士提供的車上錄影，女人在民權東路下車。調路口監視器，最後得到轉進龍江路的女人背影。

小艾回來了。

忙得忘記看手機，十幾條簡訊，二十多則 Line，蛋頭六小時前登機，他寫：

**回家嘍，在機場幫你買了紀念品，比薩斜塔的磁鐵，你貼在冰箱上想念我。**

蛋頭有病，他根本沒去比薩買比薩斜塔的磁鐵幹麼。

老婆的：

你爸照樣來做飯，我想通，隨他吧，我們如果不回家吃飯，先跟他說，要是他不高興也沒辦法。

老爸一定不高興。

局長祕書的：

明天上午十點局長見你，局長室，請勿遲到。伍長官，局長要問案情進展，並請你陪他一起出席記者會。

得請老婆把西裝、領帶燙燙。

兒子傳來影片：

爸，你看看。

點開影片，美國的M1A2T重戰車。旁白說明美國剛同意出售此型戰車給台灣，以汰換老舊的M48。

這又怎樣。他回兒子。

查最近的軍火交易，找到這個，我同學在臉書上幹譙，他說買這種戰車回來有屁用。

又怎樣？

這麼重的戰車不能走高速公路，不能走省公路，只能窩在湖口基地，根本沒用，而且又貴得要命。

當向老美交保護費，將就點。

老伍回。

沒空跟兒子鬨扯，不過老伍為父子間感情的改變而高興，以前兒子怎會傳條之乎者也的新聞給老爸幹譙時事。

還有一則，茱麗的：

明天來喝咖啡，我爸找你，他好像很呷意你，我跟他說你早結婚，連下輩子的份也結了。再說他女兒對男人的興趣不是很高。

茱爸暗槓好消息交換老伍拚命喝茱麗的咖啡，以便利尿？

小艾回到台北會去哪裡？無父無母無兄弟姐妹，無女友，他能去哪裡。清查台北大小旅館。

# 11 台灣・台北

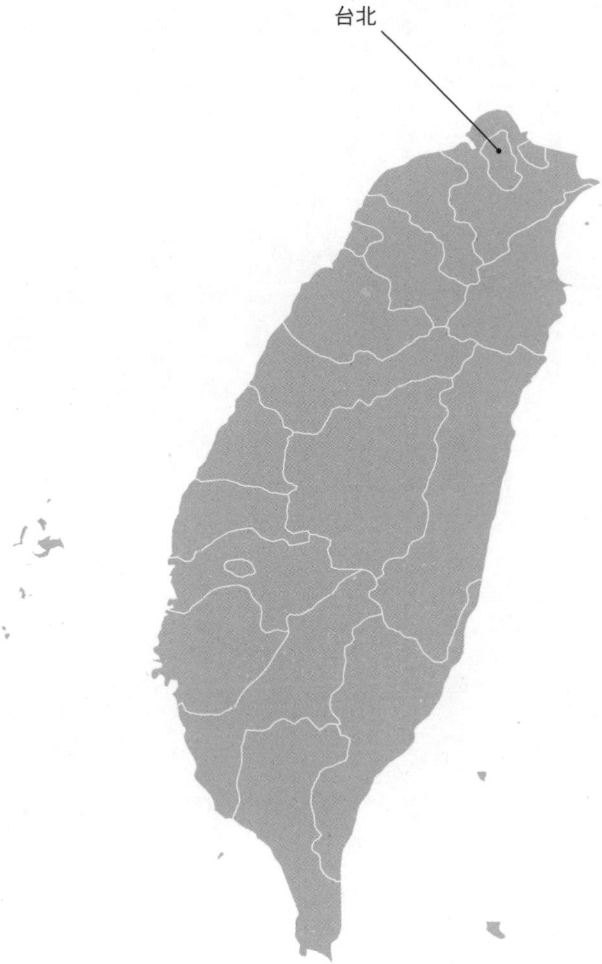

在台北住旅館要身分證，租房子不需要。

離開台北前透過仲介租下老舊的小公寓，房東搬去大陸，沒興趣見房客，小艾以朱國興的名字一租五年多，房租準時匯進房東的戶頭，其間僅聯絡過一次，房仲以簡訊通知房東想漲價，後來不了了之，可能想通破到這種地步的房子很難租出去，乾脆收多少租金算多少，將來房子怎麼修，留給子孫煩惱。

三十年以上的公寓，生鏽的鐵窗、無人打掃的樓梯間、停滿機車的巷子、閃呀閃的樓梯間燈泡、每戶門口都占公共空間放置大小不一的鞋櫃。

台北沒有專偷鞋的小偷，否則生意一定興隆。

進屋打開窗透氣，比特奇房子的霉味更重。取出當初留在浴缸內層的物品，外公的M1骨董槍在厚厚的機油包裹下，狀況仍佳。本來軍方拆掉撞針送外公當退伍紀念品，難不倒搞軍械出身的外公，他把槍管、槍機、表尺和準星保養得如剛出廠，重新安裝撞針。小艾接手後加裝瞄準鏡、消音器試射過幾次，好玩。

天底下只有鐵頭教官知道他有這把槍。

好久沒回台北，忍不住到寧夏夜市吃個飽，灌兩瓶台啤，接下來他該怎麼找到派人殺他的幕後指使者？

娃娃，是娃娃下指令要他殺周協和。

怎麼找到娃娃？鐵頭？

翻出乾燥箱內的筆電，Window XP 首頁的藍天綠地令人懷念。透過手機連接上網，開始補足他離開五年多的資訊。

安適的睡袋裡，小艾一覺睡到九點，坐七站公車，找到熟悉的早餐店吃小籠包，電視上出現刑事局長不急不徐解釋周協和命案的偵辦進度，小艾注意力集中於站在局長後方留平頭的警官，依台灣官場文化，真正了解情形的往往站在搞不清狀況的主管後面，準備隨時火力支援。

上網搜尋，原來是刑事局反黑科的伍警官。再搜，馬上找出住家地址與手機號碼。谷歌地圖標示得清晰，伍警官住在大直河邊的國宅，有河景和公園，看起來地段適合退休者活動。

找到鐵頭，退伍開釣蝦場？以前他喜歡釣魚，倒不知道他對釣蝦也內行。

看看新聞，記者以波灣戰爭期間的M1戰車影片，介紹剛宣布的軍售新聞，台灣買一百零八輛，第一年即得編列三百億台幣支付，日後還有零件、保養、訓練費用。陸軍的大手筆軍購行動。

台南眷村拆光，高雄眷村拆光，台北、台中的眷村成為觀光景點，逛逛去。他抓起外套出門，想念外公蛋炒飯外的另一項手藝：炒餅。

老伍一早起床自己燙西裝燙領帶，老婆去爬山，兒子揉著睡眼問他吃過早飯沒？沒空吃。兒子竟然騎車去買早餐，帶回蘿蔔糕和夾蛋燒餅，老伍已煮好咖啡。雖然燒餅適合配茶，不過他今天需要大量大量的咖啡。

自從兒子熱衷的參與周協和案，父子間的距離縮短。

「念書也要運動，還打不打籃球？」

「好久沒打了。」

「等退休，找你單挑。」

「不要吧，爸，我不想害你扭到筋骨。」

「憑你？」

兒子吃吃的偷笑。

老伍挺起胸膛進刑事局。

局長問了問辦案進度，聽到義大利警方初步認為艾禮被捷克警察圍攻死在特奇時兩眼一亮，老伍趕快補充，蛋頭認為死的是另一個要殺小艾的槍手。局長皺起眉頭，好像老伍毀了他美好的上午。

記者會準時開始，局長魅力十足，貼身的 BOSS 西裝、瀟灑的敞開領口，有條不紊說明案情發展，並表示破案在即。老伍沒上前替局長拉手煞車，他立正站好當布景。每名主管都需要排得落落長的部屬襯托他的偉大與英明。

焦點被記者拉回邱清池與郭為忠命案，局長不曾事先詢問老伍便討好記者：

「在捷克被殺的槍手遺留下的狙擊槍將由我方與歐盟警方合作調查，到時與邱清池額頭的傷口比對。經辦此案的同事認為，邱清池的死亡與義大利周協和被狙殺的凶手應該沒有如外界推測的那麼密切。」

怎麼比對？邱清池大體未經刑事局同意已被軍方火化、開追悼會、晉升少將、發撫恤金，而且近距離槍殺邱清池再扔進大海，用不著狙擊槍。

拿撐竿跳的竿子打蟑螂。

長官說的都是，部屬的任務是幫長官說的每一句背書，溫柔的以吸塵器吸乾淨 BOSS 西褲內放出的臭屁。

蛋頭預計下午抵達桃園機場，派同事去接，他得找茱爸。

店內生意好，下雨天，大家窩進咖啡館取暖兼避雨。茱爸坐在角落戴老花眼鏡看書，《小五義》，黑道人看黑道小說。蛋頭愛看《八百萬種死法》，兒子愛看東野圭吾，退休的刑警也許該重溫《倚天屠龍記》。

老貓呢？在，茱爸腳旁竹籃鋪毛巾的舒適小窩。

「茱爸，聽茱麗說你有消息？」

老人抬起眼鏡後的眼珠：

「是消息，老爺子願意見你。」

「太好了。」

「不好，你得接受幾個條件，不准公開、不列紀錄、不透露老爺子住處。老爺子年紀大，不能多講話，什麼時候能談，什麼時候不能談都由他決定。」

「我接受。」

「聽說老爺子年紀比我還大很多，天氣陰溼氣溫低，顧著老人家的身體，記得帶禮物，進退禮節。中間保人是我和三個老兄弟，老人的自尊心強、臉皮薄，別砸我招牌。」

「了解。」

「很好，等我消息，最快明天能見到他，你先把時間空出來。」

趕回局裡，新的報案資訊又幾十條，其中一條以電子郵件傳來，引他注意：

**伍警官，我跟艾禮與陳立志一起在狙擊隊受過訓，現已經退伍，不想惹麻煩，如果你答應不讓我曝光，願意和你談談。**

老伍馬上回信，希望見面，時間地點由他挑，並留下手機號碼。

來不及和同事開會，局長又找。

匆匆進局長室，總統府與行政院雙重壓力，他們對周協和案已經喪失耐心。

「老伍，你可能不清楚，周協和不僅是戰略顧問，他是總統的遠房親戚。媒體、名嘴成天胡說八道，連總統的五等親都被挖出來，他不高興，院長不高興，部長不高興，大家不高興。把你心裡想的，不管有沒有證據說出來研究研究。」

「不等科長從義大利回來一起報告？他下午到。」

「你先說。」

周協和絕非去羅馬度假，和公事有關。許願池旁喝咖啡的上年紀東方男人身分正追查中，相信是仲介者，仲介周協和與坐在中間的外國人商談某些與台灣有關的事。

射殺周協和的是台灣陸軍出身的狙擊手艾禮，五年多前去法國參加外籍兵團，過去無資料顯示他認識周協和或有任何關係。他僅殺周協和，未殺其他兩人，顯示周協和到羅馬與洋人商量的事阻礙某個人、某個集團的行動，必須殺掉周協和，且大庭廣眾之下殺，目的在警惕其他人。

「怎麼說？」

「報告局長，黑道手法，砸爛一家不付保護費的商店玻璃，送兩個沒前科的小弟讓警方結案，頂多罰款，看在其他店家眼裡，寒蟬效應。」

「刻意選許願池當私刑的刑場？」

接著同是台灣狙擊隊出身的陳立志追殺艾禮，當然是殺人滅口，沒想到陳立志反而被殺。艾禮逃到捷克，第二波殺手再追殺。說明艾禮的行動被掌握，但艾禮夠機警，躲過兩次死劫。

現在艾禮易裝持假護照回到台灣，他想解決所發生的一連串事件，簡單的說，他得殺掉要他命的人，否則他活不了多久。
「人在台北？」
「昨天扮成參加馬拉松賽外國女選手混進桃園機場。」
「你需要什麼？」
「報告局長，所有關鍵都在周協和去羅馬做什麼？說不定周協和還是邱清池、郭為忠兩起命案的解鈴人。」
「周協和是政治問題，總統府視為機密，優先解決邱清池和郭為忠命案。」
「要是我們找到艾禮，他說出的真相牽涉總統府怎麼辦？」
局長伸出手：
「有菸吧，來一根。」
刑事局大樓全面戒菸，局長的規定。
替局長點上火。
「聽說周協和負債？」
「他養了愛花錢買名牌包、名牌衣服的女人。」
「媒體知道嗎？」
「這兩天會爆。」
局長拿起艾禮的照片：

「艾禮在台灣有接應的人？」

「應該沒有，他是孤兒，沒有親人。」

「獵捕他的計畫擬定沒？」

「等科長回來，和其他幾科會同商議。」

「不管怎樣找到艾禮再說，死活不拘，到時我們再斟酌。」

死活不拘？局長怎麼講出這話？

找間文具行，小艾買個古箏盒子裝分解的M1步槍，揣九發子彈，左口袋瞄準鏡，右口袋消音器，搭公車。台北公車都安裝監視器，前後各一，台北人也習慣戴口罩上車，以防被流感傳染。

他戴口罩戴棒球帽防流感，往最後面的空位坐下，離開住處前收到伍警官的回音，他傳了時間地點過去，遵照行動準則，預先觀察地形、布置戰場。

離開局長室他得再去茱麗那兒聽消息，茱爸堅持不用手機聯絡，黑道幹久了，疑神疑鬼以為全世界監聽他。沒想到經過一樓會客室被人喊住，兒子怎麼來了？

「孝子，替你爸送便當？」

兒子陪他走出刑事局：

「爸，我們家的網路被駭了。」

「你怎麼知道？」

「就是——解釋很複雜，我覺得你我的手機恐怕也不安全。」

「不可能，我們刑事局要監聽，得先經過檢察官同意，再送法官核示。」

「反正有人駭進我們家的網路，來警告你，別在手機上講太機密的公事。」

老伍摟摟兒子的肩膀：

「好，你蛋頭阿北下午回台北，不必在家裡視訊談公事，不用擔心。」

「還有——」

「不要再管這件事，等我和蛋頭阿北偵辦到一定進度，馬上告訴你。陪你爸喝咖啡？」

「不了，我得去圖書館。」

「爺爺今天到家做飯沒？」

「正要說，他來過。」

「怎麼樣？」

「小煩。」

「怎麼說？」

「我沒時間運動，最近減肥，爺爺一來非逼我吃兩碗飯。」

「我跟他說說。」

送兒子到忠孝東路口，看他左轉去搭捷運，阿爸的事不能不解決，這樣下去搞得哪天孫子朝他翻臉更難收拾。

手機有簡訊，對方傳來時間和地點，河濱公園？家門口？

繞去茱麗的店，茱爸與三位老兄弟全在，刀哥左手壺蓋右手茶葉忙著。

「選期不如撞期，約好了，明天你八點半坐高鐵到新竹站，他們有車子接你。」

「明天八點半。」

「高鐵，不是台鐵。」

茱爸講話，其他三人看也沒看老伍。

蛋頭來電話。

「到桃園了？」

「等行李，局裡碰面？」

「晚點，得先去一個地方。」

「夾帶義大利火腿、香腸、麵包、棗子和酒，晚上辦公室宵夜。」

收了手機，老伍摀住嘴朝手掌吐熱氣，手凍僵了。

直接攔計程車到河濱公園，約在籃球場見，靠近河岸，風大，非吹風受凍嗎？

小艾早一個小時到，他冒風雨在河堤外的綠地走一遍，河北岸往西是圓山飯店，往東是內湖，河南岸往西是市立美術館，往南是松山。籃球場旁停放遊艇的小碼頭視野最廣，沒有任何遮蔽物。他在清潔人員放置用品的貨櫃旁以帆布罩住M1步槍。這時快五點，天雖黑，尚未黑到亮路燈的時間。

老伍從水門口進入河濱公園，冷風颼颼往他領口灌。快走到籃球場，又有簡訊，改在碼頭。

媽的，存心讓他吃風。

碼頭周邊一個人也沒，會不會被晃點？

手機響，是對方：

「伍警官，對不起約你河濱公園見，夠冷的。」

「你在哪裡？」

「附近。有事請教。」

「不是你要告訴我狙擊隊的事情？」

「伍警官，你左手三公尺的地方是不是有棵兩個人高的樹？」

老伍轉頭看去，沒錯，是棵新栽半個人粗細的水黃皮。

「看到。」

「請目不轉睛的看。」

老伍搞不懂對方要做什麼——水黃皮枝幹劇烈抖動，樹葉的水點濺到他臉。

「請再看你右手邊兩公尺是不是有個石墩？」

「有。」

「請目不轉睛的看。」

石墩的頂部揚起一片灰，磨石子的石墩頂部缺了個角。

「請看你右腳前是不是有塊上面落了樹葉的紅磚？」

樹葉是剛才自水黃皮落下來的。

「有。我目不轉睛的看。」

一枚子彈打得樹葉與紅磚裂成碎塊與粉末，揚起的灰差點迷了老伍眼睛。

「威脅執法人員，你想怎樣？」

「伍警官負責周協和命案、陳立志命案，我查過新聞，你也負責另兩宗我不熟悉的命案，有些事看來只能請教你。」

「艾禮？」

「是，報告伍警官，我小艾，命案纏身不敢露臉，請你不要輕舉妄動，我的狙擊槍隔河正對準你。」

「想知道什麼？」

「誰陷害我？」

「我們正在查，能不能跟我面對面好好談談？」

「現在主控權在我手裡，我講你答，下回我被你逮到，你講我答，保證絕不說謊，你和我都不說謊。」

「你說。」

「大胖是哪個單位的？」

「他不是從軍中退伍了嗎？」

「一定屬於某個單位，否則他沒有追殺我的理由。我了解他，天生的軍人，天生習慣服從命令，誰能給他下命令？我想很久，除非某個政府單位。」

「不知道，不是你提起，從沒想過他可能屬於某個單位。」

「沒說謊？伍警官，我天涯亡命人，隨時打算豁出去。」

「沒說謊，已知的是他退伍後和女朋友合開ＫＴＶ店。」

「君子承諾，接受。再請問，Peter Shan 是什麼人？」

「你說周協和死亡那天坐在他對面的老人？我們仍在查他的資料，目前資料有限，大致上了解他曾在軍中服役，退伍多年，移民國外，拿的是英國護照。」

「Peter Shan 做的是軍火生意，他當面對我說的。」

「這條情報有用。」

「周協和去羅馬幹麼？」

「不知道。」
「伍警官，你知道的事情不多。」
「你知道的比我們多，這是急著找到你的原因。」
「我殺了周協和，政府官員，二十年有期徒刑，實在不得不躲你。」
「祕密證人可以減刑期。」
「別鬧了，我以為我已經夠祕密，看看我什麼下場？」
「你屬於某個單位？」
「超過我回答的權限。」
「如果你不說，我怎麼追查陷害你的人？」
「你是警察，破案是你的責任。」
「到法國當傭兵，有沒有其他任務？」
「看到你身後那盞路燈沒？請看上方的燈，目不轉睛的看。」
老伍只好轉身盯著路燈看，看了一分鐘、兩分鐘，他知道小艾走了，拉拉衣領他不想感冒。
看樣子艾禮也一頭霧水。三顆子彈毀壞公園處的財產，至少老伍得到明確的訊息，小艾屬於某個單位，大胖屬於某個單位，想法子找出政府內到底有多少「某個單位」的軍情單位。

先回家換下溼衣服？不行，耽誤時間。

趕到國防部，幸好熊秉誠沒下班。

「伍警官，怎麼一身是水，瞧你狼狽的，我叫他們送薑茶。」

「沒關係，熊上校，能不能讓我和洛紛英見一面？」

熊秉誠擺出第一次在基隆長榮桂冠酒店見面時的黑無常臉孔：

「得請你們局裡出公文，她涉及哪宗案子？」

「她和在歐洲出事的陳立志、艾禮是狙擊隊同期學員，想問問她對這兩個人的看法、近來可曾聯絡。」

「不出公文？不是證人？純粹私人請託？」

「私人請託。」

「好，明天我問問她。」

大口喝下薑茶，老伍告辭，熊秉誠朝他拱拱手：

「聽說伍警官還有四天退休？」

老伍指指腕上的表：

「勞基法的說法，三天。」

天雨又冷，攔不到計程車，老伍擠捷運。在國防部他曾考慮該不該把艾禮已到台北的事說出來，小艾若想找到幕後指使大胖殺他的人，會找哪些人幫忙？和老伍想的一樣，找他以前的同學洛紛英。

或者，他的人生不像兒子蒐集到資料所說的單純？

本來計畫去社會局查畢祖蔭收養艾禮的過程，來不及了，對方已下班。回局裡跟蛋頭先碰面吧。

瞄準鏡內的伍警官大約六十歲，銀白平頭，天氣冷冽始終站得筆直，面對槍口威脅毫不畏縮，不像習慣說謊的人。就算他說謊，又能怎樣？

小艾收起槍離開河濱公園，伍警官沒能給他有用的消息，他該再去找誰？他在台灣還認識誰？

五年多天天想念台灣，回到台灣卻感到特別的孤獨，和在法國、義大利不同，明明講同樣語言、吃同樣食物，卻得繃緊每根神經。

搭公車、捷運，拉上帽子走在雨中，經過大直分局，門口玻璃櫃內剛換新的通緝犯相片與資料，他名列第一。

以前台灣警方為槍擊要犯排名，暗示檢舉獎金的多寡，他現在是頭號槍擊要犯，獎金一千萬台幣。

蛋頭收起平日的嘻笑怒罵，老伍悶頭喝薑湯，局長離開五分鐘後他們仍沒出聲。

局長的指示簡單，既然手中證據不足，把台灣兩宗命案與歐洲的三宗案子切割開。所有證據指向殺死周協和的是前陸軍上尉艾禮，歐盟也以周協和、陳立志與另一身分不明者的三宗命案涉嫌人對艾禮發布通緝，刑事局當然應該通緝艾禮，至於殺人動機，可能仇殺、金錢上的瓜葛。老伍提出的情治單位內部失控，沒有證據，暫不對外公開。

邱清池與郭為忠命案可以再切割，邱清池被槍殺，警方積極尋找凶手；郭為忠雖經法醫、鑑識組認定可能為他殺，卻尚無十足證據，甚至迄今杳無頭緒，應該分開為兩宗無關的命案，交給其他單位接手偵辦。

「證據。」局長瞪著眼前兩名部屬厲聲說：「先設法了結艾禮的案子，已經發布通緝令，你們與各地警局多聯繫。」

至於以刺青的「家」把陳立志之死與郭為忠的疑似他殺連在一起，

「剛剛你說情治單位內鬥，現在說黑道介入，彼此衝突，更不能傳出去。千萬別被人利用，捲進情治單位的家務事。」

局長目光掃了反黑科辦公室一遍，所有人悶頭工作，靜得有如關掉聲音的電視。

蛋頭打破沉默：

「老伍，局長指示了，你說說怎麼結案？」

「我退休，明天晚上局裡老同事擺了五桌歡送我。」

「撇下我孤單老人獨自應付？老伍，你是朋友嗎？別鬧脾氣。」

「好吧，我聽聽你帶回來的情報，順便看你買的義大利酒是什麼便宜貨。」

蛋頭起身打了幾式太極拳熱身：

「忍辱負重，動心忍性，身為反黑科主管千萬不可一時衝動把酒瓶砸在即將退休的老同事頭上。」

「酒不錯，花你不少血本？」

「我說，事情起於艾禮槍殺周協和，當天的三人身分已經證實，周協和是台灣的戰略顧問，去羅馬的目的不詳。坐他對面的是台灣退伍士官長現從事軍火生意的沈觀止，使用英國護照，英文名字 Peter Shan。中間的不是俄國人，是烏克蘭人阿加方諾夫，原為國會議員，現在擔任政治說客。義大利警方證實阿加方諾夫已出境，烏克蘭則未做任何回應，因為他們不確定阿加方諾夫在哪裡。局長說的不是沒道理，先解決周協和的案子，通緝艾禮。」

「我們說不出艾禮為什麼要殺周協和，沒有凶槍、找不出動機、沒有艾禮的自白，不能瞎掰。」

「不解開周協和去羅馬之謎，整件案子僵著不能動。」

「義大利警方怎麼看？」

「他們懷疑周協和去是為了談軍火買賣，沈觀止居中牽線，阿加方諾夫代表某方賣武器。」

「烏克蘭有什麼武器好賣？AK47？我們不缺步槍。」

「問題環繞地球一周，最終回到總統府。總統怎麼不知道他的戰略顧問去羅馬幹麼？」

蛋頭搶過酒瓶，倒去一大杯。

「老伍，我有個上好的主意，怕你不肯幹。」

「說說看。」

「目前的關係人，洛紛英被國防部護著不出面，邱清池老婆天天上電視罵國防部，剩下郭為忠的老婆，你不是說她受到威脅？你故意搞神祕約談她，我偷拍下畫面給電視臺，這一播出，給她十萬美元附加威脅的幕後人看到氣炸，一定再對郭太太施壓。我在郭家先安排好監聽、護衛，循線逮威脅她的人，說不定突破這個案子的瓶口。」

「拿無辜的老百姓當餌，小人的行為。我不幹。」

「你就是小慈小悲，這樣吧，好好和郭太太溝通，我們派人二十四小時保護她全家的安全。」

「歐洲的三條命案呢？」

「特奇的死者身分這幾天內可以查出，歐盟刑警認為陳立志是台灣人、艾禮台灣人，周協和台灣人，第三名死者當然是台灣人，他們清查入境名單之中，我帶了指紋回來，比對得花點時間。」

老伍傷腦筋了，該怎麼對郭太太說？

「還有，你明天去見神祕幫派的老爺子，安排人手——」

老伍低頭看手機。

「喂，開會專心點行嗎？」

「你姪子傳來訊息。」

「你兒子又亂駭？我們老刑警靠小朋友辦案，像話嗎？」

「他說洛紛英也是孤兒。」

「再說一次，誰孤兒？」

「洛紛英。」

「他們全是孤兒？」

「找黃華生，他沒說老實話。」

# 12 台灣・新北市金山區

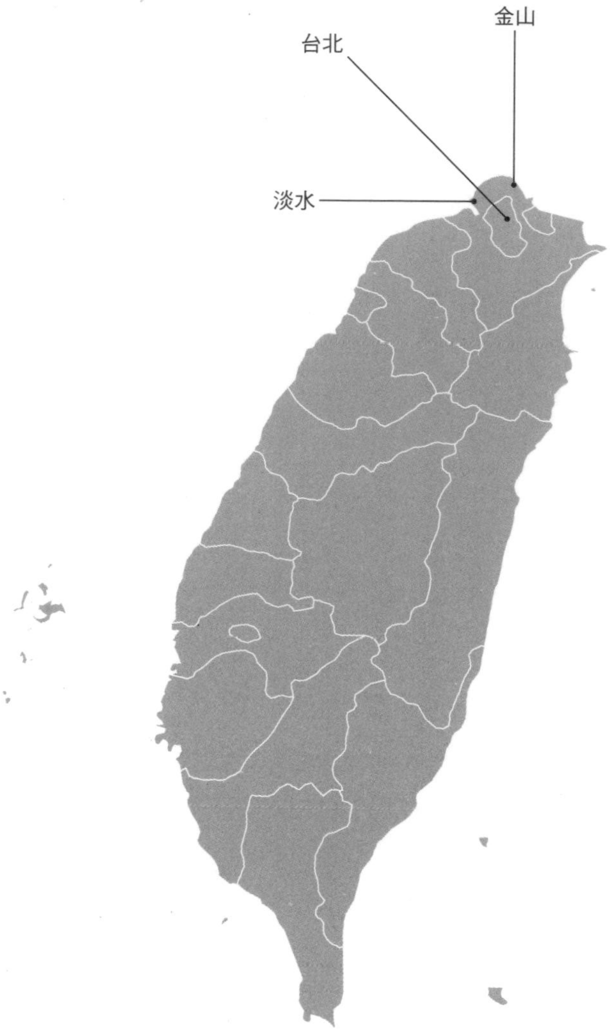

九點多，睡在釣蝦場後面磚房內的黃華生覺得腳底板一陣冰涼，長年習慣，不論什麼季節他的腳得伸出棉被透氣。他例外的抽腳進被子內，

「小艾，是你吧。」

黑影靠門邊的牆：

「教官好。」

「好，非這麼神出鬼沒嗎？」

鐵頭扭亮燈，坐起身張開雙手：

「過來，我抱抱。」

小艾倚過去，忍不住哭出聲。

「幾歲的人了，哭什麼哭。警察來過，他們到處找你，所以你挑半夜嚇我？」

小艾止住淚，

「教官退伍開釣蝦場，不騎重機車環遊世界？」

「不錯，記得我當年的話。環遊世界還是要的，旋轉門條款，幹我這行，退伍後三年限制出境，否則沒有退休俸。」

「誰接教官的位子？難道是娃娃？」

「承接我過去職務的是文職搞政治的，當過立委，這回沒選上，被內閣延攬，搞不清是酬庸讓他有個地方領薪水、有帶司機的公務車，還是安排文職人員了解業務準備接

管國防部。他調娃娃當他祕書。」
「難怪。」
「難怪什麼？」
「我接到電話，娃娃的聲音。」
「猜她不是約你吃飯。」
「她叫我殺周協和。」
「她通知你的，不是她的上司？上級透過娃娃指示你殺戰略顧問周協和，你立刻執行命令，一槍解決周協和？」
「嗯。」
「不合乎規定。」
「怎樣？」
「規定與你必定單線聯絡，不能有第三者知道，找娃娃打電話給你，不合乎規定。」
「原先我納悶，問教官你呢？娃娃不敢說。」
「以軍人的立場，我得說，小艾，你不愧對軍服，這麼多年，仍奉命即刻執行命令。可是你沒想到被追殺，要殺你的人還是大胖？」
「我和他透過瞄準鏡面對面。」
「呃。」

「他眼睛像過去一樣嚇人。」

「大胖退伍很久了，聽說和女朋友在永和做小生意，他不可能被單位吸收，否則我絕對曉得。」

「誰要我殺周協和？誰要大胖殺我？」

「同一夥人。」

「我也這麼想，回台灣搞個水落石出，不然他們繼續追殺我。還有，在羅馬找到周協和的中間人Peter Shan，做軍火的，他認識外公。」

「你是說沈觀止，沒錯，他和你外公同一個單位，說不定小時候你見過，不記得而已。他和你外公有點拜把子的交情，幾十年前你外公是部隊軍械士，他們一起奉命研究美造的M14步槍，後來聯勤改造M14為57式步槍。」

「現在我該怎麼辦？」

「看來你的鐵頭教官得重出江湖，多少我有點人脈在。沉住氣，你現在面對的是神祕的單位。」

「教官覺得多神祕？比教官以前的單位還神祕？」

「總統府不敢公開周協和去羅馬的真相，單位夠神祕、夠上級吧。」

「就更不想拖教官下水。」

鐵頭捶了小艾一拳：

「下水？我早溼了，不如趁機游游泳，驅寒，天下最大的不是總統、皇帝，是不求人、退伍的老軍人。你有地方住？窩來這兒陪教官釣蝦。」

「謝謝，教官不是說狙擊手只能單獨行動，湊在一起目標太大？」

「哈哈，你對我說過的胡說八道記得挺牢。」

鐵頭翻抽屜找出一支很小很舊的手機：

「拿著用，給小孩用的，什麼功能也沒，上面只有一組事先設好的號碼，小朋友或老人家迷路、出事打給媽媽、女兒。」

「也打給你？」

鐵頭笑：

「我打給你，有消息我通知你。」

小艾像小孩，手機掛在胸前。

反黑科通宵忙碌，一組人派往新竹高鐵站，一組人上空中警察的直升機，追蹤器藏進老伍留下的皮鞋鞋跟。

蛋頭和老伍則趕往金山，到時已凌晨四點，釣蝦場鐵柵門深鎖，門上掛塊木牌：

老闆避寒去，歇業一週。

向當地派出所打聽，黃華生半年前頂下釣蝦場，人很客氣，無可疑之處。

「小艾無處可去，會不會躲在裡面？」蛋頭懷疑。

「得申請搜索許可，花點時間。」

「沒時間。」

四處檢查，沒找到監視器，他們翻鐵絲網進去。

釣蝦場中央是個長方形水泥砌成的養蝦水池，ㄇ字形的三面以鐵皮搭出遮陽遮雨棚，釣客用的小板凳堆在池邊，幾十根釣蝦的細竹釣竿排列得如部隊裡的槍架。

後面搭出兩個小房間，前面是辦公室，一張桌子和塊寫著電話號碼的白板。第二間是臥室，從窗戶望進去，一張床、一張桌子、一臺筆電，床上疊得如豆乾的棉被和枕頭，床墊鋪的軍毯平坦得有如四個角以夾子夾住。床下三雙鞋子，布希鞋、人字拖、運動鞋，還有個臉盆，裡面有肥皂、洗髮精、牙刷牙膏與鋼杯。軍營的民間版。桌上疊起五本書，清一色釣魚相關的書。筆電螢幕停在首頁畫面，黃華生可能不在乎電費，更可能他離去沒多久。

「你看怎樣？」

「他不住在這裡。太整齊。」

「通知同事，查他的房地產和報稅資料。」

「需要檢察官同意。」

「你和國稅局的老李不是很熟，老伍，機靈點，別老拿規定綑綁自己的手腳，都要退休的人，怕什麼！找人盯住這裡。」

別無選擇，反黑科騰不出人手，就近請派出所協助監視，方法老土，弄輛看似報廢的舊車停在山路口，以不斷電行車記錄器盯住所有出入車輛。

釣蝦場出入只一條路往海邊接淡金公路，若是走山路，得靠兩腿翻大半個山頭去陽金公路，就算黃華生和小艾身體好，愛爬山，到了陽金公路，監視器更多。

「你先去新竹再說，把網先布好，時機到收網，撈到什麼算什麼。」

只好如此。

蛋頭與老伍錯過黃華生，也錯過小艾。

小艾騎摩托車沒走陽金公路，沒往萬里走高速公路，他騎機車往北走淡水。

淡水新市鎮蓋滿空屋率高達百分之五十以上的大樓，繞進施工中的馬路往漁人碼頭方向，停在一處工程進度八成的工地，摸黑爬粗糙水泥尚未裝欄杆扶手的樓梯至七樓，風雨四面八方灌來，他倚在沒有窗框的窗旁取出瞄準鏡對準對面的大樓。

五樓，對面五樓左邊算來第三戶，沒燈光，小艾仍決定試試。他撥出熟悉卻很久沒使用過的號碼。

響了很久，斷線。小艾再撥，讓它響吧。

睡夢中的女人聲音：

「喂。」
「娃娃？」
對方沒回答，可是五樓的燈亮起，看見窗簾的人影。
「小艾？」
「好久不見。」
「你在哪裡？」
「最近好嗎？」
「沒忘記我手機號碼？」
「妳也還留著我的號碼。」
兩人沉默，交換彼此的呼吸聲。
「見過教官？」
「嗯，然後想見妳。」
只一人沉默。
「可以告訴我到底怎麼回事嗎？」
窗簾後的人影一直走動，小艾沒看到其他的人影。
「真想知道？」
「想。」

「約個地方見面。」

「不能現在談？」

「單位裡的事，不方便在手機裡談，也想見見你。」

窗簾後的人影停止不動。

「好，妳說。」

「記得我送你去法國那晚的餐廳？」

「還在？」

「在。明天晚上七點？」

「七點。」

小艾按斷通話鍵，窗簾後的人影一直沒動，小艾握瞄準鏡的手也沒動，直到屋內亮起更多的燈，人影消失。

騎車轉進工地旁的小巷，飄起小雨，這是淡水，多雨、低溫、凍得人的感情也失溫。大樓地下室的車庫鐵門升起，鮮紅的 Mini Cooper 速度快，幾乎飛出坡道。小艾加油門跟上，他沒亮頭燈，是雨夜裡冷清台二線省道上似有若無的陰影，五年來日夜思念所排洩出的灰白陰影。

小紅車一路超速，無視於大度路的路況監視器，也許她不用為罰單煩惱，小艾也不用，反正車子是偷來的，可是當紅車駛上環河高架道路，小艾一時間不及反應，機車不能上去，沿途的汽車駕駛必然會通報交通警察。忽然他念頭一轉，從高架道下轉進承德路，毫不猶豫的沿中山北路往民生東路。

紅車停在大樓前的路邊，小艾煞住車，抬頭看十三樓的窗戶，亮著燈。

很多年前他到過這裡，還有大胖和幾個同學，洛紛英是其中之一。鐵頭吆喝的酒攤，他朋友小金開的俱樂部。那晚喝得瘋，小艾是由大胖扛上車，鐵頭開的車進軍營，沒人攔，警衛室的值勤日記送到旅長面前，旅長看了看，什麼也沒問。

大樓後面的小巷子轉出一輛銀色保時捷，停在紅車旁，下車的是娃娃，她從車內拿出一個包包再坐進保時捷。

小艾沒再追，破機車拚不過保時捷。

淡水的雨淋到台北，風順著河口一路灌進民生東路。

可能火星塞溼了，可能車子實在太舊，不肯在風雨裡賣老命。小艾將車停在紅色的Mini Cooper前，讓年邁的Kawasaki陪伴孤獨的Cooper，說不定之後回來取車的娃娃嗅得出機車留下的絕望。

蛋頭與老伍坐在來來豆漿店內，一個在飛機上連看五部電影，嚴重的時差之中，一個忙到不願意多想離退休還剩幾天。各捧豆漿，面前七碟看來遠超過兩個後中年期男人所需熱量的食物。

「明天晚上同事辦歡送餐會？」

「局長說他也來。」

「他沒提留你延退的意思？」

「蛋頭，少裝天真無邪，我家附近菜市場有個肉攤老闆愛聊天，他說豬肉來來去去，唯獨他手裡的菜刀始終留在那裡。」

「你罵長官豬肉，當心我投稿警政月刊。」

「蛋頭，職場的人分成兩種，第一種凡事為公司、為公務，天天以為自己是包青天，退休之後兩袖清風，遇到當年你抓過的毒販、黑道大哥，免不了損你兩句：唷，這不是前刑事局反黑科的蛋頭科長，怎麼在這裡吃黑白切配米酒，走，我請你吃西餐喝波爾多紅酒。第二種，花百分之五十的精神對付公事，留下百分之五十交朋友，能放水的、打馬虎眼的，盡量放，交友滿天下，還沒退休，已經有大公司準備一〇一的大辦公室等你轉去當總經理，說不定指示美國分公司付你兒女在那兒的學雜費，還肉麻的對你說，你兒女就是我兒女。」

「你的意思是？」

「當官的來了又走，你在警界多少年，見過多少局長？肉攤老闆手裡的剁肉的菜刀，辛苦一生，不管一生剁過幾千頭豬，到頭仍是把菜刀。吃火鍋的讚豬肉好，吃炒菜的讚肉絲嫩，聽過誰誇菜刀的嗎？」

「說的是，」蛋頭喊老闆：「來籠豬肉餡的小籠包。」

兩人不出聲伴著連夜沒停過的細雨，一碟清光再一碟。

「退休進你朋友的徵信社當偵探？」

「可能，沒事抓抓姦、尋尋走失的貓狗，早點下班陪老婆、兒子吃晚飯，從此功德圓滿，閻王爺一爽，讓我下輩子轉世投胎當個天天開超跑的富三代。」

「同事這麼久，老伍，現在才明白你挺憂鬱的。」

「這算憂鬱？明擺著案子隨時能破，總統府死也不鬆口。國家機密是他曾祖母的貞節牌坊，不容挑戰。我們搞刑事的一步步找指紋、腳印，他們要輕功，高來高去。不都是公務？為什麼要求我們廉潔奉獻，他們可以國家機密？」

「嘖嘖嘖，你還憤世嫉俗。」

「我問你，小艾日子過得好好，犯得著拿把狙擊槍在下冰雹的天氣殺掉從沒見過面的周協和嗎？再問你，大胖千里迢迢跑到義大利追殺當年的血汗兄弟，吃飽撐著？國防部熊上校，死了兩個軍人，請他讓我和洛紛英見面，像要他老婆陪我喝下午茶。」

「你見過他老婆？長得不錯？」

老伍很想打破眼前尖尖亮亮的蛋頭。

「要不要再來碗豆漿？老伍，我爸是老警員，五十五歲退休到大樓當管理員，賺錢養活三個兒子。我考進警校那年，他對我說，兒子，別小看警官，大小是個官，千萬記得官場只有一項哲理，別比其他人跑得快，可是不能跑最後一名。別人拿錢，你不能跟著學；別人分錢給你，千萬別拒收。早上進辦公室拜關老爺，求升官發財；晚上回家拜土地公，求平安，三十年後脫下警服，繳了警槍，算人生風平浪靜走一遭。」

「違反父訓，你跑得快，至少比我快多了。」

「跑得快容易提早結束比賽。我羨慕你爽快的退休。我呢，明知今生當不上局長，依然戀棧小官小名的虛榮。等到退休，別人找我去當大樓管理員嗎？誰敢找半大不小的退休官員？給的職位小、薪水低，怕得罪我；給的職位高、薪水高，覺得不符合成本，何況我從不肯幫他們擺平兒子開的毒趴，壓掉他們女兒被媒體偷拍跟有婦之夫進摩鐵的八卦新聞。在職時不懂得施人小惠，退休後，嘿，我想到了，退休後上你徵信社逼你請我喝酒。」

手機響，兩人動作迅速掏出手機，看完訊息，蛋頭看老伍，老伍看蛋頭，蛋頭官大，對手機吼：

「他媽的洛紛英的老爸在生洛紛英之前就死了？」

炒飯，沒大學問，蛋好、飯隔夜、蔥炒得略焦，大火。至於加火腿、加蝦仁、加叉燒，就看各人喜好了。唐魯孫說，熱鍋冷飯，把飯炒得乒乓響就對了。來，你試試，記住，大火，快炒。

# 第三部

## 1

鄂圖曼土耳其的蘇丹從十四世紀起，在中亞挑選基督徒家庭六至十四歲的男童納入奴隸般的管理，讓他們改信回教、受教育、接受軍事訓練，日後成為蘇丹的近衛軍。他們效忠蘇丹一人，不結婚、不生子，上戰場勇猛無比。

學者分析鄂圖曼「親兵」制度，認為用基督徒孤兒的一大原因是他們沒家人，在帝國內毫無親人，只有賞他們衣食的蘇丹，容易塑造為受控制的殺人機器。

公元前一世紀，漢武帝從陣亡的軍人當中挑選他們遺留下的男孩，由羽林軍撫養，教習武藝，號稱「羽林孤兒」，成為侍衛皇帝安全的親兵。

難道大胖、小艾、洛紛英他們也是某種形式的「羽林孤兒」？

洛紛英的戶籍資料註明父親的名字，洛美之，母不詳。再查洛美之，全台灣出現十七個洛美之，七個年紀不對，五個死亡，剩下五個。不用一一詢問活著的五個，因為將戶籍資料上的洛美之身分證字號輸入刑事局電腦，很快出來令人驚訝的結果，洛美之於一九七三年病逝於苗栗。

借死人的名字，冠在洛紛英的父親欄目內？

蛋頭聽了興奮的右拳擊左掌：

「羽林孤兒？武俠小說的味道。」

將洛紛英的戶籍地址寫在紙條交給下屬：

「找兩個人馬上去這個地址。」

出發前照例上網骨摳地址的位置。

「報告科長，我們進不去。」

「為什麼進不去？你們腳上長瘡、關節退化，走不動？」蛋頭兩眼通紅，宵夜吃太多，火氣大。

「科長，北安路四〇九號是國防部。」

誰會把戶籍設在國防部？

「怎麼辦？」

「收養她的養父母查出沒？」

沒人回話。蛋頭拍桌子又吼：

「到底查到沒？」

這次得到回音：

「查是查到，不過有問題，打算明天上午去戶政單位重新查一次。」

「什麼問題？」

「收養他的人叫霍丹。」

「霍丹？馬上派人去他家。」
「報告，霍丹在新竹。」
「新竹怎樣？嫌遠？」
「霍丹生於一九四一年。」
「一九四一？」
「是，今年七十五歲，如果活著的話。
「洛紛英今年二十九歲，她被領養時，霍丹已經四十六歲。可是霍丹早在一九八一年過世，死時四十歲。」
「她的生父死於一九七三年，養父死於一九八一年，洛紛英卻生於一九八七年？他媽的，誰有本事捏造個生父之後，再安個假養父？戶政單位有鬼。」
老伍拉蛋頭出去透氣，免得他失控罵光所有反黑科的同事。
明擺在眼前，當初洛紛英、小艾、大胖被收養的過程經過細心的安排，必有極高職位的長官要求社福單位同意，否則怎會讓五十三歲的陳洛領養陳立志？五十八歲的畢祖蔭收養艾禮？更荒謬的讓死亡的霍丹領養洛紛英。
霍丹、陳洛、畢祖蔭全是退伍老兵！
荒唐。
追查大胖三人的真實身分、領養過程，誰同意老人、不結婚的老人、早死翹翹的人領養小孩？

不算困難的工作，向當地政府的社會局與戶政單位查詢，找到原始領養文件自然水落石出。

困難的是，說不定原始文件根本早已不存在。

要是找到原始文件，見到上面簽名的人，得再追他們為何同意，希望這些簽字批可的人仍活著。

活著很好，買麵線當禮物上門請教。當他們說出誰或哪個單位要求他們批可，一定有人死也不開口，可能有人開口。

開口之後問出不能觸碰的名字、單位怎麼辦？何況北安路四〇九號根本是國防部軍事情報局，誰有威力把個女孩寄養在情報局？

領養孤兒必須經過司法單位認可親生父母死亡或失蹤，再經過社福單位審核領養者的身分是否合格，送到戶政單位做最後查核而後建立新的戶口。又是誰有通天本事一條鞭打通所有關節？

「老伍，記得吃豆漿你跟我講的話？」

「哪方面的？」

「什麼兩種人啦，我退休以後被人嗆是窮光蛋，找你請我吃飯啦。」

「記得。」

「如果我得罪局長，得罪某個神祕軍情單位，甚至得罪總統府會怎樣？」
「調你去馬祖當福建省警察局沒事幹的督察等退休。」
「怎麼又有賣火柴女孩的悲傷感。」
「你可以不去，主動申請退休，留點骨氣。」
「退休會怎樣？」
「蛋頭，少裝可憐，誰不知你哥哥是環宇金控的總經理，你一定是環宇金控的安全部經理。」
「算是涼快差事嗎？」
「涼，涼得你感冒打噴嚏。銀行被搶劫，保險公司賠；菸蒂引起火災，保險公司賠；你哥在外面包小三，你找兩個黑道把拍到照片的狗仔記者拉進黑巷一頓好扁，從此富貴齊天。」
「反正我沒損失的意思。」
「是這個意思。」
蛋頭拍起手掌：
「終於認清老伍真面目，你退休，巴不得我也退休。很不幸，我和我哥二十年沒講過一句話，最後只好老子打死不退，看他們能拿我怎麼辦！」
反黑科十幾名同事圍聚到會議桌前，蛋頭滿口菸味以非常鎮定的口氣分派任務：

「一組人追查大胖等三個人的領養資料，記住，追到源頭，看誰簽字蓋章同意不符合規定的領養人領養他們。查到原始公文，無論誰同意，仍在政府工作或已退休，追到他們本人，偵訊他們為何知法犯法。尤其霍丹，找出他的死亡證明，社福單位當年怎麼可能不知道霍丹已經死亡？

「一組人追查大胖等三人的戶籍變更資料，據我得到的線報，一九八〇年代戶政單位將舊資料輸入電腦時省略掉一些較早的，把它們找出來，要有洛紛英與小艾的父母、祖父母，如果追查到他們祖先和黃帝有關係，恁北卡好自掏腰包發獎金。

「第三組人跟老伍，看看新竹那裡變什麼把戲。

「第四組，查黃華生，我不信他就一處釣蝦場沒其他房地產。查清他到底在軍中是什麼身分？用盡你們所有的關係查，小心、低調，千萬別打草驚蛇。」

老伍一夜沒睡，清早依然以興奮中的清醒大腦準時搭上高鐵，兩名幹員分坐不同位子陪同，一男一女。老伍沒打瞌睡，喝了一整壺同事塞進他公事包內的咖啡。他喝得出來，絕非非洲的豆子，雀巢三合一的。

下高鐵，四個出口，哪一個？

理平頭的年輕人迎上來，恭敬的鞠躬：

「伍警官嗎？請隨我來。」

家裡的人禮貌周到，準時。

停在三號出口是輛有點年分的三菱車，年輕人是司機，車上沒有橫眉豎目坐老伍兩邊的大漢，老伍不必蒙眼睛，車子沒有先兜五百轉讓他頭昏噁心想吐才開進兩旁種櫻花樹的大莊園。跟在後面的便衣開的是豐田，輕鬆自在，不用搞公路追逐那套。

進入市郊一處老舊看起來像軍方宿舍的社區，窄窄的巷弄，雨落在帶著點青苔綠的瓦片，兩邊盡是伸出水泥牆的夾竹桃。

停在一扇斑駁的紅門前，年輕人為老伍拉開車門：

「老爺子在屋內恭候。」

門打開，裡面兩名同樣年輕剃平頭穿背後印「空軍官校」運動服的大男孩拿著掃帚整理庭院。

拉開有些傾斜的紗門，推開掉漆的木門，五坪大小的客廳，牆上掛著不知誰寫的字：

家貧出孝子，國亂識忠臣

中央是八仙桌，擺了香燭和一個牌位，老伍迅速瞄一眼，僅僅四個字：

列祖列宗

誰的列祖列宗？

大約五十多歲帶著微笑的胖胖中年人輕手輕腳引老伍坐進嗅得出歷經滄桑年月的單人沙發。

「請坐，我算是老爺子的外孫，難得有客人來，剛好這幾天在這兒幫忙，奉老爺子之命，接待伍警官。」

老伍客氣的奉上不知蛋頭哪裡翻出的茶葉禮盒：

「老爺子喝茶不，晚輩拜見，小禮物不成敬意。」

「伍警官客氣。」

中年人收下茶葉轉進後室，不久推輪椅出來，老伍趕緊起身。輪椅內坐著乾瘦的小老人，以江浙口音說：

「請坐，風塵僕僕，若水兄派您來的吧？」

老伍愣住，若水兄？

中年男人在老人耳邊解釋：

「這位是伍警官，刑事局的刑警，台北來的。」

「喔喔，警官，誰又出事了？小路子闖出什麼禍？」

小路子？

「小路子好得很，在高雄開餃子館，你上回不是才去過，胃口好得吃了八顆水餃，我們還外帶兩包。」

「小路子的餃子，在冰箱裡，還有吧？」

「有，中午請伍警官吃。」

「伍警官是校長派來的？」

中年人耐心的說：

「不是校長派的，有點事來請教老爺子。」

「伍警官，什麼事？你開口，能做的一定做。」

「關於——」

「餃子放在凍箱，是韭黃的吧？韭黃的好吃。下次叫小順子再帶兩包回來。」

「我打電話給小路子要他寄。」

「也可以，記得限時掛號，雙掛號。」

「對不起，」中年人對老伍抱歉的說：「老爺子明年過一百大壽，經常時空錯亂，幸好身體沒大毛病。」

「藥拿了吧，跟小順子說，他上次拿來的黃丸子我不吃，吃了老想睏覺。」

「老爺子，伍警官專程來。」

「是，小路子脾氣壞，愛打架，伍警官放心，我嚴加管教，要是中學念不完，送軍校，讓軍隊治。」

「伍警官不是為小路子的事來，」中年人看老伍：「伍警官，你說，老爺子記性還好，提到名字他就回到那個時空。」

「關於郭為忠的事。」

「過尾忠？小忠子啊，他一向聽話，出啥個事體啦？」

老伍幾乎問不下去，勉強開口：

「他——」

「我說啊，小路子要關就讓警察關，不吃吃苦學不乖，你去跟派出所講，要是再不聽話，拿鞭子抽，打壞了我們自己付醫藥費。」

「沒事沒事，我們去冰箱看看小路子的餃子。」

「這兩天沒看到小順子，叫他來。」

中年人推老人回後室，老伍覺得該告辭，可是中年人留他：

「伍警官，吃完餃子再走，老爺子交代的。」

欠身致謝，看樣子一時半刻走不了。

掃庭院的理平頭軍校生將調味料小碟與茶放在老伍沙發旁小茶几，不多久中年人捧冒著熱氣的餃子來。

「小路子包的餃子，現在到處拿高麗菜包餃子，不容易吃到道地韭黃餡的。真不好意思，老爺子今天錯亂得特別凶，有事如果我能回答，我代他說。」

嚐了口餃子，咬下去湯汁淌進舌頭，濃濃肉與菜的香味。

「請問家裡的人是什麼樣的團體？」

「家裡人，大部分軍人子弟，彼此照顧，有點民間互助會的意思。小路子退伍開餃子館沒本錢，大家湊湊，他也爭氣，三年功夫，連本帶利全還清。」

「郭為忠是家裡人？」

「是，聽到他的事，大家很難過。」

「郭太太收到十萬美元，你們送的？」

「十萬美元？不可能。你看，老爺子住的還是國防部的宿舍，我們沒有公積金，遇到家裡人出事，老爺子記性不好以後，總有個人帶頭出來吆喝捐錢，三兩千的，一兩萬的，這次帶頭的不記得是誰。」

「請問貴姓大名？」

「小的姓章，我媽是老爺子夫人那邊的親戚，升斗小民。我不是軍人，有些事不太清楚，總之大小事情都得向老爺子報告，最後他拿主意。」

「你也刺了青？」

中年男人毫不猶豫伸出左臂拉起袖子，大頭肌處果然刺了「」。

「有特殊意義？」

「軍人子弟的成長過程和一般人不太相同，父親在部隊的時間長，見不到父親是常事，缺人管教，有些當太保流氓，有些書念不好，流浪台北橋頭打零工。幸好我們從小一起長大，雖發不了大財，聚著相互幫忙。」

「幾歲刺的？」

「高中，」他放下袖子：「七個人在老爺子這兒拜了列祖列宗，老爺子親手刺的。四個進軍校，兩個出國念書念成博士，我最沒出息，當公務員。明年講好，國軍英雄館擺三十桌替老爺子慶生，一百歲大壽，家裡的無論人在哪裡都得趕回來。我們年輕時都受他的恩。」

他伸臉貼近老伍：

「我們七兄弟，兩個博士在美國念書七年，一天工沒打，老爺子咬牙挺他們學費、生活費。」

「老爺子有錢？」

嘆口氣往後靠：

「他那代的兄弟感情深，幾個做生意的發了點財，往老爺子這兒貼補，如今只剩老爺子還健在，他又記性不好，有事靠家裡人大夥湊的。」

「最早是怎麼開始的？」

「老爺說最早可以推到唐朝末張巡、許遠守睢陽，河南的商丘，幾千人守了兩年，城裡糧食吃完，啃樹皮死不開城投降，直到力氣用盡，剩下幾百名飢餓的士兵，城破，張巡和三十六名生死弟兄被殺。唐朝一些將領憐憫他們留下的子女，十多人一起出錢出力撫養，這麼開始的。」

「讀書念過張巡、許遠的故事，沒想到衍生出後面這段傳統。」

「同為軍人，彼此照顧失去家人的子弟，如此而已。家譜上的論字排輩則有三百多年，伍警官了解，家譜裡一首詩，每個字代表一輩。道光年間起戰爭沒停過，軍人死了報國，孩子怎麼辦？老爺子是資深士官長，和幾個同袍延續列祖列宗的事業。」

「章先生哪個輩分？」

「不好說，伍警官別見怪，輩分不便對外張揚。」

「父親軍人？」

「是啊，走得早，寡母領我和弟弟，賴老爺子照顧。」

「家裡人多嗎？」

「一代幫一代，在台灣到四、五代嘍，到底多少人，得問小順子。」

「小順子是？」

「老爺子的另一個養子，老爺子最疼他，最近不在家裡，叫我過來幫忙。」

「小順子的父母也早不在？」

「十五歲，老爺子從少年感化院領回來的，他父母的事，我不太清楚。」

「老爺子義行感人。門口兩個官校生——」

「休假來這裡看老爺子，他們的父親是家裡人，再三交代休假來掃掃庭院、擦擦玻璃什麼的。」

「老爺子年紀大，不請看護？」

「伍警官，這句話說明你還沒搞懂我們，多少人當年受他照顧，五〇年代兩岸打仗，死了多少軍人，凡家裡的，老爺子一視同仁想法子照顧，長大念記老爺子的恩情，現在回報還來不及，用不著看護。」

說著，提菜籃的婦人推門進屋：

「章大哥，外頭冷得嘍。怎麼，你們吃餃子？」她舉起菜籃：「我買了菜，不等我來。」

「這位是台北的伍警官，老爺子說一定請他嚐嚐小路子的水餃。」

「嘖，哪有請客人吃冷凍水餃。老爺子早上精神好？待會兒天氣好點我推他出去走走。」

婦人逕自進後室。

「一位家裡人的太太，他們住得近，輪流照顧老爺子。」

老伍悶頭吃餃子，吃得一個不剩。

臨出門上車，老伍差點忘記最緊要的事：

「請問老爺子的大名是？」

章大哥仍笑瞇瞇：

「老爺子的名字好記，姓霍，名伯玉。」

和領養洛紛英的霍丹同姓？用蛋頭的話，案情往有利的方向發展。

「和霍丹有關係？」

「霍丹？可能是老爺子領養的孩子之一。抱歉，我輩分低，許多事是聽來的，不清楚實情。」

「老爺子領養多少孤兒？」

「更算不清，有的十幾歲，進門磕頭，回去自己過日子，我們這兒按月支付他們生活費，年紀小的交給其他家裡的人領養。老爺子為人四海，社會局的、軍眷處的，公家沒法子養，轉給老爺子的就有幾十個。別看這間破宿舍，以前熱鬧得，樓上全是雙層床，十多個小男生擠著睡，女生在樓下跟老爺子的太太，我們叫她奶奶。」

「奶奶人呢？」

「早走了，奶奶管帳，不像老爺子只管收孩子，永遠不清楚自己銀行戶頭剩多少錢。奶奶如果還在，老爺子身體會好很多。」

大隊人馬悄悄來，悄悄撤回台北，回程高鐵上，幹員塞來手機，一早的新聞，刑事局長召開記者會，開宗明義，郭為忠確定自殺，從他電腦找到遺書，死前一天估計他想寫段文字留給親人和關係人，但只寫下幾個字：

我誰都沒背叛。

局長說，可能傳聞他搞外遇，鬧到主管詢問，他一再澄清未獲諒解，壓力太大而自殺。周協和案經過審慎的追查，他生活奢華，向地下錢莊借錢沒還，被黑道殺手槍殺。凶嫌艾禮逃亡在外，可能潛逃回台灣。

對於邱清池一案，與郭為忠、周協和無關，刑事局配合軍方持續偵辦。

記者提出的問題很多，局長以偵辦之中不便透露細節，四兩撥千斤。

蛋頭隨局長出席，一語不發與其他科長站在後面，老伍看不出他的表情。

看看手機，留言與訊息很多，先看蛋頭傳來的：

**我的壓力比郭為忠大五萬倍，從沒自殺的念頭。萬一自殺，我絕對寫：全世界背叛我。**

老伍忍不住笑出聲，回了蛋頭：

**霍丹的身分查出來沒？請查查他和霍伯玉的關係，可能是霍伯玉領養的兒子。**

接著他笑不出來，郭為忠妻子的：

伍警官，到底怎麼回事？我家為忠的那句遺言不是留給我的，究竟給誰的？你們查不出來嗎？

放眼窗外，雨點打花沿途的景色。要同事先回局裡，他在台北車站換捷運，出中山站，郭太太兩眼無神的坐在便利店外。

他分了郭太太菸盒內的一支薄荷菸，兩人對著淒風苦雨吐煙。

「你們放棄為忠的案子？」

「一直找不到他殺的新事證。」

「伍警官，你答應我的。」

「是，從沒忘記。」

「我們母子怎麼辦？」

老伍接不下話。

「賣掉房子搬到郊區，能撐兩三年，再下去就聽天由命。」

老伍仍接不了話。

「為忠留在電腦裡的話，他說的背叛不是背叛我和兒子，是想寄給逼迫他的人，誰逼他？」

老伍點頭，他必須說了。

「有個主意，怕郭太太不願意。」

「請說。」

「幕後的人送妳大筆美元，要妳別再與警方聯絡，可見他們在意妳的言行舉止，我能問妳替郭為忠隱藏什麼嗎？」

「你們追不出凶手，賴到我頭上？」

「不，他們以為妳知道什麼，不肯定妳是不是告訴警方，尤其警方找到郭為忠的遺言，他們更擔心妳知道他的遺言說給誰聽。」

「我們夫妻從來不看對方的手機、電腦。」

「再想想。」

郭太太用手中的菸頭點燃另一根菸。

「想不出。」

「這樣吧，從妳認識郭為忠說起。」

「十八歲認識為忠，我們同一所中學，他從不帶便當，中午別人吃飯，他打籃球。後來他幾個好兄弟大家分便當給他吃。伍警官，你經過那個時代，每個便當吃一口，別人餓不了，他也飽了。」

「他爸媽沒空幫他準備？」

「沒有爸媽。」

「沒有爸媽？」
「他從緬甸來的。」
「救國軍的子弟？」
老伍想起一九四九年國軍從大陸撤退到台灣，其中一個部隊輾轉逃到泰國和緬甸北部，在當地山區種田種罌粟，緬甸毒王坤沙就是救國軍的成員。在國際壓力下，部隊解散，有的到台灣，有的留在當地接受泰國政府的輔導，他們多把孩子送回台灣接受教育，僑委會提供獎學金。
「所以他是緬甸僑生，父母在緬甸？」
「後來都過世了。」
接上線，又一個孤兒。郭為忠有父有母，在台灣卻是孤兒，他和「家裡的人」必然有關係，多少知道些內情，為此他付出生命。老伍不覺激動得抽菸的手微微發抖。
「他在德國受過訓，妳去看過他嗎？」
「一次。」
「生活正常嗎？」
「你問他在那裡有沒有亂搞？為忠不是那種人，有位華僑老先生就近照顧他，日子過得很好。」
「老先生？他的親戚？」

「不是，單純的朋友，我叫他沈伯伯。」
「姓沈？名字呢？」
「不記得，為忠沒說，只要我叫他沈伯伯。」
幾乎想立刻撥蛋頭的手機，老伍克制衝動。
「郭太太，我推測郭為忠以前交的朋友曾請他幫忙，什麼忙還不清楚，這個忙牽涉某些人的祕密，難怪妳受到威脅。希望妳繼續相信警方——直接講吧，如果妳表現得常和我們聯絡，他們可能出面阻止妳，警方才能一舉逮捕他們。」
「聽起來很可怕。」
「如果想破案，我們需要妳的協助。」
「要我演戲？」
「局裡保障你們母子的安全。」
「怎麼保障？我兒子不會有危險？」
「一天二十四小時專人保護。」
郭太太再抽出一根菸，老伍幫她點上火。一口濃濃的煙噴入雨幕。
「本來我打算學邱清池的太太，舉抗議牌子到國防部前絕食，不過我不是那種人。好吧，你怎麼說，我怎麼做。」
「明天局裡的人到妳家裝監聽器材，黑色廂型車，妳一天傳幾則簡訊進我手機，他們一急，免不了再找妳。」

「我沒有選擇，聽你的，明天我把兒子送我爸媽那兒。」

老伍熄了菸起身。

「伍警官下星期退休？對不起，你不回我的簡訊，我打你名片上的電話去你單位，接電話的人說的。」

「還有，」他看看表：「還有幾天。」

「你退休了，為忠的案子怎麼辦？」

「同事接手，妳放心。」

老伍躲開郭太太的眼神，他說謊了。

「不只錢的問題，我更想知道真相。認識為忠那年我十八歲，這輩子我只有他一個男人。伍警官，高三下學期我們在一起，每天我幫他準備便當。你不了解他多孤僻，有孩子以後他幾乎不應酬，他愛這個家。」

老伍點頭，郭為忠有兩個家，擺脫不掉第一個家是他第二個家永遠的包袱。

送郭太太回家，看著纖細的背影打開門，她轉身抓住老伍的胳膊，五根指頭透過外衣深深掐入老伍的皮膚。兩人在雨中對視許久，手漸漸鬆開，門闔上。

老伍走進雨裡，走進刮得每個毛孔發抖的風裡，走進茫然辨不出方向的潮溼空氣裡。

小艾拉低帽子，走出便利超商，走出騎樓，再走進大樓。

十多年前這塊過去軍方的用地和民間合作改建，大部分由現職軍人承購，小部分保留為宿舍，入口處分開，宿舍部分由外包的保全公司負責安全，門口設置監視器與警衛。

他進的是居民住宅區，僅一名老先生看守大門，此刻盯著電腦螢幕打麻將。小艾舉起胸前的識別證向他晃晃，老先生看了一眼即回到電腦上的麻將。

進電梯往地下層，沿著管線，沒多久見到管線分岔的一部分經牆洞轉進隔壁，他推開管線下方鎖已生鏽的小鐵門鑽至另一邊，拍拍身上台電連身工作服的灰，進另一座電梯按十二樓。

按門鈴，女人的聲音問：誰？

「台電，檢修電路。」

門打開，他一把將貼面膜的女人推進房，沒等女人喊叫，已將風溼貼布貼上女人嘴巴，同時以手銬扣住兩隻戴在保養手套內的手。

慶幸他們孩子在南部隨祖父母。

宿舍空間不小，三房兩廳兩衛，把女人抱進客廳用的浴室，放在馬桶上，頂多尿溼褲子，不致於尿溼地板。

直到坐上馬桶，女人開始掙扎，他比個「噓」的手勢，再用同樣的手銬銬住兩隻指頭間夾著棉花的腳。

台灣女人流行墨綠色指甲油？

拿女人的手機找到對象傳出訊息：

**有空回來一趟，我媽來了，她趕著坐八點的車回家。**

廚房一片凌亂，小艾忍不住收拾殘渣，將該燉的材料扔進鍋。他還沒好好吃頓飯。打開冰箱拿出蛋，三兩下炒出一大盤的蛋炒飯，坐在料理檯旁的高腳椅，他吃起炒飯，看看手機，有回音。

檢查鍋內的湯，用湯匙去掉肉沫，慢火細燉，留鍋雞湯安撫他們的情緒。

浴室傳來踢門的聲音，他開門，拿膠帶將女人兩隻腳纏在馬桶底部，繞了三圈。朝女人再比一次「噓」，女人睜大面膜中間的眼睛。

鑰匙開門，門推開，穿黑灰大衣的男人背影，他低頭脫鞋，放下公事包，轉身時一個大睡袋將他從頭到腳套住，留下兩隻穿花格子襪的腳。拉緊睡袋拉鍊，膠帶在中央緊緊繞三圈。男人發出吼叫、扭動身體，小艾對腹部狠狠一拳，不再有聲，不再動。扛睡袋到沙發放下，懶得用手銬，剩餘的膠帶纏住兩隻腳踝。他抽出腰帶的折疊刀，看準脖子處割開一道縫，皮膚已呈下垂的頸部，刀子貼在喉節附近輕輕磨兩下，磨出兩滴血。

從酒櫃拿下一瓶酒，當官的喝好酒，軒尼詩XO白蘭地。本來想給睡袋內的人喝兩口，太麻煩，自己喝。

「副部長，對不起，我不請自來，幾個問題請教，請就你所知的回答。別擔心尊夫人，我沒對她怎樣，在浴室，等你清楚回答問題，爐上燉了雞湯，試試我的手藝。你們安心吃晚飯，當什麼事也沒發生。」

對方停止掙扎。

「聽說你沒服過兵役？」

「體檢不合格。」

「可是自幼熟讀兵書，一向以軍事專家自居？」

「沒有。」

「請問副部長到國防部多久？」

「七個月。」

「業務嫻熟？」

「大概。」

「認識周協和？」

沒有回答。

刀鋒在脖子間又輕輕磨兩下。

「認識，不熟。」

「不熟是什麼意思？」

「他是戰略顧問，工作上開過幾次會，私下沒有交情。」
「周協和去羅馬做什麼？」
又沒回答。
「沈觀止是誰？」
仍沒回答，可是身子扭了扭。
脫掉一隻襪子，不常運動的腳，喔，軟趴趴的扁平足，難怪不用服兵役。刀尖往腳背戳一下。
「國家機密，我不能說。」
在伊拉克學會的，刀尖壓在腳背，慢慢加力道，看刀尖一分分刺進皮膚。睡袋內發出慘叫，遇到骨頭，加力道往下刺。
叫聲變成急促的喘息。
「沈觀止是軍火掮客，代理兩家美國軍火公司。」
再加力道。
「周協和的事我不能說，他是總統的人。」
小艾想，如果一直刺到腳底板會是什麼感覺？更痛？既然穿了底，透風，比較涼快？
「真不說？」
抽出刀子，血隨著冒出，脫另一隻襪子。

腳已經往回縮，腳指彎曲得想躲回子宮。

「周協和去談軍購。」

刀尖挑起腳板薄薄的皮膚。

「他以前外放俄羅斯，認識烏克蘭的人。」

刺進去一點點。

「烏克蘭說要賣我們飛彈和潛艦。」

又下去一點點。

「他說是基洛級潛艦的設計圖和潛射反艦飛彈。」

刺到骨頭。

「他自信能買到基洛。」

睡袋內的叫聲變成哭泣聲。

「美國不是要賣潛艦，為什麼不要美國的，反而要烏克蘭的？」

老天，堂堂副部長哭得像小學生，不停吸鼻子，以為他一時喘不過氣隨時掛掉。最令小艾受不了的是發抖的睡袋滲出尿漬。

「便宜。」

「就這樣？」

「他們出設計圖和工程師，我們可以自己製造。」

抽出刀子在褲腳抹乾鮮血。

還有個重要的問題。

「忘記自我介紹，我叫艾禮，聽過沒有？」

沒有動靜。

「再請問一次，艾禮，聽過沒？」

「不記得。」

「怎麼可能。」

「想起來，新聞上有你的名字，殺周協和的槍手。」

「之前沒聽過？小艾呢？」

「見到新聞和刑事局的匯報才知道，之前沒聽過。」

「下過命令給情報局派在歐洲的人嗎？」

「有誰在歐洲？」

「好了，不用難過，腳上多個洞，消毒、包紮，對同事說不小心菜刀掉到腳背。記得老婆在廁所吧，五分鐘內不准動，然後解開你老婆，手銬鑰匙我放你腳前。雞湯最好再燉二十分鐘，留了一碗蛋炒飯，我炒的，配雞湯和白蘭地恰到好處。忘記今天發生的事。」

小艾割開纏在睡袋中央的膠帶，收起刀，打開門離去，仍經地下室，向玩電腦麻將的管理員點點頭。

他好整以暇，大半生念書想發揮胸中抱負的男人好不容易混上副部長，享受政府宿舍，出門有兩千四百西西的大車配司機，絕不敢把今天的事說出去，寧可說菜刀掉到腳板也不願丟官。

鐵頭教官以前的教訓，想做官的人的最大罩門就是做了官捨不得回頭當死老百姓。

他脫下台電工作服叫計程車趕去餐廳，還不到晚餐時間，塞了一千元鈔票進領檯小姐的右手，再塞一朵白玫瑰進她的左手。

希望娃娃面對玫瑰能原諒他的爽約。

老伍進辦公室，每個人不是朝他比拇指，便拍他肩膀。桌面堆了十幾個包裝漂亮的禮物盒，最大一盒用牛皮紙和膠帶黏得如同羅馬神殿外面的石頭，不用說，穩是蛋頭的傑作。

「拆禮物，我幫你做紀錄，誰打混送發霉的茶葉、過期的禮盒，考績打丙等。」

先拆蛋頭的，一層又一層，他存心浪費紙。

義大利的大肚子奇安提紅酒，夠大瓶，在老婆嚴格的配給制度下，足夠喝上一星期。

「我送的好吧，退休的日子，看夕陽、喝小酒、懷念以前的小女朋友。」

看著酒發呆，老伍很難從剛才郭太太吐煙的悲情一下子跳進蛋頭的酒瓶。

「人馬派好，晚上去郭家裝器材，四名便衣、兩輛行動偵防車在附近待命。」

「局長在電視上說的——」

「局長想當官，我呢，其實退休沒什麼大不了，跟你當偵探抓猴。」

「霍丹的身分查出沒？」

「老伍唷，我以後怎能沒有你。霍丹的親生父母不詳，被領養的。」

「領養的？」

「領養他的人果然叫霍伯玉。」

「老爺子！」

老伍雖然猜得到，仍然愣得跌坐進椅子。

「放寬心，進展不大，多少也是進展。霍丹這夥再領養三個孩子，長大後全進軍隊，兩個涉及本案，一個被殺，一個到處找暗算他的人。」

「不是三個，增加到四個孤兒，郭為忠是緬甸僑生，隻身來台念書。」

蛋頭吹聲口哨。

「他們專開孤兒院。五宗命案，線頭是四名孤兒。家裡的人，家裡的事，現在差的臨門一腳是幕後指使者。」

「老爺子一百歲，幾乎活在過去。怎麼看也不像幕後指使者？」

「聽完你鞋底的錄音，查過霍伯玉的病歷，他的病很複雜，綜合起來，帕金森氏症。已經派人追查霍伯玉領養霍丹的手續，想不通，領養洛紛英的霍丹早死亡，怎麼可能領養？得花點時間調查，不過跑不掉的。」

「接下來？」

「接下來是你的退伍餐會、交接工作、收東西，三輛警車拉警笛嗚呀嗚送你回家。怎麼樣，安排得像不像你當年迎娶新娘？」

「命案。」

「喔，這麼熱愛工作，退個屁休，打報告申請延後退休，今天晚上吃的喝的，下個月擺一桌回請他們，兩不相欠。」

「哪能這樣。」

「唬你的。飯得吃，酒少喝，反正局長、副局長、各級長官有事不能參加，其他自己人，應付應付。」

「我的退休歡送會，你的態度是應付？」

預料中，歡送會不應付也不行，一下子這個手機響，一下子那個臨時出勤務，農曆春節前，氣溫降到氣象專家說體感零下一度，三千公尺高的玉山、合歡山下雪不稀奇，台北市旁邊的陽明山也落了五分鐘的雪。處於亞熱帶的台灣，陽明山頂多一千兩百公尺高，竟能下雪。兩星期內一百零四人死亡，多是老人，心肌梗塞，不能硬怪天氣，卻也不能不說天氣有相當的影響。

還是喝了不少酒，七點半開席，九點半散光，來敬酒的幾乎同樣臺詞：

「老伍，私下我們再約。」

人情淡得老伍恨不能當初念軍校，也在手臂上刺個象形文字的家。

查戶政單位的同事傳來訊息，蛋頭搭老伍的肩頭一起看手機：

已查出領養關係，除畢祖蔭領養艾禮、陳洛領養陳立志、霍丹領養洛紛英外，另查出畢祖蔭等人是由霍伯玉收養，他們的關係如下，繼續追查中。

霍伯玉，生於一九一七年。（人稱老爺子）

已知領養五子：

畢祖蔭，生於一九二九年。（於一九八八年收養「小艾」艾禮）

陳洛，生於一九四〇年。（於一九九二年收養「大胖」陳立志）

霍丹，生於一九四一年。（已亡故，一九八一年。據稱領養洛紛英）

沈觀止，生於一九四五年。（就是Peter Shan）

梁在漢，生於一九四七年。（陸軍中將退伍後赴美）

這個家小複雜，霍伯玉領養五個兒子，其中三個兒子再領養艾禮等三人。

「不會吧，沈觀止也是霍伯玉的養子？」

「我大約猜得出。」蛋頭難得的表情嚴肅。

「一九四九年政府撤退到台灣，很多人出不來，將孩子託給能來台灣的親友，到了台灣報戶口，便全報在一人名下。看出苗頭是因為畢祖蔭，他只比老爺子小十二歲，不同姓，掛名在老爺子戶籍內，當然是某種關係被霍伯玉領養。」

「很多人出不來？他們的小孩交到老爺子手裡就能出來？」

「老伍，你想那些人為什麼出不來，孩子卻能？」

「神祕。」

「不神祕，留在大陸的是情報人員，政府協助帶他們的孩子到台灣，安定軍心，也可以說有人質在手。」

「五個孩子掛老爺子名下？梁在漢那時才兩歲。」

「老伍，老爺子是情報局的人。」

「情報局的人怎麼又是家裡的人？」

「家裡的人從未公開活動，說不定還是情報局的附屬單位，誰搞得清？比較值得當心的，他們當然知道我們查出他們的底細。」

「我們是警察。」

「刑事局的老闆大，還是情治單位的老闆大？」

不放心，想到情報局，老伍灌下的酒精驚得溢出毛孔成了帶著酒味的汗水。跳上計程車直奔郭家。

警車、便衣到位，偵防車上的監視螢幕八個角度鎖定周邊巷口和郭家大門與窗戶。老伍按了門鈴，郭太太開的門。

「安排好了，兩位公子送去外婆家？」

「伍警官，你喝酒了？一頭汗水的，要不要進來喝杯茶？」

「不用，經過而已，都好吧？」

郭太太收回原要扶老伍的手：

「好。」

好字剛出口，一根棒球鋁棒捶在老伍背心，他往前一撲，郭太太扶住，第二根球棒再砍在老伍小腿。郭太太發出驚叫，第三根球棒尚未落下，便衣已經拔槍衝來，砰，黑暗的樹叢後冒出一槍打中便衣。老伍把郭太太壓在身下，往風衣口袋內掏槍，來不及，另一槍擊中門框，老伍一驚，想起下勤務他沒有帶槍的習慣。

其他三名便衣從不同方向趕來，砰砰砰連續幾槍，公園暗處不知藏了幾人對著老伍猛射，三名便衣被迫找掩蔽物，又是幾聲槍響。

「進屋，進屋去。」

老伍身下的郭太太喊。

進不去，路燈挨了子彈而熄滅，兩名戴滑雪毛線帽遮臉的男人揮舞球棒再撲來。雖然多年沒練，柔道的底子仍在，大腳踢其中一人的小腿脛骨，棒子歪到老伍耳邊，另一腳掃第二人的腳跟，對方連人帶棒往老伍身上摔。

不好，棒子撞上他左肩胛，手臂發麻。兩腳亂踢把人踹開，才踹開，一把銀色槍身的改造手槍對準他臉孔。郭太太緊緊抱著他，老伍顧不得其他，張大四肢護住郭太太。噗，老伍很清楚的聽到子彈射進人體的聲音。噗，改造手槍落下，持槍的人倒在他腳前。再一聲噗，另一個從公園內舉槍竄出的人再倒下。

響起「閃人」的叫聲，三名便衣已撲在老伍周圍三名歹徒身上，扭打之中警車趕到，四面八方圍住。

老伍暗叫不好，他面前是三名壓住歹徒的便衣，往外是四處逃竄的幾名歹徒，再往外是追捕而來的警察，再往外，幾十支手機對著現場拍照、錄影，這些民眾不怕流彈？他們阻礙了警方的行動。

他單手撐地，再扶顫抖中的郭太太進屋，回頭往對面大樓看，頂樓有個扛長槍的人影朝他揮手。

小艾沒去赴娃娃的約，心的溫度過低，吃不進燭光美酒的法國菜。他得先設法找到答案。

摘下瞄準鏡，拆解M1為兩半收進工具箱。本來想找郭為忠妻子，見四周外衣內夾棒夾槍的人不少。躲進大樓，意外目睹這場槍戰，沒其他選擇，他不能讓伍警官這時掛掉，他的事還沒了結。

跳過不到一公尺的防火巷，從隔壁大樓的安全梯下去，百貨公司外面擠滿看熱鬧的人潮，小艾混入其中。被警方逮捕的打手，拿棍的、拿改造手槍的，不像專業殺手，像花點錢找來的小混混。

不能久待，他閃進捷運，塞在夾克內袋的手機上留了未接來電紀錄，兩通。

仍得找機會詢問郭為忠的事，郭為忠知道誰是幕後指使者，說不定他老婆知道，說不定她老婆正打算告訴伍警官，否則犯不著窮凶惡極非殺伍警官不可。

伍警官挨了兩棒，沒中彈，救護車送醫院，在醫院做筆錄，小艾沒機會找他聊聊。警方押一串嫌犯回警局，接著大批警員守衛郭家，他也沒機會和郭太太說上一句話，對他而言至關重要的話。

上網看完連續幾天郭為忠與邱清池的新聞，心裡冒出許多新問題：邱清池是陸軍武獲室執行長，負責買武器；Mr. Peter Shan 在歐洲買賣軍火。郭為忠去德國受過訓，說不定也沾上軍火生意。

至於伍警官，他查出太多線索，威脅到幕後的指使者。

目前兩個人都無法接近，他時間有限，唯一的方法只有冒險撥伍警官的手機，不能傳簡訊，必須直接問。

台北市很難找到公用電話，騎車到中華電信前，果然仍有投幣式電話，他大膽撥出號碼。

沒人接。

先回鐵頭教官的話。

「問到線索，和軍購案有關。」鐵頭中氣十足的聲音。

「我也問到一些，基洛。」

「基洛？什麼鳥？」

「俄羅斯造的潛艦，你沒聽過？」

「我查查。你在哪裡？別亂跑，等我電話。」

鐵頭一向不廢話。

小艾再撥伍警官手機。

接的不是伍警官。

「找伍警官。」

「他不方便聽。」

「務必請他聽。」

「你哪位？」

「他外甥。」

「老伍什麼時候有外甥？老伍，能接電話嗎，說是你外甥，我看他媽的是外面生的。」

「喂，哪個外甥？」

「伍警官，我。」

電話空白幾秒。

「說。」

「能說話嗎？」

「能，精簡點，我正在上藥。」

「從他們的動作來看，晚上那夥人想殺的是你，他們懷疑你知道的太多。」

「明白。」

「郭為忠和大胖、邱清池有關係嗎？」

「有，要錢明天到我家來拿。」

「什麼關係？」

「叫你要錢到家裡來，再急也得等我包好傷回家，聽不懂啊。」

電話斷線。

去伍警官家？他不會弄個圈套讓小艾往裡跳？

手機響，是鐵頭：

「查到基洛是什麼玩意兒，能從海底射反艦飛彈，俄羅斯的，不過有些設計師是烏克蘭人。搞半天周協和去羅馬和烏克蘭中間人碰頭，我們約個地方見面詳聊。」

「釣蝦場？」

小艾忍住沒問：還是小金的酒吧？

「不行，條子盯住了。記得我以前常帶你們去喝點小酒、吃餡餅、聊天的地方嗎？」

「記得。」

「凌晨一點見，當心，別被人盯上。」

只好先擱下伍警官，小艾將工具箱綁在後座騎上機車。

老伍沒接到小艾的電話，回到家見著的是老婆的臭臉：

「快退休還把自己搞成這樣，你是怎麼了？」

能怎麼說？

發完飆，老婆展現她比較溫柔的另一面進廚房煮餛飩麵，沒想到兒子出房間向他媽撒嬌也要一碗。老伍伸手拿酒瓶，被老婆一巴掌打開手。

「媽，讓爸喝一小杯嘛。」

兒子居然心向著爸，老媽氣得回臥房：

「父子同心，把我晾一邊，兒子姓伍，還你們伍家，我不要了！」

兒子替老爸倒酒，還真小杯，用喝高粱的一口杯倒威士忌。算了，小杯就小杯，家和萬事興。

吃餛飩是幌子，兒子壓低聲音說：

「爸，我查出來，家裡的網路真的被駭。」

「誰沒事駭個快退休的警員家？」

「詭異。」

聽得出兒子的疑惑內夾著若干期待。

「你們查到什麼了？」

不應該給他看，但老伍也掩藏不了興奮之中夾著分享的欲望。

兒子看著手機兩眼發直：

「哇，太精采了，霍伯玉領養五個兒子，兒子再領養其他人，怎麼有這種事。」

「不准講出去，別再亂駭來駭去。聽到沒？」

「聽到。」

手機響，女人的聲音：

「伍警官，聽說你找我？我是洛紛英。」

老伍從椅子內翻身坐直，碰到傷口痛得他咬牙。

「我休假，警官有急事嗎？」

「妳住什麼地方，給我一個小時聊聊。」
「小艾和大胖的事？我和他們很久沒聯絡，沒什麼可以講的。」
「在台灣嗎？一小時。」
「好吧，不過晚點可以嗎？十二點怎麼樣？」
「可以。」
老伍拿筆寫下地址。
「這是什麼地方？」
傳來輕笑：
「我同學做文創，在她辦公室，三個女生開酒趴。」
「我去不會不方便？」
「伍警官，你一下子急著找我，一下子怕不方便。」
「好，準時到。」
老伍找他溼淋淋的風衣。
「爸，你受傷還出去，媽一定唸死你。」
老伍回頭笑：
「退休前不了結這宗事，我不甘心。DNA，你絕對遺傳我，記得今天我的話，看哪年哪月哪天在你身上應證，到時提瓶酒回來說，老爸，我認了。」

兒子忍不住笑，外面老婆的罵聲傳來：

「父子聯手對付我啊，白養你們兩個。」

老伍捂住兒子的嘴：

「一起出去道歉，氣得她睡不好，明天我們更倒霉。你媽是我們的命運，凡事順著命運，活得輕鬆。」

# 2

小艾抽出刀子，硬生生將鞋底割掉。他習慣軍靴，這雙跟了他三年，染過伊拉克的滾滾黃塵、踩過象牙海岸潟湖如膠水般的沼澤，雖捨不得，小艾下手仍快，去掉鞋底，進水窪試走兩步，沒聲音。

不能留下鞋印，誰都認得出是法國軍隊的制式裝備，台灣可能就他這一雙。檢查槍枝彈藥，剩下九發子彈，希望用不著。

出發。

機車停在公館路旁，已過十點半，平常水源市場、東南亞電影院吸引夜貓族，體感溫度攝氏一度，店家幾乎全打烊，路上不見幾個行人。

他右轉山邊的人行道，路燈拉長孤單的影子。

沿水源快速道路下方的人行道走到陰暗處，瞧瞧前後沒車輛，兩手往上抓住防止泥土崩塌的方形水泥塊，手腳並用攀上近三十公尺高幾乎垂直的山壁。

山坡蓋滿無規則可循的違章建築，一層的，兩層的，兩層再加蓋出第三層的，巷弄彎曲窄小，僅容兩人並行，看來這些年原居民多已遷出，見不到什麼燈光。唯一看來有人的，是路旁一戶窗縫傳出女人聲音，濃濃的大陸某地鄉音。以前鐵頭教官在這兒有個老兵朋友，煎的餡餅號稱天下第一，皮略焦，嚼得出麵香，羊肉餡裡拌了茴香，雖然較嗆，一旦習慣就上癮。鐵頭喜歡餡餅配酒，每次一人兩個餅，吃完再煎，免得涼了，大胖最多一次吃了十六個。

轉角賣餡餅的老兵房子已經改成咖啡館，鐵門拴三個大鎖。靴內已進水，他脫掉鞋和襪子，三兩步攀上手邊一處低矮空屋的屋頂。細雨不斷，巷子角落的路燈不明什麼原因沒一盞亮的。

老伍坐計程車轉進汀州路，經過水源市場、經過東南亞電影院，停在山坡的入口，時間還早，他決定走上去。這段山路不長，寶藏巖的晚上幾乎不見燈光，娃娃為何約這兒？

寶藏巖原來沒有居民，十七世紀來自福建的移民於虎空山建立觀音寺，供奉佛祖與觀音大士，後來窮困的遊民、退伍的老兵，在觀音寺上方的山坡以磚塊、木板搭出容身之地，成為台北市著名的違章建築集中地之一。市政府幾次拆除，老兵反抗的動作強烈，加上文化界要求保留的呼聲大，市議會通過將寶藏巖改成市有古蹟。違章建築沒有房地產許可，仍是市有的公地，空下的房子便提供文史工作者當文創基地，十多年下來，漸成規模。

娃娃的朋友在這裡搞文創？本想通知蛋頭，不知能從娃娃嘴裡問出什麼，還是先見到人再說。

隔一條街而已，寶藏巖有如台北市的化外之區，黑暗、安靜。

往年農曆年前算乾季，今年反常，雨落不停，農夫不缺水了。

經過觀音亭，老伍虔誠膜拜，他從不求財求官，見廟必拜，求個平安。摸摸腰間的槍，小艾警告，那幫子小混混的目標是他。

全身溼透，必須趕快見到洛紛英，距離退休只剩一天。

漆黑的夜裡，小艾提槍彎腰輕輕貼鐵皮屋頂最結實的中央屋脊一側伏進，爬到靠山邊水泥砌的房子頂部，做個確實的滾進動作，以夜視鏡掃瞄周遭，沒有動靜。

口袋內震動，掏出玩具式的手機，鐵頭的聲音：

「提早到了？不現身見我？」

「教官查出周協和去羅馬是怎麼回事？」

「喔，國防部列潛艦是預算第一優先項目，周協和要是談成生意，買到基洛的設計圖和工程師，台灣可以自製潛艦，大功一件。到中央小廣場碰面吧。」

「買烏克蘭的東西，美國人不生氣？」

「急了，顧不了老美。烏克蘭經濟不好，手裡倒是現成的一堆科學家、工程師，周協和搭上線，聽說烏克蘭本來要賣俄製戰車，價錢是老美的十分之一，不過買戰車回來幹麼？壯大軍容？潛艦吸引人。他是總統的戰略顧問，能進總統官邸喝下午茶的通天本事，誰敢不同意。」

「既然好生意，為什麼要我殺周協和？」

「小艾，」鐵頭口氣有些不耐煩：「政治的事我哪搞得清。小廣場見，你怎麼連教官也不信任？我開小釣蝦場，樂天知命，犯不著拿你的人頭去換刑事局的檢舉獎金。」

「聽說軍火買賣的標準佣金是千分之三，向美國買M1戰車是三百億台幣，千分之三是九千萬，如果周協和和烏克蘭談成生意，潛艦的設計圖和工程師能編多少預算？」

「教官我年紀大，數學從沒好過，別考我。」

「我的意思是本來美國戰車由沈觀止居中做生意，周協和買烏克蘭的潛艦設計圖和工程師，佣金不會分沈觀止。」

「搞得我頭昏。」

「教官，還有件事始終想不通。」

「說說看。」

「下指示要我殺周協和的是娃娃，本來以為是教官授意，可是教官退伍了。接著追殺我的是大胖，也只有教官叫得動他。我的住處、逃到布達佩斯的避難所，大胖都清楚，到底怎麼回事？」

講手機的同時，小艾沒有停止透過夜視鏡留意周邊的動靜，距離一百二十公尺正對面的屋頂上有人影的晃動，難道是鐵頭？

「這得問娃娃嘍，她是國防部的人，當然聽上級指示。小艾，工作上你不是我的人，是國家的人。我退休，接我職務的人當然有權指揮你。」

沒空回話，小艾從背包內抽出充氣海豚用力吹氣，以雨衣蓋住，他就地打了兩滾退到女兒牆。

「喂，喂。」

「教官，收訊不好，我在。」

「你懷疑教官設計你？」

「不，想不通而已。狙擊周協和的時間、地點太精確，無論誰下指令，他怎麼知道這麼詳細，難道他在現場？教官，娃娃的上級長官是誰？」

「國防部副部長，文職的。」

「他知道我這個人？」

「我沒把你移交給他，不過機密檔案內有你。你娘的小艾，離開台灣五年多我找過你一次嗎？隔了五年多，我都退伍了，還閒著沒事找你出勤務殺總統的戰略顧問？腦袋打鐵啦！」

傳來腳步聲，突然爆起一陣大雨，小艾趁機往女兒牆外一翻，滾進下面另一戶的鐵皮屋頂，發出輕微的「空」一聲。曝露位置，他立刻再順坡勢滾到排水管旁，將夜視鏡推至額頭，伸出槍，右臉頰貼緊槍，透過瞄準鏡看對面屋頂，雨太大，什麼也看不清。

發出腳步聲的人影停在三面房子夾的小廣場旗竿下，忽然有光源，是手機螢幕，小艾認出高大的人影是伍警官，他怎麼來了？雨打在未撐傘的老伍閃著銀光的平頭，醒目的標的物。

寶藏巖靜得只剩雨聲，老伍講手機的聲音摻雜在雨聲之中。

「不是叫你別管，好好念書……什麼新聞？

「找到誰？第三個狙擊手的身分？記得，在捷克被打死的——」

雨勢變大，小艾往前挪動兩步，對面的人影晃動得厲害。

「張南生？陸軍退伍的軍官？國防部開記者會怎麼說？」

小艾心頭一抖。名字熟悉。

「對，開釣蝦場的是黃華生，不是張南生。……什麼，大聲點。

「張南生是黃華生的學生？狙擊隊的？比艾禮晚一期？你怎麼又亂駭——」

出現另一個黑影，右前方，除了鐵頭，還有人。

「回去再說，你把網路上的新聞抓下來。」

伍警官收起手機，他四處張望，手機又響，伍警官低頭看手機。

不好，見到紅色光點一閃而過，有人瞄準伍警官，小艾不加思索大喊：

「蹲下，伍警官，蹲下。」

同時小艾掉轉槍口，朝第二個黑影隨手扣發扳機，子彈在雨中轉身後飛進雨裡，紅點消失，伍警官似乎聽到小艾的警告，立即蹲下身，砰一聲，對方的子彈射在伍警官身後旗竿下的水泥柱。

當老伍聽到小艾的喊聲，他蹲不下，背心痛得僵硬，他跪下，扔了手機拿出手槍。然後聽到身後水泥爆開的響聲，熟悉，河濱公園石墩被小艾擊中同樣的聲音。他雙手握槍往對面一排高短不齊的屋頂掃視。

兒子傳來的最新消息，證實老伍心中的疑惑，一窩子孤兒被收編為私人部隊，領頭的應該是幾乎失智的老爺子，有人趁老爺子腦袋不靈，掌握這群羽林孤兒。

小艾已翻下屋頂，他貼緊身旁的牆壁重新尋找目標。

塞在機車安全帽內的手機再傳來鐵頭的聲音：

「小艾，你寧可相信警察不相信我？如果還有疑問，換個沒條子的地方聊。」

來不及回答，傳來伍警官的喊聲：

「警察，把槍扔出來投降。」

變換位置的過程，小艾兩眼沒離開出現紅點的地方，七十公尺右前方樓內的正中間窗戶。對方要殺的明顯不是小艾，是伍警官。對方不是鐵頭，如果是鐵頭，不會選那個容易曝露身形的位置。

至少兩個人，鐵頭和槍手。
透過瞄準鏡，小艾緊盯中間的窗戶，果然看見裝了消音器的模糊槍口。
伍警官雖然趴低身子，照樣是個大目標，有人要他的命，他怎麼還撥手機？
伍警官竟然撥給對面樓內的槍手。
「我是伍警官，妳在哪裡？」
對面樓內的槍口後方閃出手機螢幕的光，見到光線裡的槍手人影。小艾屏氣瞄準對方，怎麼是——
娃娃的槍口向下挪，逐漸對準小艾，一百公尺以內的距離，小艾不需要測量風速、雨勢，長期的訓練使他憑直覺的扣下扳機。他心中喊：娃娃。
娃娃發出慘叫，她手裡的槍口垂下，在垂下之前，她的子彈飛快的射向牆腳下的小艾，穿透雨幕、衝破黑夜，惡狠狠擊在小艾安全帽的頂部。安全帽碎成兩半落下，手機掉在水窪中，小艾翻滾中撿起手機，他不停的翻，翻到小廣場，壓倒伍警官。
「快趴下。」
「艾禮？你殺了洛紛英？」
一枚子彈穿透小艾左大腿，這次未停留在外層肌肉，小艾清楚感覺大腿骨已經斷裂，他鼓足力量抱住伍警官再滾，滾進窄巷。
手機螢幕閃著光。

「小艾，不錯，記得我教過你的『餌』，但你的餌太遜了，充氣海豚，乾脆用充氣娃娃不更好。」

娃娃，小艾渾身發抖，鐵頭用的餌是娃娃。

「黃華生？」老伍問聽手機的小艾。

老伍推開小艾，他小步奔出窄巷朝對面屋頂連續發射，子彈敲在牆壁、鐵皮屋簷，風聲雨聲也遮不住槍聲。

「刑事局，黃華生，放下武器投案。」

小艾沒拉住伍警官，明白伍警官存心掩護他。伸出槍口，瞄準前面屋頂，鐵皮屋頂在雨點的敲擊下發出輕脆的回音，小艾專注的聽，雨點若是落在人體，不會有聲音。

看見突出於雨絲間的瞄準鏡，瞄的不是他，是伍警官。

一閃而逝的火光，老伍右腹肌肉被撕裂的痛楚，他不禁摔在路面的水裡，槍脫手而出飛到幾步外。

鐵頭先殺伍警官，小艾一下子全懂了，伍警官會要鐵頭的命，小艾不會，小艾是他的學生、小艾是殺死政府官員的通緝要犯、小艾無論講什麼沒人相信。小艾更明白，副部長當然沒聽過他的名字，從頭到尾是鐵頭發指令給娃娃，由娃娃指派他刺殺周協和。

老伍只能趴著不動，他沒當成小艾的餌，倒成了漂在積水間等著挨槍的鴨子。左肩再一股撕痛，血噴到他臉孔，腦袋一片混亂，小艾殺的是洛紛英，黃華生要殺的是他，黃華生是洛紛英的幕後指使者，黃華生沒有房地產，他的戶口沒遷入釣蝦場，依然留在北安路四〇九號，和洛紛英同一地址。如果確有神祕單位存在，他和洛紛英便是「單位」。

地面的積水幾乎浸入他鼻孔，不能動，老伍距離退伍還有二十四小時。

摸不到槍，摸到的是手機，螢幕仍亮著，誰在這時候找他？幫不了小艾的忙，老伍扯直嗓子大喊：

「黃華生，警方已掌握整個案情，你借用情報局的關係，塗銷戶籍資料。你和沈觀止是兄弟，沈觀止買賣軍火，不願意周協和插足他的生意，所以你叫洛紛英下令埋伏在歐洲的艾禮殺掉周協和，你又不放心艾禮，再叫陳立志和張南生追殺艾禮。全是你，立刻棄槍投案。」

對面傳出笑聲，隨著一發子彈射在伍警官旁邊的地面，激起火花式的水花。

「小艾，別聽條子的。今晚約你出來就是告訴你這件事，我們是一家人，守著家裡的信念和責任，周協和腦袋壞掉買烏克蘭潛艦，小艾，軍火是家裡的生意，沈觀止是家裡的執行者，他當然有門路買到戰車、潛艦。他媽的，周協和誇口還能讓我們的飛行員去試飛米格、蘇愷。不過認識個烏克蘭人，他以為能一手壟斷所有的軍火生意。陸軍的邱清池居然聽周協和的，到烏克蘭去看反戰車飛彈，紙上談兵的白痴。你殺了周協和斷了政府想買俄國破潛艦的生意，沈觀止已經和美國談好了，輪不到周協和。身為家裡的人該做的事，如此而已，至於要大胖殺你，小艾，凡事得顧大局為先，務必諒解。」

小艾不講求準頭，一發一發射向屋頂，必須壓制鐵頭，否則伍警官性命難保。M1的缺點畢露，半自動武器，而且他只有九發子彈，如今僅剩最後一發。

傳來鐵頭的嘶吼：

「畢祖蔭留給你的M1，小艾，十來發子彈，估計打完了？」

回他話的不是小艾，是老伍。

「黃華生，你是老爺子的第六個養子，我們全知道，扔下武器出來面對法律，你逃不掉。」

「喔，見過老爺子就能破案？老爺子說過我是他的養子嗎？他能上證人席嗎？你們替他準備點滴、尿布嗎？伍警官，你們唯一的證人是殺人凶手艾禮，很不幸，他講的話全沒證據。」

小艾故意拉動槍機退出最後一顆子彈，再填入上膛，他得讓鐵頭聽到他的槍已經準備好，即使最後一顆也夠鐵頭警惕，免得他再傷害伍警官。

說法把鐵頭注意力引過來。

「教官，忘記告訴你，我拜訪過娃娃的長官，那位扁平足的副部長，直到報紙刊出我的名字之前，他不知道我的存在。是你，我早知道從頭到尾是你指使娃娃要我殺周協和，要大胖追殺我。」

「小艾，我們一家人。」

「以前是一家人。」

「記得教官給你看過肩頭的刺青吧，家。你也有，看你的左大臂，是你十五歲畢祖蔭幫你刺的，他對你怎麼說的？他是不是說，小艾，忍住痛，記得這個刺青，你是家裡的人了。」

「那又怎樣？」

「你和我們是一家人，以前是，以後是，一生一世都是。」

「你找大胖殺我，是一家人的行為？」

「本來早該對你說家裡的事，畢祖蔭不肯，人老膽子也變小。我收你進單位，讓你先去法國磨練幾年，小艾，你是我的人。」

「從沒人跟我說過刺青是什麼意思。」

「畢祖蔭是煮不開的水，慢吞吞。小艾，你和大胖、娃娃不同，我對你有更大的期待。」

老伍鼓足氣力插進話：

「郭為忠是沈觀止的人，沈觀止要他殺邱清池，郭為忠不肯，黃華生，是你殺了郭為忠對不對？郭為忠是家裡的人，你約他在基隆長榮桂冠酒店見面，他乖乖準備酒菜等你這位長輩，乖乖坐著讓你開槍，你在家裡是什麼身分？老爺子身體不好，任你擺布？」

小艾抹去雨水，槍口一直尋找目標。

傳來警笛聲、靴子踩在積水路面的聲音，響起蛋頭用擴大器喊的聲音。

蛋頭怎麼來了？

老伍憑僅有的線索編出故事，想轉移黃華生的注意力，沒想到現在他恍然大悟，所有的疑點都清楚，他得留住老命，他若死了，小艾說的話沒人相信，案子依然破不了。

兒子通知蛋頭？不對，兒子不知道他在寶藏巖。

先動動右手，能動。動動左手，能動。指頭伸直朝前摸，摸到路面的缺口，抓住缺口將身體往前拉——不行，腹部傷口被拉大。他是肉鋪的豬肉，等肉販的刀子往下剁。

再一槍射中左腿，老伍不由自主大喊一聲便癱著不動。

接著連續兩發子彈射在小艾附近，小艾沒有動，唯有從這個角度看得清楚伍警官，警察來了，鐵頭勢必急著殺伍警官滅口。

「打個商量，小艾，我們的事改天再談，條了到了，無論你我都沒好下場，兩虎相爭，何必便宜外面的半調子？」

沒回答，小艾緊緊閉住嘴。

做為狙擊手要有超過常人的耐性，在伊拉克，小艾曾經一天一夜躺在草叢不動，憋著尿耐著餓不敢閉眼，等最適當的開槍時機。他舉著槍，鐵頭訓練出的鋼鐵般的手臂挺得住，鐵頭訓練出來的眼睛，能不眨絕不眨。

警察的腳步聲已繞過改成咖啡館的老兵餡餅館，不少人，重裝備，聽到邊跑邊上膛的聲音。

小艾沒動，鐵頭若要殺他，得從屋頂現身；要查探伍警官死了沒，也得現身；想閃人，更得現身。

一串子彈焦躁的射來，鐵頭跳下屋頂，小艾瞄準他的頭部，鐵頭瞄準伍警官的頭部，小艾先開槍，砰，白色彈霧在雨中如槍口開出的白色花朵。

射中鐵頭的肩膀，鐵頭沒射中伍警官，他射到天空，放煙火。

鐵頭不敢賭小艾到底剩幾顆子彈，他破窗跳進低矮的空屋。

老伍仍然努力伸長手臂，他摸到槍，警靴踩水的足音接近之中，用盡氣力稍稍仰起臉，總算勉強看見小艾的槍口對準前方的窗戶。

房子的背後是另一棟房子的後牆，鐵頭從右邊窗戶出去，會遇上全副武裝的警察，往左邊的窗戶出去，是沒有出口的死巷子。

想起王教授的話，鐵頭已然是困在屋頂下的豬！

小艾耐心的等，開始有贏的感覺，一瞬間他見到提在鐵頭手裡的槍，美軍用的麥克米蘭TAC50帶腳架狙擊槍，二〇〇二年加拿大陸軍下士羅布．福爾隆於阿富汗用這款槍擊中距離兩千四百三十公尺的塔利班機槍手，世界上最遠的狙擊紀錄。鐵頭不是一再強調重要的是射中，不是距離？因為電影《美國狙擊手》的男主角用這支槍，使他也虛榮了？

現在的距離十二公尺，小艾手中的是古老、滄桑，重新修復的M1，鐵頭則是TAC50。小艾沒子彈，剩下極為有限的耐心，鐵頭占盡優勢，可是他把自己困進不能動彈的位置。

他看見鐵頭的冒險，TAC50細細的槍管冒出窗戶，看見瞄準鏡掃過小廣場掃到他身上。小艾沒有躲避，他放下M1，看著鐵頭兩隻露出微笑的眼睛。

「佣金的事你怎麼知道？」

「網上查的。」

「小艾，我遲遲不願意告訴你家裡的事，因為你太聰明，聰明的孩子不聽話。」

鐵頭眼睛內的微笑消失，小艾毫不遲疑的喊：

「開槍。」

幾乎同時響起的槍聲，小艾右頰被利器畫過，一陣刺痛，他仍沒動，他見到鐵頭的頭部往後仰，血，仙女散花似的畫了圈美麗的弧線，TAC50落出窗口，躺在水中的警用史密斯威森半自動手槍仍冒著白煙。

他朝伍警官比個拇指。

「準。」

「艾禮，好好過日子。」

「撐著，伍警官，你不會有事。」

小艾無聲的退進窄巷的黑暗之中。

老伍鬆開手中的槍，他看著小艾離去。這一刻老伍徹底明白，他的確該退休，刑警的職責忘得一乾二淨，反而對未能逮捕殺死周協和的凶嫌沒有一點一分的遺憾。

刑警一生，唯這槍足以安慰一生的事業。

「老伍，老伍，你沒事吧。」

大批武裝警員趕到，蛋頭握防彈盾撲到老伍身邊。

手電筒、大型照明燈揭開罩住寶藏巖的黑幕，四把步槍衝進前面屋內，其中一人大喊：

「屋內一人，額頭中槍，死亡。」

嘿嘿嘿，老伍透過腹部的傷口發出沒人聽得見的笑聲。不管別人怎麼說，最後一天，五宗命案全部解決，他，功德圓滿。

蛋頭扶住他上擔架，在耳邊問：

「小艾呢？」

老伍換種方式回答他：

「蛋頭，你怎麼來了？」

「你和洛紛英不是約十二點？」

「最近學到的，狙擊手習慣提早到，預先布置戰場。」

「靠，你新學到的東西還不少。」

「監聽我們父子手機，駭進我家網路的是你對吧？怕我搶了功勞？我明天就退休了。」

「誰叫你不把和小艾見過面的事告訴我，我查過你信箱。他媽的，想在最後修個善果？」

「我的任務是破案，小艾是破案的線索。」

「我要的是凶手，沒逮到小艾，怎麼跟局長交代？這下子可好，媒體有得追了，總統府的官腔有得打了，破個屁案。」

老伍隨擔架升高，上面是盤旋中的直升機，他聽見蛋頭的喊叫：

「媽的老伍，你可以退休，我退不了。老伍，你不是不知道我——」

老伍無力的替蛋頭補最後半句話：

「知道，你就是愛做官。」

# 3

腹部中槍是最痛苦的死亡方式，一時心臟不會停止，血大量湧出，等著血流乾，心臟無力，在逐步喪失知覺中死亡。

如果彈孔大，打中肺部、肝臟，死得快些，偏偏黃華生這一槍射得巧妙，穿過右腹部，炸了大腸與小腸，血流得慢，估計得拖半個小時才接近死亡。老伍已經拖了二十五分鐘。

所以算運氣好，撿回一條老命？

刑事局宣布偵破周協和等六條命案，一字未提「家裡的人」。提出來無從收拾，軍購、情報單位竟操在建立於三百多年前的幫派手中？說不定軍方、官方到處是「家裡的人」，刑事局對他們而言，不過是個下級單位。

局長當著幾十臺攝影機與上百名記者前說明案情，說得拐彎抹角，倒也自圓其說。他沒說郭為忠是沈觀止的人，沒說郭為忠不肯殺邱清池，卻說黃華生殺了郭為忠，因為郭為忠得悉內情正打算向上級報告。

算是美好的句點，郭為忠必須因公殉職，否則老伍公開真相，大家難看。郭太太一家得到平反，能拿到撫恤金、保險金，即使未明白真相，她得擱下亡夫之痛扛住她的家。

收養洛紛英的是黃華生，可以想像黃華生怎麼說服大胖、張南生和洛紛英，國呀家呀，如同當年漢武帝的「羽林孤兒」，選擇一個真理，百分之百相信這個真理，比起無真理可倚靠的人，算是某種幸福？

想起新竹低矮平房內唸著冰箱內韭黃水餃的老爺子，他一生艱苦想法子幫助那些無父無母的孩子長大，想得到他領養的兒子黃華生早已代他發號司令，當起地下老爺子嗎？

如果選擇申請延退會怎樣？未破案還有機會，如今局長絕不想留個不怎麼聽使喚愛耍小聰明的部下。

蛋頭老爸說得深富哲理，做公務員，不要跑得比別人快，也別跑最後一個，慢慢熬資歷，運氣好升官，運氣差點頂多看別人升官，退休俸一毛也少不了。

躺了兩個月，老伍總算能到處走動，他的肚皮留下五十元銅板大小的傷痕，不是刺青，是退休領到的另一種狙擊手勳章。

拄著四腳拐杖走到廚房前，兒子試做蛋炒飯，食譜和作法是剛收到的，不認識的號碼傳進他手機，兒子好奇，由他做吧。

「爸，上帝有天問但丁，天底下什麼東西最好吃？但丁說雞蛋，上帝又問但丁雞蛋該怎麼做才好吃？但丁說沾鹽吃。傳食譜給你的朋友有夠幽默耶。」

吃雞蛋沾鹽，吃饅頭沾糖。

「能炒蛋炒飯，算是個男人了。」老伍拍拍兒子肩膀。

待會兒阿爸帶菜來，見廚房被孫子霸占，會不會不高興。

也許他該鼓起勇氣對阿爸說，不用再來做飯了，孫子都能自己炒蛋炒飯。

與其阿爸每天來，不如每星期去阿爸家吃一次飯。

夾在公婆與丈夫間，媳婦不好當。夾在父親與老婆間，他這個老兒子又何嘗好當。

老伍拐呀拐走到陽臺，想抽根菸，他的菸呢？老婆沒收了？她前前後後沒收了老伍幾包菸？沒一百包也五十包。夾在菸與家人之間，幾十年歷史的老菸槍變得卑微、徬徨。

想去茱麗店裡喝杯非洲、美洲，管他什麼洲的咖啡。想陪茱爸晒幾十分鐘的太陽，順便告訴他「家裡的人」果然不是黑道幫派，還得對茱爸說當黑道大哥遲早得退休，等到坐輪椅就來不及。

傷勢復元得相當樂觀，估計下個月能去徵信社上班。新的開始，每天都是新的開始。明天晚上吃蛋頭辦的歡送退休大餐，喜歡做官不是壞事，希望他的肝永遠健康得能——能新鮮得切片當殺西米。

手機響起，

「喂。」

「伍警官好多了吧。」

「比兩個月前，好多了。你呢？」

「也康復之中。」
「人在哪裡？」
「請看樓下公園左邊的涼亭，目不轉睛的看。」
「目不轉睛。」
「看到那叢花沒？」
「嗯。」
「春天到了。」
「廢話。」
「請看樓下右邊路橋口，目不轉睛的看。」
「看了，一條狗。」
「牠拉了坨屎，牠媽假裝沒看見。」
「開她罰單。」
「請再看公園中間的涼椅，目不——」
「目不轉睛的看。」
老伍目不轉睛的看著站在涼椅前握手機的小艾。
小艾摘下帽子、摘下眼鏡，深深的一鞠躬。
「請看對面堤防外剛起飛的飛機，目不轉睛的看。」

老伍看了一分鐘、兩分鐘，直到老婆喊他：

「吃飯了，你兒子發神經下廚房，弄得到處菜渣、水漬，哎，到底你們父子要把我折騰到什麼地步。」

吃飯了。

「兒子玩得如何？」

「蛋炒飯，我加蝦仁。」

兒子得意的捧著炒飯到老伍面前，淡紅的蝦、金黃的蛋、綠色的蔥花。老伍目不轉睛的看。

# 我是愛遐想的華山派

作家間彼此合作不太常見，以前我曾和三位小說家合寫連載的推理小說，四人各塑造一名人物，故事有個主軸，人物便各自順著主軸發展下去，刊登於《時報周刊》，插畫為曾正忠。

那次合作頗有意思，可惜未形成四名人物彼此看不順眼，一怒之下於稿紙上打起來的熱鬧場面。

後來從美國開始，出現都市的黑色小說，例如傑佛瑞・迪佛（Jeffery Deaver）領軍的《黑色曼哈頓》（Manhattan Noir）、彼特・哈米爾（Pete Hamill）領軍的《黑色布魯克林》（*Brooklyn Noir*），這個 Akashic Noir 系列後來發展到世界各地，像是愛爾蘭的《黑色都柏林》（*Dublin Noir*）、丹麥的《黑色哥本哈根》（Copenhagen Noir）。冬陽曾找過我，有意思加入黑色行列，找許多作家一起完成《黑色台北》，我磨拳擦掌一陣子，可惜後來未成事。

大約二〇一六年某次聚餐（地點是永和的「三分俗氣」），酒後我信口胡說，何不集眾人之力寫偵探小說，話一出口即清醒，出合輯有點費事，改口為一人寫一本，同一主題。當時臥斧和譚劍也已酒醉，立即點頭，主其事者當然是冬陽，就這樣開始了「廚師殺人事件」系列。我的《炒飯狙擊手》與臥斧的《螞蟻上樹》先完成，譚劍的較遲，我從內容估計，他的新作《姓司武的都得死》應保持了「廚師殺人」的原型。

推理小說在台灣始終自成一同溫層，有些堅持本格，有些偏重社會性，我傾向後者，幾經考慮，選擇以台灣重大刑案做為背景，因而《炒飯狙擊手》鎖定發生於一九九三年海軍武獲室執行長尹清楓命案。當時我是記者，恰好北部發生一起命案，警方與媒體各自努力搶著尋找凶手，而宜蘭東澳海岸出現一具浮屍，有的記者認為可能和前一樁命案有關，於是各種打高空的揣測出現。沒過多久死者身分曝光，竟然是武獲室執行長，不得了，凡和軍方有關的命案想當然耳是大新聞。

尹清楓命案一路發展，引出國內外一連串命案，事情變得複雜，原來和海軍購買法國拉法葉級巡防艦相關，其中的佣金數目驚人。可是我在追新聞過程中四處碰壁，不僅軍方三緘其口，警方也表示案情由軍事檢察署負責，他們看得心癢癢卻也愛莫能助。

二十多年後，拉法葉案已經有了眉目，政府從瑞士銀行分批取回原本被凍結的非法佣金，但尹清楓之死還是無解，與一九九六年桃園縣長劉邦友血案（八死一重傷）、一九八〇年林（義雄）宅血案（三死一重傷）並列為台灣三大懸案。幾經政黨輪替，迄今懸案更懸，眼看破案無望，做為失敗的記者，不寫尹清楓案有點對不起自己，就這麼

《炒飯狙擊手》逐漸有了輪廓。

構思期間曾為該回到一九九三年或拉至當下做為時間背景掙扎過一陣子，後來決定改成當下，故事發揮的空間更大。

喔，寫小說大致分成三個派別，一是少林派，講究武術祕笈，從蹲馬步起一切按照規範進行，作者花很多時間寫故事大綱和人物設定，一步步往下寫。二是華山派，也有經典祕笈，不過隨時見到好的，吸收融化，邊練拳邊調整招式。三是丐幫，談不下計畫，完全憑天分打出自己的江湖。我屬於華山派，先確定人物與背景，練拳夾著大量遐想，這時編輯變得更加重要，得把遐想抓回到現實。

不小心，編輯冬陽沒控制住我的遐想，《炒飯狙擊手》便由一本，延伸為許多集（已完成三集，正進行第四集，尚不知會延續多少集）。經過光磊國際版權的推廣，《炒飯狙擊手》已賣出多國版權，看樣子「炒飯」是很容易被各國接受的菜式，至少比炒麵略強。

在此感謝冬陽、光磊、臥斧、譚劍、寶秀、文慧，與海邊老頑童的侯一哥、漫畫家曾正忠。

借用小說主角狙擊手小艾的名言：看清楚書架上的書？很好，請取下、翻開第一頁，聚精會神地看。

Novel N

001

# 炒飯狙擊手

作　　者｜張國立
封面設計｜木木 LIN
內文設計｜葉若蒂
特約主編｜許鈺祥
責任編輯｜黃文慧

出　　版｜晴好出版事業有限公司
總 編 輯｜黃文慧
副總編輯｜鍾宜君
行銷企畫｜胡雯琳、吳孟蓉
地　　址｜104027 台北市中山區中山北路三段 36 巷 10 號 4 樓
網　　址｜https://www.facebook.com/QinghaoBook
電子信箱｜Qinghaobook@gmail.com
電　　話｜（02）2516-6892　傳真（02）2516-6891

發　　行｜遠足文化事業股份有限公司（讀書共和國出版集團）
地　　址｜231023 新北市新店區民權路 108-2 號 9 樓
電　　話｜（02）2218-1417　傳真（02）2218-1142
電子信箱｜service@bookrep.com.tw
郵政帳號｜19504465　戶名 遠足文化事業股份有限公司）
客服電話｜0800-221-029　團體訂購 02-22181717 分機 1124
網　　址｜www.bookrep.com.tw
法律顧問｜華洋法律事務所 蘇文生律師
印　　製｜呈靖印刷

初版一刷｜2024 年 2 月
定　　價｜380 元
ISBN｜9786267396377
EISBN｜(PDF) 9786267396360
EISBN｜(EPUB) 9786267396384



國家圖書館出版品預行編目 (CIP) 資料

炒飯狙擊手 / 張國立著 . -- 初版 . -- 臺北市：晴好出版事業有限公司出版；新北市：遠足文化事業股份有限公司發行，2024.02
328　面；14.8X 21 公分
ISBN 978-626-7396-37-7( 平裝 )
863.57　　112022713